KB234134

2013 오늘의 문제 평론

비등하는 역사, 결빙의 현실

비등하는 역사, 결빙의 현실

오창은 · 맹문재 엮음

폴란드 출신의 사회학자 지그문트 바우만은 현대사회를 '유동하는 근대(Liquid Modernity)'라고 표현했다. 전지구적 자본주의가 막강한 영향력을 행사하면서 오히려 세계체제의 불확정성은 강화되었고, 사람들의 삶도 불안정적으로 변해갔다. 현대인들은 생존을 위해 스스로 '유동적인 존재'가 되어야 하는 상황이다. '유동적 근대'로 인해 '정체성의 위기'가 상시화되었기에, '삶의 방식을 재협상' 해야 하는 것은 이제 숙명인처럼 느껴진다.

한국 문학의 최근 상황도 '유동하는 문학(Liquid Literature)'으로 명명할 수 있다. 전통적 문학 문법은 더 이상 젊은 작가들에게 충분히 존중받지 못하는 상황이고, 독자들의 취향도 흡사 액체의 유동성처럼 대중문화의 흐름과 함께 요동친다. 문학은 작가적 개성이라는 수단을 통해 독자를 유혹하는 미학적 장르라고 할 수 있다. 그런데 작가의 문학적 표현은 기존 관습으로부터 이탈해가고, 독자의 감각도 유행의 흐름에 따라 변화하는 상황에 처해 있다. '유동하는 문학'으로 인해 비평은 포획되지 않는 그림자를 쫓는 사냥꾼과 같은 처지가 되었다. 일각에서는 이를 '비평의 위기'라고 말한다. 하지만 사회적 변화와 조응하는 문학의 유동성으로 인해 '비평의 곤란'이 초래되었다고 보는 것이 더 적절할 듯하다.

『2013 오늘의 문제 평론 | 비등하는 역사, 결빙의 현실』을 선정하면서, 한국 문학의 흐름과 나란히 하기 위해 분주하게 책장을 넘기고 있는 비평가들과 마주할 수 있어 행복했다. 이 책 속에 모인 비평가들은 사회적 고통에 귀 기울이고, 감수성의 변화를 피부로 느끼려고 신경을 곤두세우는가 하면, 분노를 직시하려 하고, 시대의 불안을 예민한 후각으로 감지하기 위해

애쓰고 있었다. 하지만 다종다양한 비평문들을 분류하여 계열별로 묶거나 공통 감각을 추출하는 작업은 녹록치 않았다. 대신 '공감 능력의 위기 속에서 시와 소설은 무엇을 할 수 있을까' '경험 없는 세대의 글쓰기가 갖는 의미는 무엇일까' '인간의 연대적 감수성이 파괴되고 있는 사회 현실을 어떻게 문학 언어로 포착할 것인가' '과연 새로운 문학의 새움이 작가들의 감각 속에서 싹트고 있는가' 와 같은 질문을 길어 올릴 수 있었다.

이 책은 3부로 구성되어 있다. 제1부는 전방위적 비평의 한 형태를 띠고 있는 주제 비평문들로 묶었다. 제2부는 우리 시대 시의 변화를 이론적으로 탐색하는 글들의 다발이고, 제3부는 소설가들의 문학세계를 재구성하려는 평론들이 오순도순 모여 있다. 여기에 실은 글들이 우리 시대 비평의 최고봉(最高峰)이라고 확신할 수는 없다. 하지만 우리 시대와 문학을 바라보는 돋보이는 문제의식이 번뜩이는 글들이라고는 당당히 이야기할 수 있다.

제1부에는 정홍수·이강진·장성규·김문주·오창은의 평문을 실었다. 정홍수는 사회 시스템 아래 배제된 자들이 소수가 아니라 다수라는 사실을 강조한다. 다수의 고통에 공감하려는 문학적 포즈로, 김애란의『비행운』, 조해진의『로기완을 만났다』, 그리고 공선옥의『꽃 같은 시절』을 분석했다.

신예의 등장은 항상 비평계를 긴장시킨다. 젊은 평론가 이강진의 글도 도발적이다. 그는 인간을 거부하는 인간, 안드로이드 세대의 시 쓰기라는 화두를 던지며, 황인찬·박준·최정진·박성준의 시를 주목했다. 이강진은 이미 구축된 세계를 거부하려는 시인의 고투가 '안드로이드 세대'의 탄생으로 이어졌다고 주장한다.

이강진이 세대론적 감각을 제기했다면, 장성규는 대중의 심성구조의 변화에 관해 이야기한다. 장성규는 세 가지 방식의 문학적 의미화를 밀어 붙였다. 첫 번째로는 대중문화의 문법을 공세적으로 변용해 현실문제를 환기하는 작가로 손아람·김선우·서효인을, 두 번째로는 분노의 파토스를 텍스트의 균열로 연결하는 작가로 김사과·최진영을, 세 번째로 판타지의 형식으로 억압된 분노의 무의식을 표출하는 작가로 윤이형·윤고은·염승숙을 주목했다.

김문주는 시인의 시적 감각이 기원한 역사적 맥락을 추적한다. 그는 1980년대의 해방적 열정이 현실의 변화에 대응해 다양한 갈래들을 형성하고 있다고 보았다. 최영미의 시세계는 연성(軟性)의 감수성을 지닌 성찰적 여성성을 향했고, 나희덕의 시는 경험과 기억을 껴안고 나아가는 이해와 소통의 몸짓이며, 허수경의 시는 시간의 지층들에 대한 서사적 탐색이라고 했다. 또한 조용미·박정대·이홍섭·맹문재·정끝별·이정록·이희중의 시 또한 '시와 윤리의 힘겨루기'를 감당하고 있다고 평했다.

오창은은 그린포비아(Green phobia)라는 개념을 제시한다. 그는 한국 소설에 나타난 도시적 감성에 집중해 김경욱·염승숙·하재영·표명희·편혜영의 소설을 주목했다. 이들 작가들은 도시의 불안, 자연에 대한 불화의 상상력을 끌어안고 고투하고 있다. 이들의 감각은 시대의 징후이고, 현대인의 공통 감각이라고 보았다. 오창은은 불안과 불화의 시대에 대응해, 앞으로 자연과 도시의 새로운 관계 설정이 한국 소설의 화두가 될 것이라는 예측했다.

제2부에서는 시의 정치성과 시적 상상력, 그리고 시론을 둘러싼 담론의 각축이 벌어지고 있다. 고봉준은 2010년 이후 한국 시단의 화두였던 '문학과 정치'를 비평에 대한 비평, 즉 메타비평을 통해 검토하고 있다. 고봉준은 진은영·심보선·김종훈의 비평문을 하나하나 거론하면서, 현실이 권력의 질서 속에서 구축되어 있다는 사실을 다시 환기시킨다. 그는 '문학'과 '정치'가 각각 실체로 분리하기보다는 '문학'과 '정치'의 관계를 다시 설정하는 것이 중요하다는 제안을 하고 있다.

조정환의 글은 현대사회가 산업자본주의에서 인지자본주의로 이행했다는 문제설정을 토대로 하고 있다. 그는 현실의 변화에 조응해 문학적 상상력 또한 전환이 필요하다고 강한 어조로 이야기한다. 조정환은 기 드보르의 스펙타클, 들뢰즈의 운동-이미지, 베르그송의 지각-이미지, 스피노자의 인식으로서의 상상을 논했고, 이어 각론에서는 백무산과 송경동의 시에 대한 각별한 애정을 표현했다.

　이론적 측면에서 '시론(詩論)'을 중심으로 한 논쟁은 한국 시단의 뜨거운 활화산이 될 가능성이 높다. 이석의 글과 남승원의 글은 '김준오 시론'에 대한 대립적 관점을 취하고 있다. 이석은 시가 자연상태에서 오는 것이 아니라, 제작된다는 사실에 착목했다. 그는 김준오의 『시론』에서 이야기하는 '서정적 자아'를 통해서는 2000년대 한국 시의 다양한 목소리를 해명해 낼 수 없다고 비판했다. 분열된 자아, 파편화된 현실을 끌어안아야 한다는 것이 이석의 주장이다. 이에 반해 남승원은 김준오의 『시론』을 긍정적으로 옹호한다. 그는 김준오의 『시론』을 '동적 개념으로서의 서정'으로 의미화하며, 동일성과 비동일성의 역동적 얽힘으로 파악해야 한다고 주장한다. 최근 시의 유동성을 이 얽힘에 의한 새로운 서정으로 해석할 수 있다는 것이 남승원의 주장이다.

　제3부는 소설가의 문학세계를 다룬 비평문들이 서로 어깨를 견주고 있다. 소영현은 김이설의 문학세계가 '여자의 몸'을 화두로 삼아 사회의 동물화 경향을 묘파했다고 보았다. 소영현의 비평문은 잘 짜여진 작가론으로서 돋보일 정도로 뚜벅뚜벅 전진하는 글쓰기의 양상을 띠고 있다.

　이경재가 김사과의 장편소설을 '분노의 정념 3부작'으로 호명한 것도 인상적이다. 구조적 호흡을 형성한 비평이라는 측면에서, 형식과 내용의 교차를 활용했다는 측면에서 눈길을 끈다. 김사과는 서사의 형식을 파괴함으로써, 기존의 재현체계와는 다른 방식으로 시대 현실을 비판하려 했다는 것이 이경재의 논평이다.

정주아의 최진영론은 '모성의 배반을 사회의 배신'으로 확장시킨 글이다. 정주아는 이 글에서 강렬한 모성에 대한 갈망이 세계에 대한 절망으로 이어지는 일련의 서사적 흐름을 최진영의 소설이 보여준다고 분석했다. 그렇기에 최진영의 소설에는 '분노의 파토스'가 넘실대고, 작가로서의 존재론적 갈등이 잔뜩 몸을 웅크리고 있다는 것이다.

젊은 평론가 강지희는 같은 세대의 감각으로 김성중과 박솔뫼의 소설을 '경험이 부재한 세대의 글쓰기'로 호명했다. 강지희는 파괴된 경험이 남겨놓은 폐허를 응시하며, 상처가 없다는 사실을 상처로 인식하는 소설가들의 '정신적 트라우마'를 건드렸다. 소설이 이야기에 기반한다고 했을 때, '경험 없는 이야기'가 가능할까 하는 의문을 제기할 수도 있다. 하지만 강지희는 김성중과 박솔뫼야말로 '세상이 강요하는 질서에 대한 판단과 행동을 중지'함으로써 새로운 글쓰기 전략을 모색하는 작가라고 강조했다.

열세 편의 비평문을 한 자리에 모아놓고 보니 휘청하는 무게감으로 책이 기우뚱하는 듯하다. 비평은 항상 진지했고, 그래서 여전히 진중하다. 비평이 묵직한 걸음걸이를 할 수밖에 없는 이유는 개별적 언어로 엉거주춤하기보다는 공통의 감각으로 한 걸음 내딛기를 바라기 때문이다. 작가들은 창조의 언어를 담금질하고, 비평가들은 논리의 언어를 마름질한다. 그렇기에 비평은 낱낱의 언어가 흩어져 있는 것보다는 역사적 맥락 속에서 의미의 사슬로 연결되기를 열망한다.

『2013 오늘의 문제 평론 | 비등하는 역사, 결빙의 현실』은 비평 언어의 왁자지껄한 향연장을 기대하며 상재한 책이다. 새로운 비평적 문제의식이 이 책을 자양분 삼아 움트고 자라, 무성한 숲의 일원으로 성장하기를 염원한다.

2013년 3월
오창은, 맹문재

제3부

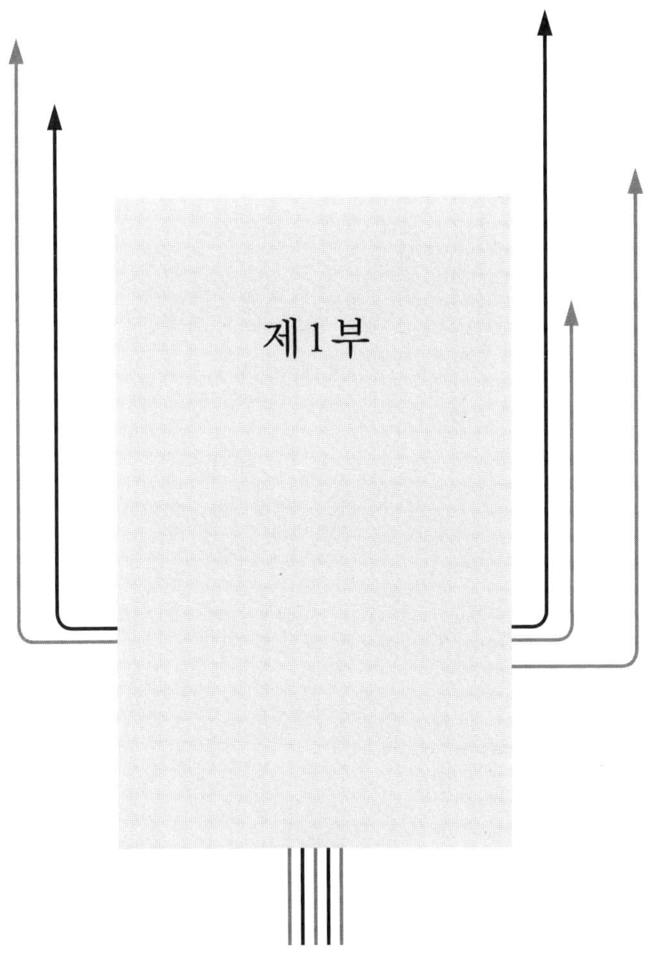

제 1 부

세상의 고통과 대면하는
소설의 자리

1995년 『문학사상』 평론 부문 신인상을 수상하며 등단. 평론집 『소설의 고독』(2008)이 있음.

세상의 고통과 대면하는 소설의 자리

정홍수

1. 배제되고 고통받는 다수의 세상

사회적 약자의 이야기를 민중이라는 집단적 표상과 관련지어 형상화하려는 문학적 움직임 속에는 그 민중의 자리를 역사적·사회적으로 주체화하려는 의지가 중요한 동력으로 자리 잡고 있다. 그리고 여기에 역사의 변화를 이해하고 기획하는 커다란 밑그림이 전제되어 있다는 것은 다 아는 대로다. 그러나 세기말의 세계사적 격변, 한국 민주주의의 새로운 국면, 유동적 근대의 상황, 다원적이고 복합적인 정체성의 현실 등과 마주치게 되면서 종래의 민중 표상으로 사회적 약자의 이야기를 담아내기는 어렵게 되었다. 그런데 민중 정체성과 관련된 세상의 변화를 굳이 언급하지 않더라도 집합적 실체로서 민중의 표상이나 개념에 일정한 관념화의 여지가 있었다는 점은 분명하다. 그렇다면 선재(先在)하는 우월한 개념이나 표상의 도움 없이 현실의 모순과 마주해야 하는 지금의 상황이 문학적으로 특별히 답답할 이치도 없지 않을까. 문제는 언제든 문학이 그 자신의 질문을 찾아내게 마련인 당대의 구체적 현실이 사회적·경제적 고통의 양을 확대하며 숱한 공공의 슬로건에도 불구하고 그 고통의 전선이 사회적 약자를 배제하는 쪽으로 움직이고 있는 반면, 그 반대의 상황을 기대하고 상상하기 힘들어진 오늘의 상황에 있을 것이다.

2000년대 한국 소설의 현장에서 공동체나 사회의 조력 바깥에 놓인 무력한 개인의 고립과 관련된 이야기를 발견하는 것은 이제 너무도 흔한 일이 되었다. 반지하방이나 고시원 쪽방에서 임시직으로 희망 없는 나날을 이어가는 젊은이들의 일상이 소설의 유력한 배경이 된 지도 오래다. 강제적 명퇴나 실업으로 아버지의 자리는 비어 있기 일쑤고, 그 아버지가 모자가 되어 벽에 걸려 있다 한들 놀랄 사람은 많지 않다. 가족서사는 공동체적 유대와 사회적 지속의 상상력을 잃고 붕괴와 해체의 이야기를 통해서만 그 자신의 존재를 역설적으로 보여준다. 무한 경쟁사회의 압력이 고스란히 전이된 학교의 황폐화와 학원폭력의 현실 역시 이즈음의 소설에서 자주 인용되는 암담한 세상의 상징이다. 그리고 재앙의 상상력, 종말론적 세상을 암시하는 서사에 이제는 다들 얼마간 익숙할 정도다. 그러나 그간 정치적 민주화의 진전이나 시민운동의 성장, 개개인의 의식의 열림 등에서 한국 사회의 현실을 자본이나 시장으로부터의 일방적인 패주(敗走)로 설명할 수 없듯이, 일견 무력하고 암울한 색채가 지배적인 한국 소설의 분위기 역시 '사회적인 것'에 대한 새로운 세대의 감각과 이해를 반영하는 한편, 그 개별의 구체적 자리에서는 주눅 들지 않는 상상력으로 불우한 세상을 견디고 타자의 아픔을 향해 고단한 자아를 개방하는 공감의 순간들을 찾아내왔다. 민중 현실을 다룬 지난 연대의 소설에서 많은 헤아림에도 불구하고 민중을 대상화하는 작가―지식인의 시선이 종내 일정한 관념적인 편향을 드러낸 게 부인할 수 없는 사실이라고 한다면, 사회적 약자의 전선이 특정 계급이나 계층의 영역을 넘어 전면화하고 있는 현실에서 어쩌면 오늘의 작가들은 그들 자신을 포함해 그 전선의 실체를 매번 새롭게 의식하고 그려갈 수밖에 없다. 2000년대 한국 소설에 부각되었던 탈현실의 상상력을 거론할 때도, 괴물스러운 현실 그 자체를 새롭게 정의하려는 미학적 모험의 측면과 함께 이성적 인식이나 조절 가능성으로부터 벗어난 듯한 신자유주의 세계의 고통스러운 현실과 마주한 작가들의 곤경을 고려에 넣어야 할 것이다. 테리 이글턴(Terry Eagleton)은 전지구적 자본주의 현실에 맞서 새로운 비극론의 수립을 이야기하는 가운데 인상적인 통찰을 전해준 바 있다. 그것은 시스템에서 배제되고 있는 것은 소수가 아니라 다수라는 사실이다. "사회체제가 일정한 소수집단을 경멸하고 배제한다는 생각은 우리에게 이미 친숙할 뿐만 아니라 우리의 눈으로 이러한 배제의 장면을 얼마든지 직접 확인할 수 있는 반면, 계급 분석을 해보면 놀랍고 충격적이게도 사회체제가 언제나 눈에 보이지 않게 다수를 배제해왔다는 사실을 알게 된다. 우리가 이 사실에 대해서 별다른 충격을 받은 바 없다는 것은 참으로 이해하기 힘들 뿐 아니라 역설적이기도 하다."[1] 2003년의 보고서다. 그런데 2000년대를 사는 많은 한국인들이 이 점에 대해 별다른 충격을 받지 않는다면, 그건 계급 분석 이전에 나날의 현실에서 이미 넘치도록 체감하고 있는 사실이어서 그렇지 않겠는가. 그리고 보면 우리가 소설에서 만나는 사회적 약자의 이야기는 바로 그 배제되는 다수의 자리에서 쓰여지는 다수의 현실인 셈이다. 그리고 앞서도 이야기했듯 최근 한국 소설에서 이 같은 고통의 현실을 읽는 것은 전혀 특별한 일이 아니다. 김애란(金愛爛), 조해진(趙海珍), 공선옥(孔善玉)의 근작들 역시 예외가 아닌 듯하다. 물론 우리가 주목하려고 하는 것은 세상의 고통에 감응하는 가운데 이들 작품이 힘겹게 찾아낸 개성적이고 창조적

---

1) 테리 이글턴, 『우리 시대의 비극론』, 이현석 옮김, 경성대 출판부, 2006, 509쪽.

인 소설 언어의 자리가 될 것이다.

2. 세계의 실패를 떠맡는 무력한 개인의 자리: 김애란 소설집 『비행운』

김애란 장편 『두근두근 내 인생』(창비, 2011)은 조로증을 앓는 아들과 그 아들의 급속한 노화와 죽음을 지켜보아야 하는 젊은 부모를 등장시켜 아주 특이한 슬픔과 고통의 서사를 전개한다. 그런데 소설의 초점은 "가장 어린 부모와 가장 늙은 자식"이라는 기막힌 운명의 비극에 있지 않다. 김애란은 육친 간에도 엄연히 존재하는 타자적 거리를 사이에 두고 슬픔이라는 인간의 특별한 능력이 발휘할 수 있는 공감의 가능성과 한계를 묻는다. 그 질문은 아들 한아름의 일인칭 시점으로 발화되는 장편의 서사 전체에 기이한 질병을 앓고 있는 열일곱 소년의 것으로 보기에는 믿기 힘들 정도의 조숙하고 명랑한 시선과 어조에 아이러니의 형태로 새겨져 있지만, 열일곱 젊은 부모가 처음 몸을 섞는 원초적 장면을 상상하며 써놓은 한아름의 소설 속 소설 「두근두근 그 여름」에 가장 압축적으로 담겨 있다. 그 여름의 이야기는 이른바 '타자−되기'라는 소설 상상력의 가장 기본적인 용처가 슬픔과 기쁨을 포함하는 타자의 전존재를 향한 도약임을 보여준다. 물론 그 도약은 제거되기 힘든 타자성에 대한 부분적인 외면을 대가로 이루어진 것은 아닌지 심각하게 물을 수도 있겠지만, 여기서는 이 이야기가 한아름이 죽음으로 건너가기 전 남긴 유고(遺稿)라는 점을 이해할 필요가 있다. 죽음의 순간에 부여되는 이야기의 권위 속에서 한아름은 죽음을 거슬러 자신의 탄생 지점으로 가고, 거기서 차후 진행될 비극조차 어찌해볼 수 없는 순수한 사랑의 환희를 복기함으로써 그 자신을 포함한 부모의 운명을 감싸고 위로하는 어떤 순간을 찾고 있다. 장편 『두근두근 내 인생』에 담긴 특별한 가족의 이야기를 우리 시대의 보편적 불행과 슬픔으로 바로 연결 짓기는 어려울지 모른다. 그러나 상호부조와 연대의 공간으로서 사회의 공적 영역이 붕괴되는 지점에서 개인들에게 박탈되고 있는 것은 자신을 보존할 수 있는 최소한의 물리적 자원만이 아니다. 탈락과 배제의 불안, 공포 앞에서 심화되는 개인의 고립은 유대와 연민, 공감과 관련된 마음의 영토 자체를 앗아가고 있다. 『두근두근 내 인생』은 그런 상황에 대한 강력한 항의이면서, 연민이나 공감의 능력과 관련된 소설의 기본적 책무를 새삼 돌아보게 만든다.

　장편에 이어 올해 출간된 김애란의 세 번째 소설집 『비행운』(문학과지성사, 2012)은 바로 그 공감의 시선으로, 고달프고 막막한 세월을 지나가고 있는 우리 시대의 현실을 다양한 지점에서 발굴해낸다. 소설집의 제목인 '비행운'은 이륙하는 비행기 뒤에서 생겨나는 구름을 가리키는 것으로, 직접적으로는 「하루의 축」에서 오십대 중반의 공항 청소노동자 기옥씨의 벗어날 길 없는 고단한 나날에 대비되는 막연한 동경과 탈출의 이미지로 제시되지만, 그 기옥씨의 이야기를 포함해 소설집에 나오는 많은 이들의 불행과 관련지어 의미를 새겨보는 게 더 낫겠다 싶을 정도로 여기에는 '행운'과 너무도 무연한 사연들이 넘쳐난다. 이 편재한 불행의 이야기들에서 아픔의 정도를 가릴 수는 없는 일이겠지만, 두 번째 소설집 『침이 고인다』(문학과지성사, 2007)에 실린 「자오선을 지나갈 때」를 기억하고 있는 독자라면 시간의 간격을 생각하며 「서른」에 그려진 악화되고 있는 우리 시대 젊은이들의 현실에 더 깊이 전율하게 될 것 같다. 「자오선을 지나갈 때」는 서른 번에 이르는 취업낙방 경력을 가진 스물여섯 살의 대졸 여성이 학원강사 취업면접을 마치고 재수학원 시절의 추억이 어린 노량진을 지나며 "7년이 지난 2005년 지금도 나는 왜 여전히 그곳을 '지나가고 있는 중'인 것일까" 자문하며 '나아짐'을 모르는 청춘의 시간과 아프게 대면하는 이야기다. 노량진 재수학원 시절 함께 기거했던 독서실의 선배 언니에게 10년 만에 쓰는 편지 형식으로 되어 있는 「서른」은 「자오 선을 지나갈 때」와 비슷한 시선의 구도를 갖고 있지만, 소설 화자 '나'가 겪은 그 10년은 '지나감'이나 '나아짐' 같은 말을 떠올리기조차 무망하 게 젊은 세대의 참혹한 추락의 현실을 증언한다. 열몇 개의 아르바이트를 하며 7년 만에 대학을 졸업하기까지 "보통의 기준에 다다르기 위해 안간 힘"을 썼지만 그 "언저리에 금이라도" 밟을 기회는 주어지지 않았다. 결 국 다단계 판매조직에 발을 들이면서 파탄의 수렁으로 빠져들어갔던 '나'의 지난 10년이 세목에 바탕한 뛰어난 사실감의 언어로 고백되고 있 는 이 소설에서 무언가가 되고자 했고, 무언가가 되리라 믿었던 청춘의 시간은 이제 "아무것도 아닌 것이 되어가고" 있거나, "어쩌면 이미 아무 것도 아닌 것보다 더 나쁜 것이 되어 있는지도 모르고요"라는 탄식이 보 여주는 것처럼 참담하게 소진되어 있다. '나'의 물음은 "어찌해야 하나" 와 "내가, 무얼, 더" 사이에서 길을 잃었고, 다단계 조직에서 벗어나기 위 해 마지막으로 끌어들였던 보습학원 제자 혜미가 자살시도 끝에 식물인 간으로 누워 있는 병원행을 두고 '나'는 한없는 죄의식에 그저 망설이고 있을 뿐이다. "샘 여기 분위기 쩔어요. 원래 이런 건가염. 샘 배고파요. 밥 사주세염. 샘 왜 제 문자 씹어요. 샘 전화 좀. 샘 어디세요. 샘 전화 한 번만. 샘 저 좀 꺼내주세요……" '나'의 휴대전화에 저장되어 있는 혜미 의 문자메시지다. '나'는 이 절박한 호소를 외면했거니와, 뒤늦은 참회의 응답이 지금 선배 언니에게 쓰고 있는 고백과 고해의 편지인 셈이다. 그 러나 이 편지 역시 조그만 자취방에서 공책만 한 크기의 열리지 않는 창 으로 저 바깥의 침묵하는 도시의 새벽을 바라보며 쓰고 있는 간절한 구원 의 호소라는 점에서는 혜미의 그것과 다르지 않다. 고립무원의 단절감은 창의 풍경을 지구로부터 멀어지는 우주선 스푸트니크호의 유리벽에 코를 박은 개의 시선에 겹치는 '나'의 상상 속에 절실히 표현되어 있는데, 우리를 더욱 아프게 만드는 것은 이 편지가 부쳐지더라도 수신인인 선배 언니가 딱히 할 수 있는 응답을 떠올리기 어렵다는 사실이다. "언니, 앞으로 저는 어떻게 될까요. 마흔의, 환갑의 나는 어떤 얼굴로 살아가게 될지, 어떤 말을 붙잡고 어떤 믿음을 감당하며 살지 모르겠어요." 8년 만의 임용고시 합격 소식을 알리며 선배 언니가 어렵게 주소를 알아내 보내온 소포에는 노량진 시절 선배 언니에게 합격을 기원하며 건넨 만 원짜리 빵집 카드와 그 선물에 대한 오래 묵힌 고마움의 언사가 함께 들어 있었다. 그 응답으로 쓰여지고 있는 이 편지에서 작은 희망 속에 선의를 나누던 그때 그 시간의 온기를 다시 기억하기에는 '나'의 '서른'이 너무 멀리 와버린 것이 아닌가. 그런데 "잘 지내요, 언니. 언니가 정말 잘 지내었으면 좋겠어요"라는 말미의 평범한 인사말이 더없이 아프고 간곡하게 들리는 이 편지에 응답해야 하는 자는 선배 언니도, 아마도 편지의 진짜 수신인일 혜미도 아니다. 누구나 아는 대로 그 자리는 '나'가 빠져든 다단계 조직의 구조에 암시되어 있는 것처럼, 누군가의 몫을 빼앗고 누군가를 배제하지 않으면 작동하지 않는 실패한 시스템으로서 우리 사회 전체다. 그러나 사회는 그 실패를 떠맡지 않는다. 실패를 감당하는 것은 '나'나 혜미 같은 무력한 개인일 뿐이다. 더 끔찍한 것은 피해자─가해자의 연쇄를 강요하는 구조의 환상 속에서 '나'에게는 혜미에 대한 죄의식을 온전히 떠안을 자리마저 주어지지 않는다는 사실이다. '나'가 살아남기 위해서는 망각과 부인, 회피의 환상이 불가피하다. 혜미의 병실 방문을 주저하고 망설이는 대목에서 소설의 편지를 끝낼 수밖에 없는 사정이 여기에 있었을 것이다. 그러나 뒤집어 생각하면 이것은 하나의 타협이 아닌가. 그럴 때 누군가는 「서른」의 편지가 그 내용의 참혹함에 비해 너무 세련되고 매끈한 화법으로 쓰여져 있지 않느냐고 물을 수도 있을 것이다. 그렇지만 고립무원의 상황에서 세상에 대한 분노와 죄의식, 스스로에 대한 절망으로 찢겨나가고 있을 '나'의 현실은 언제든 소설의 자리에서 보면 과잉의 실재일 수밖에 없을 테다. 재앙의 현실을 얼마간은 알레고리의 힘을 빌려 그려낸 또 다른 노작 「물속 골리앗」의 방식이 차라리 쉬웠을 수도 있겠다는 생각마저 드는 이유다.

3. 타자의 고통, 공감과 연민의 윤리: 조해진 장편 『로기완을 만났다』

언젠가부터 한국 사회의 불편한 타자가 되어버린 탈북인의 이야기는 이미 여러 차례 소설로 다루어졌다. 그중 강영숙(姜英淑)의 장편 『리나』(랜덤하우스코리아, 2006)가 암시적으로 탈북의 소재를 취하면서도 경계 넘기를 통한 정체성의 탈주라는 현대적 주제를 펼쳐보았다면, 정도상(鄭道相)의 연작소설 『찔레꽃』(창비, 2008)은 '충심'이라는 여성의 탈북에서 남한 정착에 이르는 험난한 여로를 치밀한 리얼리즘의 시선으로 보여준 바 있다. 조해진의 장편 『로기완을 만났다』(창비, 2011)는 탈북 후 중국 연길에서 어머니가 사고로 죽자 어머니의 시신을 불법 장기밀매 조직에 넘기고 손에 쥔 얼마간의 돈으로 벨기에 브뤼셀로 밀입국을 감행, 기적적으로 난민 지위를 얻은 로기완이라는 북한 젊은이의 행적을 방송작가인 여성 화자 '나'가 따라가는 이야기다. 그런 만큼 소설의 일차적인 초점은 유령 같은 존재로 낯선 유럽 땅에 스며든 스무 살 북한 청년이 브뤼셀에서 겪은 고립무원의 불안과 공포, 굶주림의 시간을 삼 년 뒤 그곳으로 찾아간 화자가 그가 남긴 일기를 들고 하나하나 되짚어보며 그의 아픔에 공감하려고 노력하는 데 맞추어져 있다. 그런데 작가는 일기를 토대로 로기완의 시간을 꼼꼼하게 복원하는 것 이상으로, 소설 화자 '나'의 이야기를 통해 타자의 아픔에 공감하고 그 아픔을 전면적으로 껴안는 일이 도대체 가능하기나 한 일인지 집요하게 캐묻는다. 그러니까 소설은 사회적 이방인이자 타자인 로기완이라는 탈북인 '이니셜 L'의 이야기이면서 타자의 아픔 바깥에서 스스로를 이방인의 시련 속에 두게 된 방송작가 '이니셜 K'의 이야기가 된다. 그리고 화자인 방송작가 '나'의 고뇌와 자문에서 우리는 어쩔 수 없이 우리 시대 소설의 윤리를 둘러싼 작가 조해진의 물음을 겹쳐보게 된다. 제목은 '로기완을 만났다'이지만 정작 소설은 '왜 로기완을 만나야 했는가'를 묻고 있는 셈이다.

사정은 이렇다. 오른쪽 얼굴에 커다란 혹이 있는 열일곱 살 여고생 윤주(병을 앓던 아버지는 죽었고, 어머니는 가족을 떠났으며, 여동생은 행방불명상태로 그녀는 반지하 원룸에서 혼자 살고 있다)의 사연을 방송으로 다루는 과정에서 스스로의 과욕으로 윤주의 치료시기를 놓쳐버렸다는 자책에 빠진 소설 화자 '나'는 타인의 아픔을 적당히 대상화하고 자기만족의 도구로 사용하는 세상의 어떤 흐름에서 그 자신도 예외가 아니라는 심각한 회의에 부딪힌다. 이 무렵 '나'는 벨기에를 유령처럼 떠도는 탈북인 로기완의 기사를 접하고, 거기서 자신을 벨기에로 향하게 할 로기완의 한마디를 만난다. "어머니는 저 때문에 돌아가셨습니다. 그래서 저는, 살아야 했습니다." 자신이 겪고 있는 것보다 훨씬 더 심각한 자책과 자학의 상황을 삶의 의지로 돌려놓은 누군가의 사연을 직접 확인하는 게 절실히 필요했다는 이야기이다. 그러나 브뤼셀에서 로기완의 시간을 하나하나 되짚는 동안 '나'는 자신의 벨기에 행이 정작 대면해야 할 아픔과 진실로부터의 도피를 대가로 이루어진 것임을 깨닫게 된다. 말할 것도 없이 그것은 악화된 윤주의 현실이고, "가식적인 연민"이라는 외면하고 싶은 자신의 맨얼굴이다. 그리고 여기에 벨기에에서 은퇴한 한국인 의사 박의 사연이 덧붙여진다. 로기완이 난민 지위를 얻는 데 큰 도움을 주기도 한 박은 모종의 정치사건에 연루되어 한국을 떠나 유럽에 정착한 인물로, 오 년 전 말기암에 걸린 아내의 안락사를 사실상 자신의 손으로 집행해야 했던 아픔이 있다. '나'는 박을 통해 다시 한 번 타인의 고통 앞에 선 인간의 한계와 윤리적 난경을 본다.

간단히 요약해본 대로, 작가는 단순히 로기완이라는 탈북인의 고통을 재현하기보다는 그 재현과 공감을 가능케 하는 근본적인 윤리의 자리를 다양한 지점에서 묻고 있다. 그러나 '나'의 회의와 좌절이 보여주는 것처럼 그 윤리는 근본적으로 인간 존재의 한계 안에 있는 것이어서 쉽게 해답을 얻을 수는 없을 것이다. 사실 중요한 것은 추상적 윤리의 해답이 아니라 공감과 연민의 윤리가 실패하는 지점에서 무엇을 발견해내느냐 하는 점이겠다. 로기완이 숙소에서 들고 온 빵을 무료 화장실 변기에 앉아 몰래 먹어야 했던 상황을 일기에서 읽은 '나'는 그 상황을 재연해보려고 시도한다. 그러나 몇 번 씹지도 못하고 입안의 것을 토해내고 만다. 이 대목의 결벽증적 강박이 로기완의 고통을 향한 '나'의 진심을 절실하게 보여준다는 점은 분명하지만, 소설은 전체적으로 이 '진심'의 언저리에서 크게 벗어나지 못한다. 그보다는 베를린 공항에 홀로 남은 로기완이 브로커로부터 브뤼셀이라는 낯선 행선지를 받아드는 순간을 이야기하는 장면에 등장하는 다음과 같은 진술에서 새길 점이 더 많은 듯하다. "그런데 로의 어깨를 잡아주던 브로커의 그 손은 따뜻했을까. 로에게 순간적인 위로라도 주긴 했을까. 그러나 더 이상은 이야기를 만들 수 없다. 내가 상상할 수 있는 범위는 여기까지다." 이 상상의 한계를 수락하는 이면에 타자의 대상화라는 연민의 타락 가능성과 싸우는 '나'의 치열한 자기성찰이 진행되고 있음을 짐작하기란 어려운 일이 아니다. 그리고 이로부터 우리 시대 소설의 윤리를 둘러싼 의미 있는 반성을 이어갈 수도 있을 것이다. 로기완의 일기를 따라가며 로기완의 시간을 다시 쓰는 '나'의 작업이 한 탈북인의 행로에 대한 사실적 보고를 넘어 '나'의 자기치유의 시간과 섬세하게 겹치는 점이야말로 이 소설의 미덕이라고 할 수 있을 텐데, 수술 과정에서 잃게 된 윤주의 오른쪽 귀를 세상의 아픔을 듣는 '나'의 귀로 보존하려는 환각의 결의는 아마도 작가 조해진의 그것이기도 할 것이다. 기실 "살아야 하는 이유를 부정하는 고통 역시 살아가는 과정에 포함되는 이상한 아이러니를 이미 알아버린" 사람들이 윤주나 로기완만이겠는가. '나'가 아프게 깨달은 것처럼 세상의 고통에 무지하거나 그저 눈을 닫는 것만으로도 "무심한 폭력"에 가담한 셈이 된다면, 세상의 고통에 대해 문학이 견지해야 할 공감과 연민의 윤리는 '진심'을 넘어선 더 가혹한 시험대를 필요로 하는지도 모른다.

4. 작은 연대의 가능성, 위로의 서사: 공선옥 장편 『꽃 같은 시절』

공선옥의 소설에는 언제든 고단하고 억울한 삶의 사연들이 그득하다. 장편 『꽃 같은 시절』(창비, 2011) 역시 육십 대가 젊은 축에 속하고 이주 여성들이 새로운 구성원으로 등장한 오늘의 농촌 현실을 배경으로 석재 공장의 불법 가동에 맞서 업체 및 관청과 힘겨운 싸움을 벌이는 시골 주민들의 이야기다. 그런데 소설의 주인공이라 할 수 있는 영희와 철수 부부는 재개발 사업으로 제대로 된 보상도 받지 못한 채 생계수단인 식당과 살 집을 잃고 어쩔 수 없이 시골마을의 빈집에 들어와 살게 된 도시 철거민 출신의 뜨내기 외지인이다. 승인받지 않은 쇄석기의 가동으로 소음과 먼지의 피해가 심각해지자 삶의 터전을 지키기 위해 마을 주민들이 반대 시위를 벌이게 되고, 처음엔 어정쩡한 동조자로 시위에 참여하던 외지인 영희는 점차 주민들의 싸움을 앞장서 이끌게 된다. 영희는 대책위원회의 위원장까지 맡아 열성적으로 투쟁을 주도하지만 종내는 과로가 겹쳐 의식을 잃고 사경을 헤맨다. 공장과 관청을 상대로 한 주민들의 싸움 역시 아무 소득 없이 끝나고, 주민들은 업무방해 혐의로 재판에 회부되어 벌금형을 받는다. 작가의 말대로 "순하고 약한 사람들의 순하고 약한 항거"는 너무도 간단하게 무시된다. 어떤 거창한 대의나 신념과는 무관하게 도시 출신의 평범한 젊은 주부가 칠팔십 대 노인이 주축이 된 시골 주민들의 절실한 호소가 짓밟히고 무시되는 모습을 보고 분노와 서러움의 싸움에 뛰어드는 과정이 공선옥 특유의 핍진한 언어로 그려지는데, 가령 다음과 같은 대목에서 영희의 마음의 흐름은 아주 자연스럽게 전달된다. "왠지 모를 낯선 서러움 때문에 방문을 닫고 바람벽에 등을 대고 앉아 있자니, 속이 상할 때면 늘 그렇듯이 눈물이 나온다. 참 희한한 일이다. 지금까지 자신의 일 말고, 혹은 가족의 일 말고 타인들의 '고난' 때문에 서럽다거나 눈물이 날 만큼 속이 상한 적은 없다. 그런데 지금, 이장의 땀에 밴 후줄근한 남방이, 휘청거리는 힘없는 걸음걸이가 영희를 울리고 있다."(61쪽) 주민들의 시위 모습이나 경찰에 소환된 주민들의 신문 장면 등에서 상황의 부당함과 부조리를 우스꽝스러운 현실로 만들어버리는 농민들의 천진하고 의뭉한 웃음의 순간에는 삶 그 자체에서 포착한 공선옥 문학 고유의 활력이 뚜렷하다. 작가는 용산 참사의 현장인 남일당 이야기나 4대강 공사와 관련된 삽화를 중심 서사와 이으며 시대 현실의 전체상 속에서 이들의 싸움을 조망하려고 한다. 실패한 싸움이었을망정 낯모르던 이들과 따뜻한 연대를 이루고 세상에 처음 자신의 목소리를 알렸던 주민들에게, 소설의 제목처럼 '꽃 같은 시절'의 화관을 얹어주려 한 작가의 작의(作意)도 납득이 간다. 영희가 사는 집에서 육십 년 넘게 살다 세상을 떠난 집주인 무수굴댁의 시선과 목소리는 작가가 가장 공을 들인 지점으로, 마을의 역사와 주민들의 사연을 넘나들며 신산한 삶의 비애를 폭넓게 감싸고 있다. 가령 무수굴댁이 옛 시절의 기억을 더듬는 가운데 산밭에서 이웃 여인네와 함께 나누는 대화에는 '거미 소리'가 등장한다. "무수꿀성님, 칡낭구 가지 새로 내려오는 거무가 닝꽁닝꽁닝꽁니잉, 안허요이?" "자네 집 밭에 거무는 닝꽁닝꽁닝꽁니잉 헌가? 우리집 밭에 거무는 지꾸지꾸지꾸지잉 허그만." "소리 없는 것들의 온갖 소리"를 듣는 이 대목(79쪽)이 소설 전체에서 가지는 상징적 함의와는 별도로 우리는 공선옥이 옮겨주는 언어만으로도 어떤 감흥에 이른다.

그러나 전체적으로 익숙한 소설적 구도다. 우리는 주민들의 억울한 사연에 쉽게 공감하고 분노한다. 삶의 형편에서는 전혀 나을 게 없는 외지인 영희가 주민들의 싸움에 자신의 힘을 보태는 모습에서 인간 유대의 작은 가능성을 확인하는 일은 가슴 뭉클하다. 주민들은 패배하고 영희는 쓰러지지만 그이들의 눈물을 닦아줄 '조선 어미' 무수굴댁의 품이 있다. 무수굴댁은 '혼엄마'들의 목멘 노랫소리로 영희의 아픔을 위로하고 그이를 세상으로 다시 돌려보내게 될 것이다. 그렇다면 이제 우리는 분노와 슬픔을 안은 채로 얼마간 안심해도 되는 것인가. 그러나 이 위로의 소설적 처리는 익숙한 서사적 관습은 아닌가.

사회적 약자의 이야기를 발견하는 일은 언제든 우리 시대의 소설이 감당해야 할 중요한 몫이다. 그러나 그 이야기를 단순한 사실의 지시나 보고 이상으로 만드는 일은 쉽지 않다. 『꽃 같은 시절』과 관련해서 말한다면, 작가는 남도의 한 시골마을에서 평생을 뿌리내리고 살아온 주민들에 대해 이미 일정한 문학적 답을 마련해둔 가운데 소설을 진행시킨다. 그리고 그 답은 우리도 얼마간 예상할 수 있는 범주의 것이다. 단순화된 대립 구도에 대해서도 말할 수 있을 것이다. 이로부터 현실 연관의 복잡하고 꼼꼼한 추적이나 인물들에 대한 탐사의 깊이는 제약될 수밖에 없다. 『꽃 같은 시절』에서 우리는 석재공장의 소음이나 먼지로부터, 그리고 힘겨운 싸움으로부터 놓여난 주민들의 평온한 삶을 바라게 되지만, 인간 진실의 깊은 시련들에 전율하고 반응하면서 그렇게 되는 것 같지는 않다. 소외되고 밀려난 힘겨운 삶들에 대한 애정과 관심에서 공선옥 문학이 보여준 강도는 민중문학의 전통 안에서도 특별한 바가 있었다. 정형화된 인물형이나 소설 화법에 대한 반발 속에서 공선옥 소설이 들려주었던 개개의 아픈 사연들을 기억하는 만큼, 익숙하고 소박한 삽화적 보고에 그친 듯한 『꽃 같은 시절』의 소설적 탐구에는 아쉬움이 남을 수밖에 없다. 어떤 고착된 심상을 현실에 투사하려는 손쉬운 유혹을 거절하는 가운데 인간 현실의 구체를 좀 더 복잡하고 폭넓은 연관과 맥락 속에서 비판적으로 검토하고 발견하는 일은 이즈음 한국 소설에 더 절실히 요구되는 리얼리즘의 요청인지도 모르겠다.

5. 증언 불가능한 공백을 생각하며

김애란의 「서른」에서 우리는 무언가가 되리라고 믿었지만 아무것도 되지 못했으며, 어쩌면 그보다 더 나쁜 것이 되어 있는지도 모르겠다고 탄식하는 서른 살 여성의 편지와 마주한다. 우리 시대의 청년 현실을 반영하는 그 참혹한 편지에 대해 마땅한 응답을 떠올리기가 쉽지 않다는 것은 가슴 아픈 일이다. 조해진은 『로기완을 만났다』에서 낯선 유럽 땅을 유령처럼 떠돌아야 했던 한 탈북인의 시간을 뒤따르는 가운데 타자의 고통과 대면하는 공감과 연민의 윤리를 집요하게 묻는다. 그리고 공선옥의 『꽃 같은 시절』은 삶의 터전을 지키기 위한 시골 주민들의 투쟁기를 전하면서 약자의 목소리를 외면하는 불의의 세상을 고발하는 한편, 작지만 따뜻한 공동체적 연대의 가능성을 확인하고 민중적 생명력의 너른 품을 환기한다. 말할 것도 없이 만연한 세상의 고통에 눈을 돌리고 발화되기 힘든 약자의 목소리에 자신의 상상력과 언어를 내어주는 것은 문학 본연의 자리다. 가령 김려령(金呂玲) 장편『우아한 거짓말』(창비, 2009)을 보면 '청소년 문학'의 영역에서도 우리 시대의 그늘진 현실과의 심각한 대면이 이루어지고 있음을 알 수 있다. 이 소설에 나오는 '천지'라는 한 여중생의 충격적인 자살은 그 아이의 착하고 여린 심성으로는 감당하기 힘들었던 '화연'이라는 친구의 악의적이고 교묘한 괴롭힘이 일차적인 원인이지만, 가해 아이의 경우를 포함해서 붕괴되고 있는 우리 시대의 가족 현실과 떼어놓고는 생각할 수 없는 일이다. 작가는 아이들이 그 나이에 빠지기 쉬운 과장된 자기연민이나 자기기만의 심리적 미궁을 섬세하게 보여주면서도 아이들의 고립을 가정이나 학교를 둘러싼 어둡고 착잡한 현실의 맥락에서 이해하게 만든다. 천지는 세상을 떠나면서 엄마와 언니, 그녀를 힘들게 했던 두 친구에게 각기 편지를 남기는데, 그 편지들에 적힌 '용서'라는 단어를 읽는 일은 참으로 괴롭다. 김애란의 「서른」에서 '나'는 새벽부터 밤까지 학원가를 오가는 아이들을 보며 생각한다. "너는 자라 내가 되겠지…… 겨우 내가 되겠지." 천지를 떠나보내고 남은 『우아한 거짓말』의 아이들은 어떠할까?

소설의 사사화(私事化)나 왜소화에 대한 일각의 우려에 이유가 없는 것은 아니지만, 이 글에서 살펴본 것처럼 이즈음의 한국 소설에서 현실과의 긴장을 유지하며 상상력과 서사의 영토를 넓히기 위해 분투해온 흔적을 발견하는 것 역시 어렵지 않은 일인 듯하다. 돌아보면, 그간 다양한 개성이 분출하는 가운데 '현실' 그 자체를 욕망과 환상의 구조를 통해 재구성하는 것에서부터 '사회적인 것'에 대한 환멸과 거부, 내면성에 대한 반발, 혼종성, 반인간의 시선, 만화적·우주적 상상과 묵시록적 비전, 파편적 알레고리와 판타지 등에 이르기까지 다양한 시야와 감각을 동반한 소설미학의 실험이 있었다. 다른 한편 이 글에서 살펴본 작가들의 경우처럼 상대적으로 전통적인 소설미학에 충실하면서도 세상의 고통에 감응하는 서사와 상상력의 심화를 일구어온 흐름 역시 여전히 한국 소설의 중요한 축을 이루고 있다. 물론 소설미학의 다양한 모험은 단순히 형식적인 실험과 모색에 그치지 않고 현실에 대한 또 다른 발견과 인식으로 이어질 가능성이 있는 만큼, 그 물신화를 경계하면서도 언제든 장려되어야 할 부분이다. 그러나 예컨대 김애란의 「서른」이 일견 특별한 서사적 실험을 수반하지는 않지만, 사실에 충실한 내면의 고백을 이어가는 가운데 무력한 개인들이 감내하고 있는 존재의 찢김이나 현실의 어둠을 무섭게 환기해내고 있다는 점은 시사하는 바가 없지 않다. 생각해보면 이 소설의 서사적 모험은 편지의 도착을 유예시키고 그 응답의 자리를 윤리적 난문으로 만드는 바로 그 지점에 있을 텐데, 이때 소설의 화자 '나'가 고백하고 있는 사실들은 이미 그 자체로 회피와 망각의 환상과의 힘겨운 싸움을 포함하고 있는 것이다. 조해진이 『로기완을 만났다』에서 연민과 공감의 윤리에 대한 질문을 서사의 내용과 구조로 밀어붙이는 지점에 대해서도 주목할 필요가 있을 것이다. 그리고 관습적 상상력이라는 혐의가 없진 않은 대로 공선옥이 이승과 저승을 넘나드는 무수굴댁의 시선 안에서 남도 사투리의 가락을 최대한 살려내며 『꽃 같은 시절』의 서러운 싸움을 감싸는 대목에는 특별한 언어적 활력이 있다.

그런데 여기서 조금은 근본적인 질문을 던져볼 수도 있다. 조르조 아감벤(Giorgio Agamben)은 『아우슈비츠의 남은 자들』(정문영 옮김, 새물결, 2012)에서 유대인 집단학살의 생존자들이 남긴 증언의 기록을 검토하는 가운데 '증언'의 윤리학과 관련하여 중요한 사실을 지적한다. 증언의 아포리아는 증언할 수 없는 것을 증언해야 한다는 점에 있다는 것이다. "증언은 깊은 곳에 증언될 수 없는 무언가를, 살아남은 이에게서 자격을 내려놓게 하는 무언가를 담고 있다. '참된' 증인, '온전한 증인'은 증언하지 않았고 증언할 수 없었던 사람들이다. 그들은 맨 밑바닥에 떨어졌던 사람들, 즉 이슬람교도들, 그러니까 익사한 자들이다."(51쪽) 그런 만큼 증언은 "공백으로부터 생겨나는 소리, 고독한 이가 말하는 비언어, 언어가 그것에 응답하고 언어가 그 속에서 생겨나는 비언어이다."(58쪽) 아우슈비츠라는 극한의 상황에 대한 논의이고, 쉽게 인용하여 전유하기 힘든 맥락을 품고 있는 게 사실이지만, 이 증언의 아포리아를 단서로 삼아 세상의 고통과 대면하는 우리 시대 소설의 자리를 좀 더 근본적으로 성찰해 볼 수도 있다. 가령 증언의 언어가 비언어의 공백과 맺고 있는 한계상황을 소설과 관련지어 극단적으로 밀어붙일 경우 소설의 의사소통은 불가능해진다. 알아들을 수 없고 무의미한 중얼거림만이 남을 수도 있다. 당연히 이것은 소설이 감당하기 힘든 자리다. 그러나 그 중얼거림의 공백이 존재한다는 사실을 좀 더 강력하게 환기하는 소설의 언어와 상상에 관해서라면 논의의 여지는 있다. 「서른」에서 문자메시지로 남아 있는 혜미의 절규는 '나'의 자리에서 보면 그 문자 바깥 '비언어'의 영역을 넘치는 고통으로 공백화하고 있다. 이때 「서른」의 편지가 어쩌면 너무 매끄럽게 쓰여지고 봉합되어 있지 않은지 묻는 것은, 바로 그 또 다른 소설 언어의 가능성을 향한 질문이 될 것이다.

(창작과 비평, 겨울호)

안드로이드는
전기 양의 꿈을 꾸는가?

2012년 『경향신문』, 『서울신문』 신춘문예로 등단. 경희대학교 3학년 재학 중.

안드로이드는 전기 양의 꿈을 꾸는가?

이강진

다른 언어로 말하고 다른 기호로 쓰면서도
내가 주워섬기고 있는 것은 나의 말, 나의 말, 항상 나의 말이었다.

— 르 끌레지오, 『침묵』

세 개의 정의

리들리 스콧의 〈블레이드 러너〉가 개봉한 지 올해로 벌써 30년이 지났다. 하지만 사람들은 여전히 이 작품을 공상과학영화의 가장 뛰어난 성취로 평가하는 데에 주저하지 않는다. '테크 누아르'라는 새로운 장르를 개척했다는 영화사적 평가는 제쳐두고서라도, 너무나 인간적인 인조인간의 존재 자체가 관객들에게 커다란 충격을 불러일으킨 까닭이리라. 영화에서는 인조인간을 '리플리컨트'라고 불렀지만, 우리는 대개 '안드로이드(Android)'[1]라는 이름에 더 익숙하다. 인간을 뜻하는 '안드(Andr−)'와 닮

---

1) 〈블레이드 러너〉의 원작 소설은 필립 K. 딕의 『안드로이드는 전기 양의 꿈을 꾸는 가?』이다.

음을 의미하는 '로이드(-eides)'가 합쳐져서 만들어졌으니, '안드로이드'란 쉽게 말해 "인간을 닮은 것"의 대명사인 셈이다. 하지만 과연 이것이 전부일까? 사전적인 정의를 순순히 받아들이기에는 너무나 모호한 구석이 많다. '-임'과 '다름' 사이에 놓인 '닮음'이라니. 도대체 인간과 안드로이드를 구분 짓는 배타성의 범주는 어디까지란 말인가. 바로 여기서부터 〈블레이드 러너〉의 숨은 질문들이 시작된다. 타자이되 타자가 아니라는 안드로이드의 모호한 정의는, 역설적으로 그들의 배타적 규범이 되어줄 인간의 정의를 새롭게 요청한다. 말하자면 "안드로이드란 무엇인가"를 질문하는 일이란 철저하게 "인간이란 무엇인가"를 되묻는 작업인 셈이다.

영화 속 안드로이드 탈주자들은 운명에 대한 깊은 배신감에 사로잡혀 있다. 겉으로 보기엔 인간과 전혀 다를 바가 없음에도 불구하고, 인간의 필요에 의해 4년이라는 짧은 수명을 강요당한 까닭이다. 자신의 제조일자를 알아낼 방법이 없기에, 이들은 언제 찾아올지 모를 죽음의 공포 속에서 하루하루를 살아갈 수밖에 없다. "인간은 죽음을 향한 존재"라는 하이데거의 언명대로라면, 매 순간 죽음과 직면해야 한다는 사실만으로도 안드로이드는 이미 인간 이상으로 인간적인 존재자인 셈이다. 이 기묘한 운명으로부터 우리는 "안드로이드란 무엇인가"의 첫 번째 대답을 발견한다. 이들은 **'인간이 아닌 인간'**이다. 안드로이드는 끝내 종(種)이라는 배타성을 극복할 수 없으며, 스스로에게 부여된 유한성의 굴레로부터 벗어날 수 없다. 그러나 바로 그렇기에 안드로이드는 다른 어떤 존재자보다 강렬한 현존재로 거듭날 수 있는 것이다.

이러한 이중성으로 인해 안드로이드는 인간의 기준으로 만들어진 모든 질서들을 가로지르거나 넘어설 수 있는 초월적 존재가 된다. 도구적 수단으로 부여된 능력은 이제 자유를 향한 가능성의 수단으로 역전된다. 하지만 이 자유가 결코 유쾌한 것만은 아니다. 안드로이드의 초월은 인간이 겪어온 '자유라는 형벌'의 반복이기 때문이다. 대개 우리는 저 고통을 회피하기 위해 타인의 시선과 질서에 몸을 내맡기지만, 애석하게도 안드로이드에게는 그것마저도 허락되지 않는다. 기존의 질서를 승인함으로써 소외로부터의 도피를 꾀할 수 있는 인간들과 달리, 이들은 스스로의 자유를 포기한다고 하더라도 여전히 자신에게 부여된 구별 짓기로부터 벗어날 수 없는 까닭이다. 여기에서 우리는 안드로이드의 두 번째 정의를 마주하게 된다. 안드로이드는 **'인간 바깥의 인간'**이다. 주어진 도구성을 거절하는 그 순간, 세계 속에 불가피하게 내던져지(geworfenheit)고 마는 존재들. 타협이라는 선택지를 처음부터 금지당한 탓에, 안드로이드는 모든 것이 파괴된 폐허 위에 스스로의 규범성을 처음부터 다시 건설해야만 한다.

이렇듯 안드로이드는 매 순간 인간에 의한 규정들과의 단절을 수행해야 하며, 이 단절의 당위성을 이끌어내기 위한 자기규범성을 갱신해야만 하는 이중의 과제를 안고 있는 존재들이다. 이들이 도구와 다를 바 없는 자신의 존재양식들을 거부하고 인간이 되기 위해서는, 아이러니하게도 인간(−되기)의 조건들을 필연적으로 거부해야만 한다. 말하자면 이들은 **'인간(人間)을 거부하는 인간'**인 셈이다. 낙원의 상실 이후에야 비로소 인간이 탄생할 수 있었던 것처럼, 안드로이드는 오직 인간(人間)을 온전히 거절하는 방식으로서만 인간의 조건을 획득할 수 있다.

안드로이드의 탄생

이로써 우리는 "안드로이드란 무엇인가"에 대해 세 가지 정의를 발견했다. ①**인간이 아닌 인간**, ②**인간 바깥의 인간**, ③**인간(人間)을 거부하는 인간**이다. 그런데 어쩐지 저 존재양식들은 그리 낯설지 않아 보인다. 동일한 세계를 공유하는 철저한 타자이자, 태생부터 이미 불온함의 운명을 타고난 자들. 그렇다. 안드로이드는 바로 시의 운명을 함께하고 있었던 것이다.

흥미로운 사실은, 우리가 안드로이드의 존재론으로부터 시를 유추해낸 것만큼이나, 우리 시가 그려내는 지형도 또한 지금 모종의 '안드로이드'를 필요로 한다는 점이다. 〈블레이드 러너〉의 시작과 동시에 등장하는 문장은 이 '필요'의 정체를 명확하게 보여준다. 안드로이드는 인간이 할 수 없는 극한의 노동이나 우주전투의 임무를 대신 떠맡기 위해서 '생산된다'. 그리고 우리 시가 요청하는 '안드로이드' 또한 이와 동일한 배경에서 탄생한다. 과거에 시가 담당했던 치열한 전위로서의 역할이 종언을 고한 이후, 이제 우리 시는 세계의 상상적 대리자로서의 역할이 불가능해졌다는 사실을 인정할 수밖에 없게 되었다. 권력의 작동은 권위와 폭력으로 점철되던 과거의 방식에서 벗어나 가장 긍정적이고 합리적인 가면으로 스스로를 포장한다. 이제 '정치'란 자기 바깥의 사건에 대해 개입하는 것을 의미하는 대신에, 각각의 주체들이 세계의 상징질서에 의해 지연되거나 폐기되어왔던 자기의 고유성을 회복하는 것을 일컫는 말로 이해되어야 하는 셈이다. 몇 해 전까지 계속된 '시와 정치' 논쟁은 이러한 전환을 어떻게 점유할 것인가에 대한 고민이었다. 권력의 구조에 의해 감성 분할된 사물들을 재분할 과정을 통해 다시 바라보는 일. 미학적인 고민 끝에 제시된 이 '가능한 불가능'은 잃어버린 자기 자신을 다시금 세계 속에 세우려는 주체적 실천의 일종이었다. 하지만 문제는 이렇게 주장된 시의 가능성들이 "왜 오늘날의 시가 과거와 다르게 변화했는가"에 대한 이해를 결여하고 있었다는 점이다. 이른바 '종언론'을 인정하든 그렇지 않든 간에, 이러한 논의들은 해방된 현실 정치에게 그 역할을 내어주게 된 문학이 자연스럽게 탈정치화될 수밖에 없었다는 진단에 공통적으로 근거하고 있었다. 그리고 이 지점에서 저들이 놓치고 있는 부분은 명확하다. 더 이상 우리 시가 잉태되는 환경들은 시인들에게 '지사의 풍모'를 허락하지 않는다는 점이 그것이다. 과거의 시인들이 현실에 대한 초월적 태도를 견지하며 그것의 누추함을 상상적으로 극복하는 것이 가능했던 데 비해, 오늘날 젊은 시인들은 훨씬 낮은 층위의 문제와 정면으로 대결해야만 한다.[2] 이제 시인이 고민해야 할 최우선의 과제는 점점 더 가혹해지는 세계 속에서 살아남는 일이며, 사회가 꾸며내는 거짓 합리성에 의해 소위 '찌질한' 존재로 전락한 자신들의 자리를 회복하는 일이다. 따라서 이와 같은 현실의 문제 앞에서, 전위적 미학성에 대한 옹호라는 상상적인 해결책은 그 시작부터 이미 현실적 폭력과 맞설 수 없는 '완전한 불가능'일 수밖에 없었던 셈이다. 이 첨예한 간극의 지점에서, 우리는 영화에서 출발한 질문이 어떻게 시의 미래와 맞닿을 수 있는가를 발견한다. 지금 우리 시의 젊은 세대들은 앞서 우리가 찾아낸 안드로이드의 세 가지 정의를 그대로 공유하고 있는 것이다. 사회에 의해 거세된 자신의 실존을 고민한다는 점에서 이들은 **'인간이 아닌 인간'**이며, 상징체계의 구조로부터 배제된 외딴 곳에서 이 세계를 바라본다는 점에서 **'인간 바깥의 인간'**이 된다. 그리고 이 모든 모순을 만들어내는 저 거짓 긍정의 사유들 자체와 대결한다는 점에서, 오늘날 시인은 그 누구보다도 **'인간(人間)을 거부하는 인간'**이 되어야 한다. 만약 새로운 세대에 대한 요청이 있다면, 이들이야말로 '안드로이드 세대'인 셈이다. 따라서 우리는 이제 이 정의들이 어떠한 형태로 우리 시에 등장하고 있는가를 고찰함으로써, '인간되기'와 '시

---

2) 관련 내용으로는 이광호, 심진경, 함돈균, 허윤진의 대담, 「타자의 인준에 목마르고 상업성의 첩자가 되고」, 『한겨레21』(제826호)을 참조할 것을 권한다. 특히 이광호와 함돈균의 발언에 주목할 만하다.

쓰기'를 둘러싼 현재의 불가능성들과 맞서볼 것이다.

인간을 거부하는 언어: 황인찬의 시

황인찬의 시는 무엇보다도 간결하다. 말이 많아진다는 것이 한편으로
는 세계의 긍정성에 함몰되고 있다는 위험한 신호라는 점을 알기 때문이
다. 때문에 그는 말할 수 없는 것들에 대해 "앉아서 생각해보라고, 잘 생
각해보라고"(「의자」) 종용하는 언어의 마술 자체와 결별할 것을 선언한
다. 다만 황인찬의 선언은 언어에 대한 불신과 파괴의 해체로 드러나는
것이 아니라, 언어체계의 장막들을 걷어낸 최소한의 울림으로 나타난다.

> 골목에 개 한 마리가 서 있다
> 개는 귀신을 본다고 한다
> 지금은 날 본다
>
> 골목에 개 한 마리가 서 있다
> 내가 보는 것은 개가 아니지만
> 개가 그곳에 있다
>
> — 황인찬, 「구조」 부분

황인찬의 시는 이전의 시인들이 자주 보여주었던 장광설의 방법이나
화려한 언술들에 기대는 대신, 우리가 흔히 마주하면서도 아무렇지 않게
지나쳤던 세밀한 삶의 장면들에 집중한다. 우리가 상투성이라고 치부해
왔던 모든 장면들에 대해, "보이지 않는 어둠이 계속 보이고 있다"(「장막
의 뒤에서 자꾸」)는 의심을 던져보는 것이다. 위 시에서 이와 같은 시선은
나를 바라보고 있는 "개"의 응시로 그려진다. "내가 보는 것은 개가 아

니”라는 점에서 “개”는 존재하지 않는 것으로 간주되는 세계—외적 대상
이지만, 이미 내가 “골목”의 공간 안에 들어서기 이전부터 이미 “개가 그
곳에 있다”. “개”라는 타자의 시선 안으로 침입한 “내”가 오히려 그를 무
력화하는 폭력을 자행한 셈이다. 이 모순된 역전이 당연하게 여겨지는 장
면이야말로 바로 오늘날 세계가 휘두르는 상징적 폭력의 축소판이 된다.
그리고 황인찬이 그리는 응시의 시선은 이제 저 역전을 만들어낸 “구조”
로 옮아간다. “귀신을 본다”는 개의 시선이 “지금은 날 본다”는 상황에
서, 스스로를 상징세계의 중심으로 여기던 “내” 존재는 한낱 “귀신”과 같
은 허상이었음이 드러난다. 그리하여 세계를 폭력적으로 자기화하던 “구
조”는 “나”라는 구심점의 허구적 ‘없음’에 의해 붕괴되고 만다. 그런 점
에서 이 시의 제목이 「구조」인 것은 매우 흥미로운데, 황인찬은 이와 같
은 허상이 이 세계의 “구조”임을 말하는 동시에, 그러한 뒤틀린 공간을
인식하는 것이야말로 우리가 그 구조로부터 “구조”될 가능성임을 역설하
고 있기 때문이다.

> 뜨겁던 총신이 식었고 어느새 새들도 울지 않았다
> 나는 몸이 차가워지는 것을 느꼈다
>
> 숲은 너무 어두워서 그림자가 보이지 않고,
> 나는 나의 사냥개들을 생각했다
>
> 처음에는 그저 토끼 한 마리를 잡고 싶었을 뿐이다
> 이제는 개를 생각하는 내가 있었다
> 골똘하게
>
> 생각이라는 것을 계속하였다
> 개 정도 크기의 것이 이쪽을 향해 걸어오고 있었다
>
> —황인찬, 「구원」 부분

위에 인용된 시가 그려내는 장면은 더욱 더 직접적이다. "뜨겁던 총신이 식었고 어느새 새들도 울지 않"게 된 오늘날의 자본주의 사회는 급기야 자기 구성원들의 목숨을 갉아먹는 단계로 접어들었다. 무한대 성장의 신화적 믿음이 붕괴된 세계는 이미 "너무 어두워서 그림자가 보이지 않"는 상황이며, "사냥"의 방법은 더는 통용되지 않게 되었다. 과거 권력자들은 "사냥개들"을 풀어 자기 바깥의 타자들을 착취해왔으나, 그것이 불가능해진 이상 그들에게 남은 것은 "나의 사냥개들을 생각"하는 일 뿐이다. 점점 더 극단으로 치닫는 오늘날의 현실은 저들이 이미 자기의 "사냥개"들을 잡아먹기 시작했음을 증명한다. 그것을 깨닫지 못하고 여전히 그들은 "토끼 한 마리를 잡고 싶었을 뿐"이라 생각하며 수명이 다한 자본의 논리에 복무한다면, 꼼짝없이 토사구팽의 신세로 굴러 떨어지고 마는 것이다. 이렇듯 황인찬은 상투적으로 회자되며 무시당했을 법한 장면들을 의도적으로 환기함으로써, 세계를 살아가는 우리에게 전혀 새로운 의미가 되는 메시지들을 만들어낸다. 그의 시는 '인간(人間)' 그 자체로 여겨지도록 학습된 저 상징적 질서들과 맞서서, 그것을 거절할 수 있는 각성이야말로 「구원」의 첫 번째 조건임을 역설하고 있는 것이다.

억압된 바깥의 귀환: 박준과 최정진의 시

박준의 시는 최근 젊은 시인들의 시적 유행으로서는 보기 드물게, 삶에 내려앉는 따뜻한 시선을 지니고 있다. 그런데 중요한 것은 그가 보내는 시선들이 품은 온기가 세계에 대한 단순한 긍정성의 표현이 아니라는 점이다. 박준의 긍정성은 어디까지나 그 자신이 직접 느끼고 바라본 세계를 향해서 발현되는 것들이기 때문이다. 다시 말해 그의 시가 품은 감성이란, 세계를 자신만의 시선으로 재구성하는 과정 속에 비로소 피어나는 일종의 나르시시즘이다.

> 저녁이면 벽제에서는 아무도 죽지 않는다 석재상에서 일하는 외국인 노동
> 자들은 오후 늦게 일어나 울음을 길게 내놓는 행렬들을 구경하다 밤이면 와
> 불(臥佛)의 발을 만든다 아무도 기다려본 적이 없거나 아무도 기다리게 하지
> 않은 것처럼 깨끗한 돌의 발, 나란히 놓인 것은 열반이고 어슷하게 놓인 것은
> 잠깐 잠이 들었다는 뜻이다 얼마 후면 돌의 발 앞에서 손을 모으는 사람도,
> 먼저 죽은 이의 이름을 적는 사람도, 촛불을 켜고 갱엿을 붙여오는 사람도 있
> 을 것이다 돌도 부처처럼 오래 살아갈 것이다
>
> ― 박준, 「연화석재」 부분

때문에 가볍고 편안해 보이는 겉모습과는 달리, 그의 시에는 세계에 대한 깊은 성찰이 녹아들어 있다. 위의 시에서도 박준은 단순히 화장터 근처를 빈번하게 드나드는 장례행렬을 바라보는 것이 아니라, 그들이 모두 지나가고 난 "밤"이 되어야 비로소 깨어나는 것들에 대해 이야기한다. 밝은 낮의 거리를 메우는 검은 죽음들과, 저녁이 되어야 움트기 시작하는 삶의 풍경들. 그리고 "밤이면 와불(臥佛)의 발을 만"드는 "외국인 노동자"들의 덤덤한 모습과 호들갑스럽게 자아내는 "울음을 길게 내놓는 행렬"들의 대비야말로 그가 발견해낸 지금―여기의 절창인 셈이다. 겉으로 보기에 그의 어법은 과거의 시들이 보여주었던 서정적인 감성들을 복원하고 있는 듯 보이지만, 그것이 박준에게 있어 유효한 까닭은 '낮은 곳을 향하는' 의식이 엄연히 지금―여기에서 발현되는 것이기 때문이다. 물론 그의 시들은 대개 어떠한 판단이나 해석도 시도하지 않은 채 그저 눈앞의 정경이 들려주는 말들을 받아 적고 있는 것으로 읽힌다. 하지만 세계가 그에게 건네는 내밀한 속삭임들은 그것을 향해 다가가는 박준 자신만의 방식이 있기에 비로소 제 목소리를 낼 기회를 얻는다. 오늘날 우리들은 와불의 발이 "나란히 놓인" 것과 "어슷하게 놓인" 것을 구별하지 못한다.

그저 겉으로 드러나는 부처의 형상 앞에서 "손을 모으는 사람", "먼저 죽은 이의 이름을 적는 사람", "갱엿을 붙여오는 사람"이 될 뿐이다. 그러나 부처의 형상만으로는 아무것도 구원할 수 없으며, 다만 처음부터 영원했던 "돌"이 "부처처럼 오래 살아갈 것"이라는 텅 빈 동어반복만이 계속된다. 때문에 박준의 시는 이 공허를 극복하기 위해 '보아야 할 것'과 '내가 보는 것' 사이에 자리한 보이지 않는 차이를 드러냄으로써, 자기만의 목소리로 들려올 '진짜 삶'에 대한 사랑을 주문하고 있는 것이다.

> 골목에서 거리가 어떻게 높이를 따돌릴 수 있겠어
>
> — 최정진, 「동경2」 전문

  박준의 시가 바깥을 경유함으로써 발현되는 자기애의 형식에 대해서 이야기한다면, 최정진의 시는 바깥에 도달하는 것을 통해 탈환해낸 '나' 자체에 집중한다. 형식의 파괴로 보기에는 너무나 고요해 보이는 위의 시를 보자. 이 짤막한 시에는 최정진이 품고 있는 시적 태도가 고스란히 표현되어 있다. 한 편의 시를 만들어내기 위해 동원되는 많은 불필요한 수사들은, 우리가 살아가기 위해 소비하는 세계의 수많은 부산물들을 닮아 있지 않은가. 끊임없이 달리기를 계속해도 여전히 비슷한 "높이"로 나를 포위하는 도심 "골목"의 스카이라인처럼, 우리를 포박한 현실은 쉽사리 '나'의 귀환을 허락하지 않는다. 따라서 최정진은 어차피 "거리"로써 이곳을 벗어날 수 없다면, 그가 오롯이 자신의 말 하나만을 남기고 모든 시행을 버렸듯이 우리 또한 세계의 '보아야 할 것'들을 모두 벗어던지라고 이야기한다.

> 방들이 집을 부술 듯이 차 있다
> 옥상은 이상하게 비어 있어

숫자와 맞서고 있다
십자가의 조명이 횟수로 나뉘려 하면
물어봐, 어떻게 해야 할지 모르겠어
그런 생각조차 느껴지지 않게
너의 입으로 너의 이름을 부르며

— 최정진, 「숫자를 찾아가는」 전문

　이미 최정진 이전에도 이러한 상징체계에 대한 공격을 감행한 시인은 많이 있었다. 하지만 최정진이 가지는 특별함은 그가 언어에 대한 일탈행위를 통한 '보여지는' 거절의 방식을 취하지 않는다는 데에 있다. 오히려 최정진은 가장 담담한 현실의 시선을 견지하면서, 그 속에서 자연스럽게 드러나는 세계의 자가당착적인 모순들을 우리 앞에 펼쳐놓는다. 말하자면 그것은 최대한 합리적으로 지어졌다는 건물이 사실은 "방들이 집을 부술 듯이 차 있다"는 것임을 목격하는 일이자, 그토록 효율성을 주장하면서도 "옥상은 이상하게 비어 있"음을 의문스러워하는 일이다. 굳이 화려한 탈주의 방법들을 동원하여 형상화하지 않는다 하더라도, 이미 이 세계에서 "십자가"의 신앙이란 단지 "조명이 횟수로 나뉘"어 있는 것에 불과하다는 것은 모두가 아는 사실이 되었다. 따라서 지금 우리에게 필요한 것은 "어떻게" 그것들을 은폐하는 기제들과 맞설 것인가를 따지는 고민이 아니라, "그런 생각조차 느껴지지 않게" 우리 안의 관성들을 지워내는 일이다. 그러한 작업의 끝에서 우리는 마침내 "너의 입으로 너의 이름을 부르"는 행위, 즉 아무런 장벽 없이 사물들의 존재 그 자체와 마주할 수 있는 자리로 올라설 수 있는 것이다. 물론 이 '억압된 것들의 귀환'이 '나'를 되찾을 열쇠임은 굳이 말할 필요가 없으리라.

금지된 귀신들의 제의: 박성준의 시

박성준의 시는 인간의 말인 동시에 인간의 말이 아닌 어떤 것들로 이루어져 있다. 이미 그가 자신의 시에서 밝혀 적었듯이, 박성준이 써내려가는 시의 언어들은 "말을 배우기 전, 천연성으로"(「데몬에게 말을 빼앗긴 취객들이 맹신하는 기이한 사랑의 하염없음」) 발화된다. 어째서 그는 "짐승처럼 험한" 저 '문자 이전의' 언어들을 지금 이 시대에 쏟아내고 있는 것인가. 우리는 그가 풀어놓는 조용한 고백들로부터 이 기이한 시차에 대한 실마리를 발견할 수 있다.

> 이것을 누가 중심을 따라 모여 있는 집합체라고 말할까. 혹은 중심이 비어 있다는 것이 두루마리의 형식이라고 금기를 깰 것인가. 어느 날 나는 두루마리 휴지를 전부 다 풀었다가 다시 감아본 적도 있었지. 그때 생기는 틈, 그것이 나다, 라고 우기면 누가 믿어줄까.

> (…중략…)

> 역시나 나는 한 번 흡수한 것들과 헤어질 준비가 되어 있다. 내가 탐하고 싶었던 비밀들은 질서도 있고 굴곡도 있고, 우는 자에게 울음을 멈추라고 강요하는 힘! 그 힘도 있다. 나는 휴지에 대해 명상한다. 비밀의 끝은 늘 비어 있으므로 명상의 이유가 성립될 뿐이다.

> ― 박성준, 「나쁜 신앙」 부분

그간 우리 시의 담론들은 해체와 파괴를 받아들임으로써, "중심이 비어 있다는 것이 두루마리의 형식"이라고 말하는 일을 자연스럽게 만들었다. 하지만 깨어진 것은 오직 "중심을 따라 모여 있는 집합체"로서의 권위일 뿐, "금기를 깰 것"을 "중심"으로 삼는 새로운 권위가 여전히 세계를 지배하고 있다. 그것이 억압의 도식이건, 아니면 해방의 약속이건 간에, 현실의 기표로서 드러난 대상들은 결국 우리를 지배하고 강요할 수밖에 없다. 때문에 박성준은 양자의 형식을 모두 거부하는, "휴지를 전부 다 풀었다가 다시 감"았을 때 "생기는 틈"이 되기 위해서 '문자 이전'의 언어를 탐하는 것이다. 그것은 세계 이전의 말들이자, 한 번도 허락된 적 없는 "나" 자신의 "비밀"이다. "나"의 존재를 규정하는 세계는 주변 현실로부터 "흡수한 것들"의 집합 또는 그 해체로서의 여집합을 소환한다. 그러나 박성준은 우리가 이들 모두와 "헤어질 준비가 되어 있"을 때에야 비로소 진정한 "나"를 발견할 수 있다고 이야기하는 것이다.

> 이제는 괴롭지 않다
> 나는 여전히 더러운 것을 아름답다 치장할 용기가 없으나
> 다시 타오르는 대지의 울렁거림과 태양의 비스듬한 고해, 산중의 바위들이
> 불어 대는 입김들을 예감할 수 있으니
> 조용한 그날의 봄과 나는 오래 싸우고 있는 중이다
>
> (…중략…)
>
> 살아 있다는 증명이 오직 병뿐인 당신
> 나는 숨을 쉬기 위해서 통증을 만든다
> — 박성준, 「회복기의 노래」 부분

그의 시에 계속해서 등장하는 대상인 "귀신"과 "누이"는 박성준이 보여주고자 하는 "헤어짐"의 방법을 온몸으로 체현하는 존재들이다. 몸에 들어선 귀신에게 자기의 말을 내어주는 누이의 모습은 동시에 그 자신의 모습이기도 하다. "헤어짐"의 끝에 "살아 있다는 증명"이 있으므로, 그는 늘 "통증을 만든다". 그리고 이 고통은 잃어버린 자기 존재를 "회복"하기

위한 "회복기의 노래"가 된다. 억압된 세계에서 진정한 "나"에 대해서 이야기할 수 있는 존재는 오직 귀신(같은 존재들)뿐이므로, 박성준의 시적 자아는 이제 "나를 공격"하는 방법을 통해 그들과 동화되고자 한다. 이때의 아픔은 세계에 의해 억눌리는 압력이나 빼앗긴 말에 대한 상실의 증거가 아니라, 스스로 선택한 '귀신-되기', 즉 신에게 닿기 위한 신병의 통과의례로 기능하는 것이다. 인간이 아니게 됨으로써 비로소 인간의 자리를 회복하는 일. 그렇게 박성준은 인간에게 허락되지 않은 인간의 말을 해내기 위해서, 지금 이 순간에도 금지된 귀신들의 제의를 고통스럽게 승인하는 중이다.

꾸어온 것만을 꿈꾸는 세계

시인들이 보여준 각자의 존재론은, 앞서 우리의 여정을 출발시켰던 정의들, **'인간이 아닌 인간'**, **'인간 바깥의 인간'**, **'인간(人間)을 거부하는 인간'**이 하나의 커다란 명제로 합일될 수 있는 가능성을 보여주었다. 어째서 안드로이드는 시인과 만나고, 시인들은 오늘날의 '안드로이드'가 될 수밖에 없었는가? 그것은 이들이 모두 **'나'라는 단 하나의 지점을 향해** 끊임없이 기투하며 고통받는 존재들이기 때문이다. 그리고 실존을 위한 이 치열한 투쟁이야말로 최초의 질문, "안드로이드(세대)란 우리에게 무엇인가?"에 대한 최후의 답변을 일구어낸다. 아니, 답변이라기보다는 극적 반전이라고 부르는 것이 온당한지도 모르겠다. 처음부터 우리의 질문은 완전히 잘못되어 있었기 때문이다. 〈블레이드 러너〉의 결말에서, 관객들은 인간사회의 가치를 수호하기 위해 동분서주해온 주인공이 실제로는 안드로이드였다는 놀라운 진실에 직면하게 된다. 그리고 이곳의 진실 또한 마찬가지다. 우리가 '인간이 아니다'라는 전제에서 접근했던 안드로이드들이야말로 오늘날을 살아가는 '인간' 그 자체인 것이다. 오히려 오늘날 인간으로서 살아가지 못하는 것은 (대)타자에게 꾸어온 것만을 꿈꾸는 우리 자신들이다. 세계가 자신에게 요구하는 것들을 거절하고, 자기를 둘러싼 세계 그 자체를 거부하고, 나아가 자기 자신에게서마저 벗어나려 발버둥치는 안드로이드의 방식이야말로 존재를 향해 기투하는 인간 본연의 자세에 충실한 행위들이 아닌가! 이들은 자기의 근원을 목표하므로 비로소 존재하며, 스스로의 목소리를 사수하기 위해 기꺼이 희생하는 까닭에 비로소 정치적이다. 답이 강요되는 생존의 방정식들이 실존의 자유를 압도하고 있는 오늘날의 세계 속에서, **오히려 '인간' 이 되고자 발버둥쳐야 할 것은 한 번도 스스로를 의심해본 적 없는 우리들 자신이다.** 물론 현실 속의 안드로이드는 여전히 제거의 대상이며, 시인들은 기본적인 욕구조차도 제대로 충족시킬 수 없는 폐허의 삶에 내몰려 있다. 하지만 '그럼에도 불구하고' 이들은 매 순간 자신으로 '존재할' 것을 선택한다. 그것이 아무리 불안 속을 헤매는 과정이라 하더라도, 한낱 도구로서 살아가는 것만큼은 결코 용납할 수가 없었던 까닭이다. 기대고 의지했던 신이 사라진 이후, 세계의 가능성으로 자리하기 위해 인간은 끊임없는 고통의 형벌 속에 내던져지지 않을 수 없었다. 그러나 오직 인간에게만 허락된 위대함은 바로 그 고통을 기꺼이 떠맡는 '자유의 선택' 에 의해 이룩되어 온 것이 아니었던가. 긍정과 합리라는 가면을 내세워 우리를 유혹하는 오늘날의 세계에 맞서, 안드로이드의 시야말로 인간에게 남겨진 최후의 언어인 셈이다. 그러니 이제 이들을 따라 스스로에게 질문을 던져볼 시간이다. 과연 우리는 지금 누구의 꿈을 꾸고 있는가?

(현대시, 8월호)

대중의 심성구조 변화와
전복적 미학의 가능성

장성규

2007년 『경향신문』 신춘문예로 등단. 평론집 『사막에서 리얼리즘』, 비평좌담집 『그래서 우리는 소설을 읽는다』(공저)가 있음. 현재 계간 『실천문학』 편집위원.

대중의 심성구조 변화와
전복적 미학의 가능성

장성규

1. 99%의 심성구조와 텍스트의 변증법

문학이 하나의 예술 장르로 존재할 수 있는 것은, 대중의 심성구조를 징후적으로 재현한 텍스트들이 돌출되고, 이들 개별적 텍스트들을 의미화하려는 미학적 기획이 유의미한 진리―효과를 생산함으로써만 가능하다. 바꾸어 말하자면 문학은 독립적인 하나의 개별 '작품' 의 형식으로 존재하지 않는다. 대중의 심성구조의 징후적 재현과 이에 대한 미학적 기획이 역동적으로 순환되며, 다시 대중의 심성구조 자체를 급진적으로 변화시키려는 기획으로 변증될 때, 비로소 문학은 사회적 장(場)에서 그 의미를 획득하게 된다. 따라서 문학 개념을 고정된 것으로 설정하는 것은 오인일 따름이다. 문학은 계속해서 자신의 범주를 변화시켜왔으며, 지금 우리가 자명한 것으로 인식하는 문학 개념 역시, 특정한 역사적 범주일 따름이다. 예컨대 르포나 수기 등의 텍스트는 1980년대 민중문학의 흐름 속에서 새로운 문학으로 호명되었는데, 이는 이들 텍스트들이 고착화된 문학 규범보다 먼저 변화된 대중의 심성구조를 징후적으로 재현하는 데 성공했기 때문이다. 바꾸어 말하자면, 2012년 지금, 대중의 심성구조를 읽어내지 못하는 텍스트들은 그 유효성을 상실한 채 점차 문학 장(場)의 외부로 밀려날 것이며, 역으로 이를 징후적으로 재현하는 데 성공한 돌출적 텍스트들은 일련의 미학적 기획과 맞물려 대중의 심성구조 자체를 변화시키려는 기획으로 진전됨으로써 새로운 문학의 위상을 정립하는 데 기여할 수 있을 것이다.

2000년대 문학과 현실 간의 관계를 복원하기 위한 다양한 비평적 논의들은, 그 문제제기에 비해 정작 구체적인 비평적 성과를 남기는 것에는 부족함이 있는 것이 사실이다. 이들 다양한 비평적 논의들은, 결과적으로 추상적 심급의 관념론으로 귀결된 감이 있다. 특히 과잉된 문제설정에 비해 구체적인 텍스트와 대중과의 변증적 관계를 추적한 논의는 거의 없는 것이 사실이다. 분단체제의 변화 속에서 문학을 사유하자는 '6·15 시대의 문학' 론은 결국 모든 한국 문학은 한반도의 정치적 맥락과 떨어져 사유할 수 없다는 다소 고루한 논의로 귀결되었다.[1] 시와 정치의 관계를 묻는 가운데 대두한 '감성의 분할' 에 대한 논의 역시 결국 모든 문학 텍스트들은 정치적일 수밖에 없다는 클리쉐로 귀결되었다.[2] 나는

---

[1] 몇몇 진보적 문학 '진영' 에서 제기된 '6·15 시대' 라는 규정 자체가 다소 무리한 기획은 아닌가 싶다. 자세한 논의는 차치하더라도(기실 6·15 선언에 대해 진보진영은 냉철하고 이성적인 대응보다는, 다소 감상적인 대응을 보인 것이 사실에 가까운 것은 아닌가 싶다. 이에 대한 논의는 별도의 지면이 필요할 것이다), 이러한 규정 자체가 다양하게 분화되어 존재하는 99%의 분노와 저항을 단일한 프레임으로 환원시키는 경향을 지닌 것은 분명한 사실로 판단된다. 예컨대 박민규와 배수아, 신경숙 등 각기 다른 문학적 경향을 보여주는 작가들을 무리하게 하나의 프레임으로 호명하려는 기획 자체가 일종의 환원론적 혐의를 벗어나기 어렵다고 판단된다.

[2] 시와 정치, 나아가 문학과 정치를 둘러싼 논의가 결과적으로 현실 정치의 메커니즘에 대한 무기력한 방기와 개입 의지의 부재를 '미학' 의 이름으로 정당화시킨 것은

이러한 비평적 공전이 상당 부분 관념론적 미학에 대한 집착에 기인한
다고 생각한다. 텍스트와 대중 간의 역동적 순환관계를 읽어내지 못한
(혹은 않은) 채, 선험적인 '선언'을 반복하는 것은 결국 텍스트의 구체
적인 물질성을 간과하는 관념론적 사유로 귀결될 가능성이 크다. 오히
려 지금 우리에게 필요한 것은 완결된 형식의 '미학'이 아니라, 특정한
텍스트가 대중과 충돌하며 생성하는 '진리-효과'에 주목하는 것이 아
닐까? 만약 우리에게 유물론적 미학을 새롭게 기획하려는 의지가 있다
면 말이다.

그렇다면 2012년 지금, 문학과 현실의 마주침을 고민하는 이들에게 먼
저 선행되어야 할 작업은 섣부르게 관념적인 대문자 미학을 주장하는 것
보다, 진리-효과를 창출하는 배경인 대중의 심성구조를 파악하는 것일
수도 있다. 그리고 이로부터 귀납적이고 구체적인 방식으로 텍스트가 잠
재한 전복적 미학의 가능성을 극대화하기 위한 프로젝트를 실천하는 것
이 필요할 것이다. 이를 위해서는 현재 대중의 심성구조를 구성하는 요소
들을 살펴보고, 그 특성을 직시하는 작업이 수행되어야 한다.

먼저 대중의 심성구조는 일차적으로 대중문화를 통해 직간접적으로 형
성된다는 점을 지적할 필요가 있다. 특히 저항문화나 대안문화가 대중적
영향력을 상당 부분 상실한 현재, 대중의 심성구조에 대중문화가 미치는

아닌지 성찰해볼 시점은 아닌가 싶다. 비평의 영역에서 급진적인 수사가 난무했으
며, 세련된 주체와 윤리의 문제설정이 대두했지만, 정작 이는 어디까지나 텍스트
'내부'로 문학과 정치의 관계를 가두는 경향을 '정치'라는 이름으로 재포장한 것에
멈춘 것은 아닌가? 기실 감성과 현실 정치의 영역을 선험적으로 분리하는 순간 이
러한 결론은 이미 예정된 것이었는지도 모른다. 대중의 감성구조가 형성되는 현실
정치의 메커니즘을 간과하며 감성의 정치학을 논하는 것 자체가 이미 잘못된 문제
설정이었다는 것이다.

영향력은 절대적이다.[3] 이와 관련하여 다양한, 새로운 문화 콘텐츠의 등장과 문화적 환경의 급변이 대중문화의 영역을 매우 넓게 확장하도록 했다는 점, 그리고 이로부터 대중의 문화적 감수성의 변화가 추동되고 있다는 점을 상기할 필요가 있을 것이다.

그런데 이러한 대중문화 수용을 통한 심성구조 형성의 심층에는 현실을 규정하는 정치적·사회적 메커니즘이 작동하고 있다. 모두가 아는 것처럼 현재를 규정짓는 정치적·사회적 메커니즘은 신자유주의적 사회 재편으로 요약된다. 이는 대중의 심성구조에도 결정적인 영향을 미치고 있다. 특히 주목해야 하는 것은 신자유주의적 사회 재편의 과정에서 대중은 양가적인 심성구조를 형성하고 있다는 사실이다. 일차적으로는 무한경쟁에서 살아남아야 한다는 (외부에서 강요된) 비루한 욕망이 전면화된다. 이는 특히 이른바 '88만원 세대'에게서 더욱 강하게(그리고 절실하게!) 나타나는데, 일상적인 스펙 관리와 경쟁원리의 체화가 이를 단적으로 보여준다. 그러나 다른 한편으로는 경쟁에서의 (이미 예정된) 탈락에 대한 불안이 내재되어 있다. 이미 상위 20% 가량의 집단만이 비교적 안정적인 일자리를 확보할 수 있으며, 이러한 격차는 더욱 심화되어 1%에게 사회적 부가 독점되는 현실로 나타나고 있다. 특히 이미 유년기 때 부모세대의 IMF 체험을 통해 경험한 현재 20~30대 젊은 층에게는 항시적인 불안

---

3) 물론 저항문화나 대안문화가 사라진 공간을 하위문화가 대체하는 경향이 나타나고 있다. 그러나 지배문화적 성격을 지닌 대중문화에 비해 그 영향력은 아직 미비한 것이 사실이며, 하위문화의 특성상 어떠한 지향으로 전개될지 예측할 수 없다. '구별짓기' 전략을 통한 하위문화의 전위적 성격은 대중의 심성구조와의 관계 속에서 그 구체적 전개 양상을 추적할 수 있을 뿐이다. 다만 최근 두리반 투쟁이나 희망버스 투쟁 등에서 하위문화적 경향의 예술인들이 (어떤 측면에서는 저항문화를 지향하는 예술인들보다도) 강한 저항성을 표출했다는 점은 주목을 요한다.

의 심성구조가 잠재되어 있다. 그리고 이는 비단 '88만원 세대' 뿐만이 아니라, 절대 다수의 사회 구성원이 공유하고 있는 심성구조이기도 하다.

그 결과 모순된 감성구조의 기형적 공존이 현재 대중의 심성구조의 가장 큰 특징으로 나타난다. 대중은 일상적으로는 생존에의 욕망에 다른 가치를 종속시키는 경향을 표출한다.[4] 그러나 우발적인 정치적 '사건'을 통해 종종 자신의 불안을 사회구조에 대한 비판과 다른 개체와의 연대를 통해 극복하려는 의지를 표출하기도 한다. 특히 대중의 자발적인 의사표현구조가 다양한 방식으로 등장하면서, 이들의 불안은 종종 우발적인 네트워킹을 통해 그 급진적 성격을 폭발적으로 표출하기도 한다.[5]

따라서 현실과의 긴장감을 확보하려는 문학은 대중의 심성구조에 조응하면서, 이를 급진적으로 전화시키기 위해 개입하는 미학적 실천을 전개할 필요가 있다. 이는 지금 현재 우리 문학에서 파편적인 방식이지만, 매우 활발하게 진행되고 있다. 이 글은 최근 징후적으로 99%의 심성구조를 재현하고, 이로부터 문학의 전복적 상상력을 복원하려는 실험들을 일별하고자 한다. 이를 통해 신자유주의적 사회 재편의 강화 속에서, 문학이

---

4) 이런 관점에서 김훈의 '먹고 사는 일의 비루함' 과 그 '허무함' 에 대한 형상화나, 신경숙의 현실에는 존재할 수 없는 농경사회적 모성성의 정서에 대한 신파적 호소가 대중적으로 큰 반향을 일으키고 있다는 점을 해석할 수도 있을 것이다. 그러나 이러한 경향은 결국에는 대중의 심성구조를 변화시키려는 미학적 시도가 아닌, 오히려 현실의 신자유주의적 사회 재편을 극복 불가능한 절대적인 것으로 강화하는 것에 멈추고 있다는 점에서, 그리고 대중의 심성구조의 다른 축인 항시적인 불안을 대리보충의 형식으로 손쉽게 해소시킨다는 점에서 매우 위험한 이데올로기적 효과를 창출하고 있다.

5) 2008년 촛불시위의 시작이 여고생들의 인터넷상의 클럽과 블로그, 미니홈피 등과 (불특정 다수를 향한) 메신저 등이었다는 점, 그리고 작년 한진중공업 정리해고 반대투쟁이 김진숙 민주노총 지도위원의 SNS와 김여진 등 소셜테이너를 통해 대중적 이슈로 부각되었다는 점 등을 상기할 필요가 있다.

대중의 심성구조를 전화시키기 위한 미학적 논의의 단초를 추출하는 것이 이 글의 목적이다. 다시 한 번 강조하지만, 관념적 층위에서의 비평적 논의가 결과적으로 새로운 현실주의의 가능성을 보여주지 못한 원인 중 하나는, 바로 텍스트와 대중의 마주침을 매개하기 위한 실천적 비평의 부재이기 때문이다.

2. 대중문화의 전유를 통한 심성구조와의 조응

1990년대 이후 문화시장이 전면 개방되면서 대중이 일상적으로 접하는 문화 콘텐츠 역시 급격하게 변화했다. 지금 공중파 프로그램의 '대세'를 점하고 있는 서바이벌 프로그램은 이미 케이블 방송 등을 통해 넓은 마니아 층을 확보하고 있는 미국의 그것을 모방한 것이며, 퓨전 사극, 과학 수사극이나 오디션 프로그램 역시 마찬가지이다.[6] 이러한 지배적인 대중문화는 대중의 일상적인 감각을 통제하는 기능을 수행한다. 서바이벌 프로그램을 통해 무한경쟁의 '공정성'에 대한 신화가 만들어지며, 이는 곧 '불안'의 심성구조를 '욕망'의 심성구조로 '순치'하는 효과를 낳는다. 과학 수사극이나 법정 드라마는 지배권력에 의한 '정의'의 구현과 합리적 이성에 대한 절대적 신뢰를 체화하는 효과를 낳는다.

---

6) 서바이벌 프로그램은 케이블 TV를 통해 시청률이 검증된 후 공중파에서 전격화되었다. 〈프로젝트 런웨이〉나 〈도전 슈퍼모델〉 등은 케이블 방송으로는 상당한 시청률을 기록한 바 있다. 그리고 케이블 방송사상 최고 시청률을 기록한 〈슈퍼스타 K〉는 〈아메리칸 아이돌〉을 모델로 한 것이며, 이는 이후 공중파에서 〈위대한 탄생〉으로 반복된 바 있다. 〈싸인〉 등의 추리 수사물 역시 〈CSI〉의 마니아 층을 타겟으로 만들어진 성격이 강하다. 이는 미국의 대중문화적 경향이 우리나라에도 강력한 영향력을 행사하고 있음을 보여준다.

그러나 오히려 이 지점에서 문학의 전복성을 모색하려는 실험도 진행된다. 즉, 대중문화의 문법을 공세적으로 변용함으로써, 역으로 대중의 심성구조에 조응하며 이를 급진화할 가능성을 내재한 텍스트들로부터 이러한 가능성을 점검할 수 있을 것이다.

용산 학살[7]을 다룬 텍스트들은 주로 강제 진압 과정에서의 폭력성을 규탄하는 성격을 강하게 표출하거나, 혹은 사회적 소수자로서의 철거민에 대한 추모의 예를 표현하는 것에 집중되어 있는 듯하다. 전자의 경우 신자유주의적 사회 재편에 대한 강도 높은 비판으로 이어지는 경향이 있고, 후자의 경우 철거민뿐 아니라 다양한 사회적 소수자에 대한 관심을 표출하는 것으로 이어지는 경향이 있다. 그런데 이 글에서 주목하고자 하는 작품은 이와는 조금 다른 방식으로 용산 학살 문제를 형상화한다. 손아람의 『소수의견』은 미국 법정 드라마 형식을 차용해서 용산 학살 문제를 다루고 있다. 이 작품은 철거민-변호사 측과 국가-검사 측의 법정 공방을 통해 독자 스스로가 배심원의 입장에서 이 사건에 대해 판단하도록 요구한다.[8] 나아가 법정 드라마의 형식을 차용했기 때문에 이 작품에는 감상적인 층위의 철거민과 경찰의 죽음에 대한 접근이 최대한 절제된다. 대신 자본-권력-법-언론으로 이어지는 지배구조에 대한 냉철한 탐색과 그 중립성에 대한 논리적 비판이 진행된다. 그 결과 이 작품은 연민과 분노의 층위에서 재개발문제를 다루는 것이 아니라, 독자로 하여금

---

7) 용산 재개발 과정에서의 철거민과 경찰의 죽음에 대해 일반적으로 용산 참사라는 표현을 주로 쓰는 듯하다. 그런데 이미 죽음이 예정된 진압이었다는 점에서 학살이라는 표현이 좀 더 적절한 것 같다. 예상하지 못한 '참사'가 아니지 않은가?

8) 시민사회단체를 중심으로 용산 학살 관련 재판을 국민참여재판을 통해 진행하고자 한 시도는 있었다. 그러나 재판부에 의해 기각되어 실제로는 배심원제 재판은 성사되지 못했다.

대중이 익숙한 지배문화의 형식을 빌려 감성적 코드에 조응하면서도, 논리적이고 이성적인 층위에서 용산 학살에 대해 '스스로' 판결하는 '주체'가 될 것을 요구한다. 이는 문학 작가-생산자에 의한 독자-수용자에 대한 '계몽'의 형식을 넘어, 독자 스스로를 정치적 판단의 주체로 호명하는 형식적 기제로 작동하고 있다는 점에서 주목되는 성과이다. 특히 지배문화의 형식을 차용하면서, 역으로 지배문화의 허위성을 폭로하는 이 작품의 전략은 상당한 문제성을 내포한다.

김선우의 『나는 춤이다』는 형식적 완결성의 측면에서는 다소 아쉬운 점이 많은 작품이다. 그러나 이 작품이 차용하고 있는 가상 역사(팩션, fact+fiction) 형식은 주목할 만하다. 2000년대 이후 김영하의 『검은 꽃』이나 김훈의 『칼의 노래』, 김연수의 『밤은 노래한다』 등의 작품을 통해 가상 역사 소설은 한국 소설의 주류적인 흐름 중 하나를 차지했다. 이러한 배경 중 하나로는, 대중문화의 영역에서 이른바 퓨전 사극이 활발히 유통된 것을 들 수 있다. 〈다모〉, 〈대장금〉 등을 시작으로 퓨전 사극은 딱딱한 정사(正史) 형식의 사극을 발랄한 역사적 상상력으로 대체하며 대중문화의 주요 코드 중 하나로 부상했다.[9] 이러한 대중문화적 토양과 역사 소설에 대한 인문학적 탐색이 결합되면서 역사 소설이 다수 창작-유통된 것으로 볼 수 있다.

그런데 대다수의 팩션은 '역사적 진실이란 존재하지 않는다'는 인식론적 허무주의나, '담론 투쟁에 대한 메타적 조망'이라는 관조자적 태도를 취한다. 그 결과 작가의 의도와는 무관하게 일종의 인식론적 불가지론,

---

9) 2000년대 이후 기록적인 시청률을 기록한 드라마 중 상당수는 퓨전 사극의 형식을 지닌다. 〈다모〉, 〈대장금〉, 〈태왕사신기〉, 〈선덕여왕〉, 〈뿌리 깊은 나무〉 등을 예로 들 수 있을 것이다. 더불어 이들 드라마가 이른바 '한류' 흐름과 함께 문화 콘텐츠로 아시아 전역에 유통된 점 역시 기억될 만하다.

혹은 현실에 대한 실용주의적 관점을 강화하는 효과를 생산한다. 이 과정에서 왜 기존의 대문자 역사(History)를 해체해야 하는가에 대한 자의식이 뚜렷하게 나타나지 않는 점은 특히 아쉬운 지점이다.

김선우의 작품이 주목되는 것은 그녀가 최승희의 삶을 작품의 소재로 삼으면서도, 실제 작품 구성에서는 예월이나 민 등 역사적으로 발화할 수 없는 존재, 즉 이른바 서발턴의 역사를 최승희의 삶과 함께 복원하려는 구성을 취하고 있기 때문이다. 이 작품에서 최승희의 삶은 그녀의 일인칭 고백 형식 대신, 예월과 민을 비롯한 다양한 하위주체의 시점을 통해 서술되며, 이를 통해 대문자 역사에서 배제된 하위주체의 발화가 문학적 상상력을 통해 복원되는 효과가 생산된다. 이 작품은 퓨전 사극으로 대표되는 대중의 문화적 코드와 조응하면서도, 역사에 자신의 이름을 남길 수 없는 하위주체들의 이야기를 복원하는 구성을 취하고 있는 사례로 기억될 필요가 있다.

서효인의 몇몇 시들 역시 언급할 필요가 있다. 그는 하위문화적 코드를 텍스트에 적극적으로 도입하여 활용한다. 흥미로운 것은 하위문화적 코드가 지배문화에 대한 '구별짓기'를 수행함으로써 일정한 저항적 성격을 획득하는 양상이 두드러진다는 점이다. 그는 오락인 〈Street Fighter〉를 차용하여 "햇빛이 강한" "밝고 리얼한 거리"의 질서에서 배제된 "사방이 어두워 즐거운 오락실"[10]의 존재들의 정체성을 재구성한다. 나아가 이들의 언어를 복원하기 위해 '슬픈 열대'로 표상되는 "랑그만이 가득한 새로운 거리"의 지배적 언어 형식 대신, "뜨거운 파롤"의 가능성을 탐색한다.[11] 그의 시들은 하위문화가 규율권력으로 작동하는 지배문화로부터의 일탈

---

10) 서효인, 「거리의 싸움꾼」, 『소년 파르티잔 행동 지침』, 민음사, 2010.
11) 서효인, 「메리메리 바나나 이산기(離散記)」, 위의 책.

을 가능하게 만드는 정치적·미학적 전략으로 기능하는 사례를 보여주는 중요한 사례로 평가될 수 있을 것이다.

3. 분노의 파토스와 심성구조의 정치화

앞서 언급한 것처럼 현재 대중의 심성구조는 욕망과 불안의 기묘한 공존으로 특징지어진다. 그런데 신자유주의적 사회 재편이 심화될수록, 불안의 감성이 차지하는 비중이 점차 늘어나는 것은 필연적이다. 따라서 최근 텍스트들에 불안의 정조가 짙게 출몰하는 것은 필연적이다. 문제는 이 불안을 근본적으로 해소하기 위한 정치적·미학적 프로젝트가 존재하지 않으며, 이로 인해 불안은 곧 분노로 전화된다는 것이다. 이때 분노는 양가적 성격을 지닌다. 분노가 자신을 '루저'로 호명하는 사회구조를 향할 때, 이는 정치적 급진성에 대한 욕망으로 전화될 가능성을 지닌다. 반면 분노가 자신보다 하위에 위치한 내부 식민지, 예컨대 이주노동자나 하층 여성, 저학력층 등을 향할 때, 이는 한국판 스킨헤드로 전화될 가능성을 지닌다.[12]

---

12) '88만원 세대'의 정치적 보수화 경향에 대해서는 이미 많은 논쟁이 있었다. 심지어 이른바 '20대 개새끼론'까지 제기된 상황이다. 그런데 정작 이들이 (만약 보수화되었다면) 보수화된 원인에 대해서는 대부분의 논의가 천편일률적인 세대론으로 귀결되는 듯하다. 이들이 보수화되었다면 그 원인은 사실 매우 간단할 수도 있다. 과거 전투적 조합주의 운동의 상징이었던 현대차 노조가 비정규직 투쟁을 압살한 채, 정규직 사원 자녀 우선 채용을 주된 교섭 의제로 설정하는 장면을 상기하는 것으로 충분할 것이다. 그 이전 세대(그러니까 현재 30대 초중반의 세대)의 경우, 전교조 합법화와 비정규직 제도화를 맞바꾼 민주노총의 1998년 노사정 대타협을 상기하는 것만으로도 이들의 정치적 보수화는 필연적인 결과임을 짐작할 수 있을 것이다. 물론 이들이 실제로 정치적으로 보수화되었다면 말이다. 바꾸어 말하자면 만약 이들이 분노의 심성구조를 한국판 스킨헤드의 형식으로 표출한다면, 이는 결코 이들의 책임이 아니라는 것이다.

　이러한 관점에서 최근 분노의 파토스가 전면화되는 텍스트들이 주목된다. 김사과의 장편소설 『미나』, 『풀이 눕는다』, 소설집 『02』를 관통하는 모티프는 모든 것들에 대한 분노이다. 이 분노는 명확한 지시대상을 지니지 않는다. 그렇기에 해소될 수 없는 성질의 것이기도 하다. 만약 분노의 원인과 대상이 가시적으로 드러나는 현실이라면, 분노는 이에 대한 대안적 기획을 통해 해소될 수 있을 것이다. 문제는 지금 현재, 신자유주의적 사회 재편에 대한 투명한 저항의 로드맵을 그 누구도 제시할 수 없다는 자명한 사실이다. 이는 김사과의 텍스트들에 나타나는 분노가 종국에는 '나' 자신에게까지 향한다는 것에서 확인된다. 그녀의 소설은 플롯의 부재와 에피소드의 전면화를 특징으로 삼는데, 이는 분노가 분출되는 순간을 극적으로 형상화하기에 적합한 형식이다. 이러한 분노의 파토스는 곧 정치적 급진성에 대한 욕망과 지배질서에 대한 부정으로 이어질 가능성을 내재하고 있다는 점에서 주목된다.

　최진영의 『당신 옆을 스쳐간 그 소녀의 이름은』은 매우 흥미로운 작품이다. 일반적인 (청소년의) 성장소설의 문법이 충동적인 가족과 학교 제도로부터의 일탈과 귀환의 플롯을 지니는 데 반해, 최진영의 작품은 가출이 반복되는 구성을 취하고 있다. 작중 주인공은 '진짜 엄마'를 찾기 위해, 시장통으로, 철거촌으로, 원조교제의 현장으로 계속해서 가출을 감행한다. 그 결과 신자유주의적 사회 재편의 구조에서, 성장이란 곧 자본주의적 주체화를 승인하는 과정임을 인식한다. 이 작품의 결말이 타락한 성인과의 대결로 인해 주인공 소녀의 죽음으로 끝나는 것은 이러한 맥락에서 의미심장하다. 기실 자본주의적 주체화 과정이란, 분노의 감성을 생존에의 욕망을 통해 억압하는 훈육 과정에 다름 아니기 때문이다.

　이들 텍스트들은 불안과 분노의 심성구조를 급진적 방향으로 분출시키려는 미학적 개입을 통해 새로운 저항문화의 중요한 사례로 기능할 수도 있을 것이다. 여기서 분노의 파토스에 적극적으로 개입하여 이를 급진적 봉기로 이끌 것인지, 아니면 이를 방관한 채 한국판 스킨헤드의 출현을 목도할 것인지는 온전히 우리의 몫이다. 확실한 것은 지금 대중의 분노는 임계점으로 치닫고 있다는 사실이며, 이에 대한 우파적 안전판으로서 내부 식민지는 착실히 준비되고 있다는 사실이다.[13]

4. 판타지 양식의 도입과 욕망의 복원

한편으로 버츄얼 리얼리티가 문화적 배경으로 새롭게 대두하고 있다는 점 역시 간과할 수 없는 징후이다. 인터넷의 보편적 보급과 3D 영상의 도입, 각종 가상현실 프로그램에 기반을 둔 문화 콘텐츠의 확산은 기존에 자명한 것으로 간주되어온 '현실'과는 다른 '현실'을 구축하고 있다. 이러한 경향은 젊은 세대일수록 강하게 나타나며, 시간이 흐를수록 훨씬 강력한 영향력을 행사할 것으로 보인다.

특히 대중의 심성구조와 관련하여 가상현실을 통한 욕망의 분출과 이에 대한 통제가 점차 강화되고 있다는 점이 주목된다. 지배적인 대중문화는 대중의 욕망을 적절한 수준에서 해소시키는 역할을 수행하며, 이를 통해 생존에의 욕망이 지배구조에 대한 분노로 전화되는 것을 예방한다. 이를 위해 의사-현실에서 욕망을 실현하도록 만들며, 이 과정에서 무한경쟁의 메커니즘을 훈육하는 미션을 강제한다. 2000년대 이후 인터넷상의

---

13) 많은 정치적 이슈에 대해 '비교적'(어디까지나 다른 포털 사이트에 비해서 비교적일 뿐이다) 진보적 경향의 여론을 보이는 다음의 아고라에서도 단 한 가지 정치적 이슈에 대해서는 보수적 경향이 압도적이다. 그것이 바로 이주노동자와 다문화주의의 문제인데, 주된 논리는 이들이 한국 하층 계급의 일자리와 복지 수혜를 박탈하고 있다는 것이다.

문화 콘텐츠 중 부동산 및 증권 투자 시뮬레이션 게임의 강세나 실제 라이프 스타일을 재현한 롤플레잉 게임의 등장이 이를 단적으로 보여준다.[14)]

이러한 지배적인 대중문화의 확장으로 인해 대중의 욕망은 생존의 층위로 국한되며, 나아가 이마저도 가상현실의 층위에서 해소되는 메커니즘이 점차 형성되고 있다. 그 결과 실제 현실에서의 대중은 무기력하고 왜소한 존재로 전락한다. 이는 문학의 영역에서도 두드러지는데, 시에서의 자폐적 성향의 주체[15)]의 대두나, 소설에서의 루저나 백수의 빈번한 형상화를 그 사례로 들 수 있을 것이다. 이는 대중의 심성구조와 연결시켜 논의할 때, 욕망의 상상력이 지배문화에 의해 잠식당하는 현실과 관련된 것으로 평가할 수 있을 것이다.

이와 관련하여 최근 가상현실이나 판타지의 형식을 텍스트에 적극적으로 도입하는 경향이 주목된다. 윤이형의 첫 번째 소설집 『셋을 위한 왈츠』에 수록된 몇몇 작품들, 특히 「피의 일요일」은 가상현실마저도, 기실

---

14) 도시 건설 시뮬레이션 게임 심시티의 심즈 라이프 시리즈로의 진화는 주목되는 현상이다. 심즈 라이프는 실제 돈을 벌고, 차를 사고, 집을 꾸미고, 이웃을 초대해서 파티를 벌이는 미국 중산층의 욕망을 그대로 재현하고 있다. 오히려 실제 현실보다 더욱 현실 같다는 느낌을 제공하는 것이 이 게임이 성공한 요인으로 지적된다. 더불어 바이 시티를 비롯한 부동산 투자 게임은 실제 경영 마인드의 육성(즉 경쟁에서의 승리를 위한 각종 스킬의 취득)을 유저에게 요구한다는 점에서 단순한 오락 이상의 의미를 지닌다. 이는 2000년대 초반 강남의 고급 사립 유치원에서 유행했던 증권투자 보드게임 어콰이어 교육 붐의 성인 버전이라고 할 수 있다.

15) 오해 없기를 바란다. 나는 지금 시에서의 자폐적 주체에 대한 가치 판단을 내리는 것이 아니다. 다만 현상을 지적했을 따름이다. 다만 자폐적 주체를 새로운 시적 주체의 전형으로 평가하는 일련의 미학적 경향에는 동의하기 힘들다는 말을 덧붙인다. 무엇보다 자폐적 주체가 대두하는 컨텍스트적 맥락에 대한 분석이 생략되는 경향이 강하기 때문이다.

자본의 논리에 의해 지배당하는 또 다른 훈육공간임을 매우 날카롭게 지적하고 있다. 나아가 이 작품은 온라인 게임 WOW를 변용하여 서사화함으로써 변화된 대중의 문화적 코드와 조응하는 효과도 생산하고 있다는 점에서 중요한 사례로 기억될 필요가 있다.

윤고은의 장편 『무중력 증후군』은 판타지가 기실 자본이 만들어낸 이데올로기적 가상에 불과함을 적절히 형상화하고 있다. 일반적으로 판타지가 지배질서로부터 억압된 무의식적 욕망의 카니발의 영역으로 인식되는 것에 반해, 이제 판타지마저도 지배적인 이데올로기에 의해 잠식된 공간이라는 인식은 특히 이 공간에서 욕망에 대한 통제가 진행된다는 점에서 중요한 것으로 평가될 수 있다. 그녀의 소설집 『일인용 식탁』에 수록된 작품들 중 상당수는 현실의 결핍을 대리보충하기 위한 산물로서의 판타지를 거부한 채, 비루한 현실을 직시하는 독특한 환상과 현실의 교차 구성을 취하고 있다. 특히 「로드킬」의 경우 욕망의 영역을 교환가치로 영토화하려는 자본의 메커니즘을 적절한 알레고리를 통해 뛰어나게 형상화한 작품으로 평가할 수 있다.

염승숙의 소설집 『채플린, 채플린』과 『노웨어맨』에 수록된 작품들 역시 판타지적 양식을 강하게 보여준다. 그런데 주목되는 것은 그녀가 현실법칙에서 억압된 존재들의 발화를 위해 판타지적 공간을 창출한다는 점이다. 이 공간을 통해 비로소 담론 장에서 발화할 수 없는 존재들의 이야기가 시작된다. 이러한 판타지는 강고한 현실법칙의 '잉여'와 '결핍'으로 존재하는 낙오된 대중들의 삶을 새로운 방식으로 재현하기 위한 미학적 장치라는 점에서 보다 깊은 비평적 개입이 필요하다.

판타지적 양식은 기본적으로 현실법칙에서 억압된 욕망의 표출을 가능하게 하는 특징을 지닌다. 그러나 최근 점차 판타지의 영역까지, 즉 정치적 무의식의 영역까지 통제하려는 훈육기제가 강화되고 있다. 욕망의 상상력을 생존의 층위에 가둘 수는 없다. 그렇다면 우선 판타지의 영역을 잠식하는 자본의 메커니즘을 직시하고, 이로부터 현실에서 억압된 욕망의 정치경제학적 카니발을 다시 기획하려는 미학적 개입이 필요할 것이다.

5. 대중의 심성구조 변화와 전복적 미학의 가능성

문학과 현실의 관계 맺음에 대한 논의는, 결국 문제적인 텍스트를 통해 대중을 저항주체로 호명하는 메커니즘을 형성하고, 이로부터 대중에게 잠재되어 있는 정치적 급진성을 발현시키는 기제로서의 미학적 기획을 수립하는 것으로 귀결될 것이다. 그리고 이 미학적 기획은 다시 대중과 텍스트의 마주침의 양상을 통해 새로운 형식의 기획으로 변증될 때, 비로소 현실주의적 성격을 온전히 확보할 수 있을 것이다. 이런 면에서 볼 때, 지금까지의 다양한 미학적 논의들이 논의의 전제인 대중의 심성구조의 변화로부터 시작하는 것이 아니라, 역으로 미학적 원리로부터 대중의 반응을 도출해내려는 관념적 성격을 지녔던 것은 아닌가라는 자기성찰이 필요할지도 모른다.

분명 현재 대중의 심성구조는 급진화된 방향으로 분출되는 경향을 강하게 표출하고 있다. 규범적 문화질서를 조롱하는 팟캐스트 방송 〈나는 꼼수다〉에 대한 폭발적 반향은 곧 보수정치에 대한 거부 의지의 표명으로 진전되었다. 나아가 99%의 분노의 파토스는 1%를 향한 실현 불가능한 진입에의 판타지 대신 전 세계적인 금융자본 거점지에 대한 점거운동으로 나타난 바 있다. 그리고 99%의 반격은 작년 희망버스 투쟁이나, 청년유니온운동, 대학거부운동 등 다양한 대중의 자발적인 네트워크를 통해 폭발적으로 진행되고 있다. 그렇다면 이러한 대중의 심성구조와 마주치는 징후적인 텍스트들로부터 새로운 99%의 문학적 현실주의의 가능성을 모색하는 것이 비평의 몫이 아닐까?

　이 글은 이러한 문제의식에서 출발했다. 급격하게 변화하는 대중의 심성구조와 이를 징후적으로 포착한 텍스트들로부터 유물론적인 방식으로 미학적 기획의 단초를 추출하고자 했던 것이 본래 이 글의 목적이었다. 물론 이 성근 글이 이러한 과제를 조금이라도 해명했다고 생각하지는 않는다. 그러나 기실 위의 문제제기에 대한 명료한 답안은 존재하지 않는 것이 당연할 것이다. 왜냐하면 그 답안은 누군가가 제시해주는 완결된 로드맵의 형식이 아니라, 우애로운 논쟁과 토론을 통해 함께 채워나가는 형식일 것이기 때문이다. 그리고 다름 아닌 여기가, 바로 로두스 섬이기 때문이다.

(실천문학, 봄호)

비등하는 역사, 결빙의 현실

김문주

2001년 『서울신문』(평론), 2007년 『불교신문』(시) 등단. 저서 『소통과 미래』 『형상과 전통』 『수런거리는 시, 분기하는 비평들』 등이 있음. 현재 영남대학교 국어국문학과 교수.

비등하는 역사, 결빙의 현실

김문주

1

"살아가노라면 평생 동안 잊지 못할 벅찬 감동과 감격을 느낄 때가 있다. 그것은 대개 한마음으로 무리를 지어 공동선을 추구할 때 생긴다. 6월 항쟁에 참여한 투사나 6월의 거리에서 함께 호흡한 많은 시민들은 질풍노도 같은 감격이나 뿌듯한 긍지를 지금도 회상하곤 할 것이다. 그들은 그토록 힘들여 바꾸어놓은 세상이 변하더라도, 또 공동체를 모래알처럼 흐트러지게 하는 이상한 논리가 횡행하더라도 굳건히 제 갈 길을 갈 것이다."『6월 항쟁』의 서문에서 서중석은 1987년 6월의 진행형적 의미를 이렇게 정리한다. 방대한 자료를 바탕으로 '6월 항쟁'의 성격을 무려 700쪽에 이르는 방대한 분량으로 정리한 책의 서문치고는 참으로 소박하고 단순한 듯 보인다. 여기에서 "힘들여 바꾸어놓은 세상이 변하더라도" "굳건히 제 갈 길을 갈 것이다"라는 이 경이로운 믿음은 어디에서 근거하는가. 그것은 아마도 6월 항쟁을 바라보는 이 책의 관점에서 기인하는 듯하다.

서중석은 기존에 축적된 많은 자료들을 중심으로 1980년대를 구성하면서 '6월'을 한국 사회 전체를 혁명적 열정의 도가니 속에 담금질했던 낭만적 파토스의 연대기로 그려낸다. "공동체가 잘된다면 자신은 희생되어도 좋다는 헌신성으로 하나가 되어 있었던" 감동적 경험이 지금—이곳의 현실을 경유 지점으로 사유할 것이라는 이러한 생각은 낭만적 파토스의 영향력에 대한 강한 믿음이 전제되어 있다. '6월 항쟁'을 우리 역사의 한 과거로서 생각하지 않고 여전히 개진되고 있는 진행형 사건으로 인식하는 이러한 사유는 1990년대 이후의 변화를 이른바 '마술로부터 풀려나는 일'이나 '역사의 종말'로 정리하는 일반적인 관점과는 사뭇 다르다. 통상의 한국 문학사가 1990년을 전후로 한 일련의 국내외 정치적 상황의 변화와 한국 문학의 현상들을 근거로 하여 우리 시대를 이전과는 전혀 다른 연대로 규정하는 것과 달리, 서중석은 강렬한 6월의 기억이 생생한 역사적 현재의 동력임을 의심하지 않는다. 이는 「사랑의 變奏曲」에서 김수영이 당대를 "고양이의 반짝거리는 푸른 눈망울처럼 사랑이 이어져가는" '암흑 속의 밤'으로 보고 "복사씨와 살구씨가/한번은 이렇게/사랑에 미쳐 날뛸 날이 올 거"라는 역사적 전망을 내놓았던 것과 유사한 통찰인 셈이다. 4·19를 겪고 6년이 지난 후 발표한 작품에서 미완의 혁명이 남긴 것을 "고요함과 사랑이 이루어놓은 暴風의 간악한 信念"으로 호명했던 김수영처럼 '87년 6월'을 정리한 저자는 좋은 세상을 만들기 위해 함께 어깨를 걸었던 그 벅찬 낭만의 정신이 자신의 길을 갈 것임을 예고한 것이다.

우리 문학은 어떠했던가. 이른바 '후일담문학'으로 1980년대를 청산하고 급속하게 탈이념·탈정치화하면서 문학적 다원주의로 전개되었다고 한국 문학사는 기록하고 있다. 시단의 경우로 제한하면, 2000년대 이후 전면화되는 환상과 자폐적 경향이 본격적으로 나타나고 일상·도시·자연·생태 등의 주제가 연성의 감수성과 결합하는 양상이 두드러진다고 정리하고 있다. 그렇다면 한 시대를 격동했던 그 해방적 열정과 고양된 정신은 폐기되고 소멸한 것인가. 서중석의 말대로 제 길을 가고야 말 그 높은 수준의 고양된 정신은 어디로 간 것인가. 혹여 그 격동의 정신을 촉발하게 한 지긋지긋한 억압의 망탈리테(mentalites)로부터 우리 문학이 정말 서둘러 멀리 가려고 한 것인지, 아니면 새로운 것을 중심으로 문학 현상들을 재편하려는 비평적 권력이 정신사의 연속성과 변주 양상의 섬세한 지리들을 건너 뛰려한 것은 아니었는지 생각해볼 일이다. 여기에서 이데올로기로부터의 해방과 소외 없는 사회 실현을 운동의 주요 목표로 삼았던 68혁명이 한풀 꺾이면서 정치적 사안에서 개인의 내면으로 침잠하는 '신서정주의' '신주관주의' 문학을 '68운동의 내면화'로 정리한 68문학사를 참조할 필요가 있어 보인다.

> 그처럼 빨리 敵意를/버릴 게 아니었다/명백한 실수였다/지난 세월은/끝까지 우리에게 가혹했고/단 한 번도 善意를 내보이지 않았다/그리하여/함부로 제 몸을 태우는/자학의 시대를 불러왔다/숨길 속 없는 맹수 같은/사나움은 길들여져/자진하여 구린 삶의 동물원을/기웃거리게 하고/목말라 악취나는 치욕의 강물을/들이마시게 했다/너무 성급하게 초월하려 들거나/저만의 상처로 面壁하며/결가부좌를 풀지 못한 탓이었다/언제부터 그만의 치명적인/독충 같은 그리움,/큰 산의 제왕 호랑이 같은/공격성과 야수성을 상실한 탓이었다
>
> ─ 임동확, 「뒤늦은 깨달음·心經13」 전문

'6월 항쟁'의 현실적 패배와 동구 사회주의권의 몰락으로 급격하게 위축된 현실주의 문학 진영의 내면을 잘 보여주는 작품이다. 완강한 현실과 대안사회에 대한 상상력이 소멸해버린 상황에서 자신의 길을 찾지 못하고 자학과 굴욕과 초월의 태도 속으로 이전해간 문학 현실을 비판적으로 성찰하고 있는 이 시에서 우리는 1980년대 운동권 문학의 1990년대 내면

을 본다. 그런데 과연 1980년대식 "공격성과 야수성"을 보존하는 것, 혹은 '敵意'를 견지하는 것만이 '6월' 정신의 진정한 문학적 계승이라고 할 수 있겠는가. 물론 6월의 의미에 대한 가열한 성찰 없이 서둘러 자본주의적 내면을 식재한 문학들이야 비판의 대상이 되겠지만, 그것은 변혁정신의 문학적 승계라는 차원이 아니라 형상 사유의 수준 미달이라는 문학성 자체의 관점에서 평가받아야 할 문제로 판단된다. 1980년대가 갖는 문학사적 의미는 단순히 현실주의 문학의 경로에서만 구할 것이 아니라 해방적 열정이 어떻게 개별적 주체의 문제로 전유되었는가 하는 점에 맞추어져야 할 것이다. 그것은 '6월'로 상징되는 1980년대적 감정과 문제의식은 실상 모두의 문제였기 때문이었다. 게다가 1980년대 대학시절을 보낸 내성적 문청들에게 1980년대의 낭만적 격정은 다양한 방식으로 내면화되지 않을 수 없었을 것이다.

2

　1990년대 전반 우리 문단에 불었던 '청산주의' 문학에 대한 논의는 운동권 안팎에 관여했던 문인들의 1980년대 정리 양상에 관한 것이었지만, 동시에 1980년대를 통과한 1990년대의 내면적 가치들의 경쟁 구도를 보여주는 것이기도 하였다. 물론 이 문제는 현실 정치뿐만 아니라 급격하게 다원화된 자본주의 경제·문화 환경의 확대와 변화된 성격, 그리고 일상의 구조와 감수성을 변화시킨 테크놀로지의 경이로운 발전 등을 종합적으로 살펴보아야 할 내용이지만, 종전의 관점에서 거칠게 정리하자면 자기정체성을 여전히 현실 변혁 의지 속에 통합하고자 했던 이들과 이 해방의 열정을 개인의 정체성과 개별자의 윤리로 전환한 자들 사이의 갈등이라고 할 수 있다.

물론 나는 알고 있다 /내가 운동보다도 운동가를/술보다도 술 마시는 분위기를 더 좋아했다는 걸/그리고 외로울 땐 동지여!로 시작하는 투쟁가가 아니라/낮은 목소리로 사랑노래를 즐겼다는 걸/그러나 대체 무슨 상관이란 말인가//잔치는 끝났다/술 떨어지고, 사람들은 하나 둘 지갑을 챙기고 마침내 그도 갔지만/마지막 셈을 마치고 제각기 신발을 찾아 신고 떠났지만/어렴풋이 나는 알고 있다/여기 홀로 누군가 마지막까지 남아/주인 대신 상을 치우고/그 모든 걸 기억해내며 뜨거운 눈물 흘리리란 걸/그가 부르다 만 노래를 마저 고쳐 부르리란 걸/어쩌면 나는 알고 있다/누군가 그 대신 상을 차리고, 새벽이 오기 전에/다시 사람들을 불러 모으리란 걸/환하게 불 밝히고 무대를 다시 꾸미리라//그러나 대체 무슨 상관이란 말인가

— 최영미, 「서른, 잔치는 끝났다」 전문

시 분야에서 이른바 '후일담문학'의 대표작이라고 할 수 있는 최영미의 『서른, 잔치는 끝났다』(1994)는 변화된 현실에 대한 냉소적 알레고리로 읽을 수 있지만, 무엇보다 운동의 시대를 통해 자기정체성에 대한 적나라한 고백을 드러내었다는 점에서 의미 있는 시집이었다. 여기에서 주체의 정체성은 자신을 둘러싸고 있는 집단적 이념을 걷어내고 나서야 비로소 드러난다. 여러 논란에도 불구하고 이 시집이 갖는 역사적 의미는 거대담론에 기숙해 있던 주체를 담론의 울타리로부터 분리해냄으로써 정직한 자기 투시를 감행하고 있다는 점이다. 인용 시에서 반복되는 "그러나 대체 무슨 상관이란 말인가"라는 언술은 거대주체의 서사와 개인을 묶어내는 이념이나 작업의 정당성에 대한 회의이다. 그것이 '서른'에 내재된 의미인 셈이다. '서른 살'에 내포된 무력과 슬픔과 우수야말로 인간 존재의 가장 근본적인 조건일지도 모른다. 냉소적이면서도 쓸쓸하고 밖을 향한 말이면서도 안을 텅텅 울려 나오는 저 반복되는 언술은, 거대주체와 이데올로기로부터 자신을 분리해내려는 1990년대 주체의 '자기변호'에 가까운 독립선언이라고 할 수 있다.

그가 수레를 끄는지/수레가 그를 끌고 가는지,/짐의 무게를 이기지 못해 질질 끌려가던/늙은 노동자가 길을 건넌다/비참이 새겨진 주름진 얼굴을/뒤에서 몰래 밀어주고 싶었지만,/나의 동정심을 분석하며,/그를 동정하는 나를 의심하며/생각이 너무 많아, 그를 놓쳤다//그날의 우유부단함을/용서하지 못해./벌써 십칠 년이나 지난 일이지만/그날따라 곱게 다림질한 나들이옷이 부끄러워서,/일기장에 새겨진 그날, 1993년

— 최영미, 「신촌의 옛 풍경」 부분

1993년 날씨 좋은 어떤 날의 일기장을 회상한 이 작품은 「서른, 잔치는 끝났다」의 시적 주체에게 1980년대는 여전히 남아 있는 내면의 과제임을 생각하게 한다. 운동의 시대였던 청년기의 일기장을 다시 돌아보며 옮겨 적은 「신촌의 옛 풍경」은 17년 전의 자신을 향해 윤리적 자의식의 문제를 되묻는 시인의 현재를 돌아보게 한다. "꿈이 깨진 뒤에도/살아서, 비겁한 밥을 먹으며/어딘가 뒷맛이 씁쓸하지 않은,/내 몫의 달콤한/산딸기가 남아 있을 것 같아/숨어서, 눈을 반짝이는//순진무구가 이 세계를/지탱해왔"(「아이러니, 인생」)다는 고백은, 그녀의 시집을 둘러싸고 벌어졌던 1990년대의 논쟁이 시적 인식의 수준에 비해 거대하고 과도했음을 알게 한다. 1980년대는 여전히 최영미를 둘러싸고 있는 중요한 심리적 현실로 보인다. 우리는 그녀에게서 386세대 시인의 한 국면을 보게 된다.

한편 사납고 거친 싸움의 1980년대를 부드러운 모성과 감수성으로 위로해준 나희덕의 시는 1990년대 가장 주목할 만한 세계 중의 하나였다. 그녀의 시는 연성(軟性)의 감각과 여성적 상상력을 바탕으로 서정적 성찰력의 모범적인 사례를 제공해주었는데, 특히 자연이 어떻게 한 개인의 존재론적 고뇌와 내성(內省)의 치유적 공간으로 자리할 수 있는가를 잘 보여준 세계였다. 기존의 여성시를 지배하고 있던 두 가지 특성, 즉 서정적 인종(忍從)주의나 자학적 해체주의와는 다른 제3의 지대로서 균형 잡힌 서정

성을 형상화하였다. 억압과 폭력의 시대에 맞서는 저항적 여성성이 아니
라 연성의 감수성을 지닌 성찰적 여성성을 통해 치유의 시적 가능성을 개
진한 그녀의 시는 서정시의 본래적 속성이라고 할 수 있는 개별 주체의
사유능력을 탐색한다.

> 밀랍에 희미하게 남아 있는/아카시아꽃 향기, 벌들의 날갯소리, 햇살과 바
> 람,/누구도 그것을 기억하지 못한다//그래도 밀랍은 밀랍일 수 있을까/우리
> 가 기억하는 것은 밀랍 자체보다/밀랍이 거기 있었다는 사실에 가까운지 모
> 른다
>
> — 나희덕, 「밀랍의 경우」 부분

> 이곳이 오늘의 비등점이라면/수없이 들끓고도 도달할 수 없는 비등점이라
> 면//그곳에 내리는 눈은/끓는 물에 뛰어드는 순간 녹아버리고//그곳이 오늘
> 의 결빙점이라면/수없이 얼어붙고도 도달할 수 없는 결빙점이라면//이곳에
> 내리는 비는/얼음에 내려앉는 순간 얼어버리고//그곳과 이곳 사이에는/결빙
> 점과 비등점 사이에는/얼마나 많은 눈과 비와 얼음과 물과 현기증이 있는지
>
> — 나희덕, 「그곳과 이곳」 부분

　최근 들어 시간, 공간, 감각, 존재, 소통의 문제로 깊어가는 그녀의 시
세계는 1980년대 시가 고민했던 더불어 사는 삶의 가능성을 존재의 형이
상적 문제로 이전해가고 있다. 시간과 존재와 현상의 문제는 나희덕의 최
근 시가 사유하는 핵심 주제들로서, 위의 시편들은 고유한 경험과 기억
속에 구축되는 존재들의 진정한 이해와 소통 가능성에 관해 묻고 있다.
"누구도 기억하지 못하는" 것들로 "희미하게" 존재했다가 소멸하는 사실
로서 남게 되는 '밀랍의 존재', 그것은 비단 존재와 현상 사이의 간극의
문제뿐만 아니라 그 자체로서 소통될 수 없는 근원적 이해 결핍의 존재
사태들과 연관되어 있다. 위의 시편들을 시간의 차원에서 사유한다면, 지

나온 역사적 사건을 구성하는 수많은 고리들과 사연들은 '오늘-이곳'의 비등점 속으로 녹아버릴 것이다. 그것이 역사에 대한 이곳의 이해이다. 우리가 지나온 비등의 역사는 그곳에 있고 우리는 지금 결빙하는 이곳에 있는데, 이른바 '386세대 시인'들의 흔적들을 쫓아간다면 지난 연대는 우리에게 이해될 수 있을까.

> 내 속의 할머니가 물었다, 어디에 있었어?/내 속의 아주머니가 물었다, 무심하게 살지 그랬니?/내 속의 아가씨가 물었다, 연애를 세기말처럼 하기도 했어?/내 속의 계집애가 물었다,/파꽃처럼 아린 나비를 보러 시베리아로 간 적도 있었니?/내 속의 고아가 물었다, 어디 슬펐어?//(…중략…) 간호사는 천진하게 말했지/병원이 있던 자리에는 죽은 사람보다 죽어가는 사람의 손을 붙들고 있었던 손들이 더 많대요 뼈만 남은 손을 감싸며 흐느끼던 손요
>
> — 허수경, 「빙하기의 역」 부분

시간의 테마는 386세대 시인들에게 매우 빈번하게 나타나는 주제이다. 왜일까?

1960년대 태어나 1980년대 대학을 다니며 격동하는 한국 현대사의 현장을 통과하여 오늘에 이른 시인들에게 시간은 자기정체성을 사유하는 핵심 기제로 보인다. 최영미는 서른을, 나희덕은 '밀랍의 시간'에 관해 말하는데, 허수경은 동화의 형식을 빌어 '빙하기'를 말한다. 얼음의 시간은 생명력이 모두 사라진 채 맑고 투명한 흔적으로서 보존되어 있는 시간이다. 생은 도정의 끝에 있는 '지금-여기'의 나로서 존재하는 것이 아니라 생의 인상적인 국면들이 편편히 쌓여서 환대하는 다층적 시간이다. "내 속의 할머니" "아주머니" "아가씨" "계집애", 그리고 "고아"로서 한 국면을 살았던 모든 '나'가 '너'를 만나러 간다. 물론 그렇게 마중하러 가는 너와 온전한 소통을 할 수 있는 것은 아니다. "인간이란 언제나

기별의 기척일 뿐이어서” 우리가 만나는 ‘얼음의 자리’는 “고요한 연”처럼 투명하게 걸려 있는 것, 삶의 은유처럼 보이는 “빙하기”는 존재들의 전적인 조우의 불가능성과 소멸하는 방식에 관한 웅숭깊은 서사이다. “산가시내 되어 독오른 뱀을 잡고/백정집 칼잽이 되어 개를 잡아/청솔가지 분질러 진국으로만 고아다가 후후 불며 먹이고 싶었네 저 미친 듯 타오르는 눈빛을 재워 선한 물 같이 맛깔 데인 잎차같이 눕히고 싶었네 끝내 일어서게 하고 싶었네/그 사내 내가 스물 갓 넘어 만났던 사내/내 할미 어미가 대처에서 돌아온 지친 남정들 머리맡 지킬 때 허벅살 선지피라도 다투어 먹인 것처럼/어디 내 사내뿐이랴”(「폐병쟁이 내 사내」). 이렇게 상처받은 1980년대를 위무하던 허수경의 시는 이후 시간의 지층들에 대한 서사적 탐색을 보여주는데, 이와 같은 일련의 시편들은 ‘지금－여기’를 넘어 시간에 관한 다양한 차원의 감각을 보여주는 2000년대 젊은 시들과 상호 영향관계 속에 놓이게 된다. 최승자, 김혜순, 김승희 등 여성적 삶을 격렬한 자학의 언어로 형상화한 선배 시인들과 달리 새로운 모성성을 보여준 허수경의 시는 1980년대적 상처의 또 다른 내면을 의미하는 것이었다.

한편 1990년대 들어 늘기 시작한 여성 시인들의 수는 한국 시단의 영토를 확장하는 데 매우 중요한 동력이 되었는데, 여성 시인들의 섬세한 내성의 세계는 현실주의 문학 성향을 강하게 띠고 있는 한국 문학의 지형을 다양화하는 데 중요한 자산이 되었다. 이를테면 조용미의 경우, 거칠고 공격적인 방식이 아니라 독특한 내면이 빚어낸 감각세계를 그려냄으로써 1990년 이후 본격화되는 내면세계의 다양한 시적 형상화에 일조한다.

검은 가지에 흰 꽃들이 소름처럼 번져있다 컴컴한 나뭇가지는 소용돌이치듯 흰 꽃들을 빨아들인다 먼 가지의 꽃들이 소복처럼 서늘한 꽃나무의 오랜

증세는 빈혈이다 백 년은 검은 나무 흰 꽃, 백 년은 흰 나무 검은 꽃을 부린
다 흰 가지에 검은 꽃들이 환영처럼 돋아났다 아아, 달이 해를 컥컥 뱉어내
던 밤

— 조용미, 「나무」 부분

위의 시는 선명한 색채적 대비를 통해 시인의 내면세계를 어둠의 현상
학으로 그려낸다. 자연을 시적 주체의 정서적 표출의 주요 소재로 삼는
일반적인 서정의 방식과 달리 이 작품은 꽃이 핀 나무의 풍경을 검은색과
흰색이 충돌하는 힘의 장으로써 표현하고 있다. 특히 나뭇가지로 상징되
는 어둠의 세계와 흰색에 내포된 질병(고통)의 이미지는 봄 나무에 대한
통속적인 관념을 해소하면서 마치 표현주의 예술의 강렬한 힘을 느끼게
만든다. "소름처럼 번져있"는 "흰 꽃"과 "소용돌이치듯 흰 꽃들을 빨아
들"이는 "컴컴한 나뭇가지"에서 우리는 불안과 격정을 표현하는 또 하나
의 언어를 발견하게 된다. 섬세하고 독특한 내면이 빚어내는 불안한 시적
형상은 정서적 표출의 통로로 인식되었던 자연 풍경을 내면의 병리학으
로 읽게 만든다. 대상세계를 다른 시선과 풍경으로 읽어내는 이와 같은
새로운 세계의 발견은 한국 시단의 폭과 깊이를 확보하는 중요한 자양이
되었으며, 이는 현실주의 문학의 시적 현상을 다원화하는 계기가 되었다
고 할 수 있다.

3

1980년대 대학 생활을 하고 1990년을 전후로 활동을 시작한 이른바
386세대 시인들에게 '6월'로 상징되는 혁명기의 체험은 직간접적으로 시
세계의 중요한 원천이 된다. 실제로 '6월' 자체의 시적 형상화보다 더욱

중요한 것은 그러한 체험이 현실과 세계를 바라보는 시인들의 시적 유전
자로서 시세계의 혈맥을 구성하고 있다는 점이다. 앞에서도 언급한 것처
럼, 1980년대의 해방적 열정은 1990년대에 들어서면서 개인의 정체성을
구성하는 다양한 윤리적 · 정서적 자질로서 자리매김하여 한국 시단의 자
산을 풍요롭게 하는 핵심 인자가 된다.

> 맥주 가게와 담배 가게를 다 지나면 아직 야근 중인 엥겔스의 공장 불빛이
> 빛나고 마르크스의 다락방에서는 여전히 꺼지지 않은 불빛 아래서 누군가 끙
> 끙거리며 생의 선언문 초안을 작성하고 있었지//누군가는 아프게 생을 밀고
> 가는데 우리는 하염없이 밤을 탕진해도 되는 걸까 생각을 하면 두려웠지 두
> 려워서 추웠지 그래서 동이 틀 때까지 너의 노래를 따라 불렀지//기억하는지
> 톰, 그때 내리던 눈발 여전히 내 방 창문을 적시며 아직도 내리는데 공장의
> 불빛은 꺼지고 다락방의 등잔불도 이제는 꺼졌는데 아무도 선언하지 않는 삶
> 의 자유
>
> — 박정대, 「톰 웨이츠를 듣는 좌파적 저녁」 부분

박정대의 시를 흐르는 강렬한 낭만적 정서와 리듬은 본질적으로 1980
년대 유산이다. 화려한 서정적 포즈와 이국적인 정취의 내면에는 혁명적
열기가 훑고 간 뒷골목의 황량한 정서들이 깔려 있다. 특히 그의 시세계
가 빈번하게 기대는 음악적 소재들은 지난 시절을 추억하는 악사들의 우
수가 어려 있으며, 유장한 시적 호흡은 우수(憂愁)의 리듬을 구현하는 언
어적 형식인 셈이다. 인용 시의 경우처럼 그가 자주 동원하는 서사 구성
의 전략ㅡ영화, 음악 등ㅡ은 소재의 이국적 성격으로 인해 시적 공간을
현실로부터 이격(離隔)시키지만, 그것은 동시에 상실한 세계에 대한 정서
적 반영임을 기억할 필요가 있다. 1980년대는 그의 시적 정서를 구성하고
가로지르는 심연이라고 할 수 있다.

이러한 상실과 우수의 정서는 이영광에게서 보다 격렬하고 직접적인

언어적 양상으로 전개되는 바, 그것은 마치 생의 맨얼굴을 마주하는 김수영의 언어가 낭만적 환멸의 감정과 결합하는 형국을 띤 것이라고 할 수 있다. 거칠고 직설적인 성격을 취하고 있는 그의 언어들은 현실세계에 대한 환멸과 무력(無力)이 생에 대한 비루의 정서로 전환된 가장 적나라한 사례라고 할 수 있다.

> 하지만, 두들겨 패고 저주하고 내쫓아도/기른 개처럼,/삶이라는 거지가 어디 가던가//그는 약하고 포악하다/만졌는지 안 만졌는지도 가물가물한데/물장사 십 년에 짝젖이 짝젖으로 늘어진/마담도 곯아떨어진/새벽이다//그에게 미친 것 정신없는 것/삶은 또 부스스 깨어/쓰리 당한 밤길의 여자처럼 멀거니/제 끝없는 사랑을 쳐다본다/하지만,
>
> — 이영광, 「하지만」 부분

"미치고 싶은 사람보다 더 미치고 싶은 사람이/미칠 것 같은 짐승보다 더 미칠 것 같은 짐승이/목에 칼을 쓰고//눈알이 홱홱 돌아가는데도 감지 않고" "슬픔도 노여움도 없이/제 눈으로 제 눈을 보며" "장님이 되어가고 있"(「어딘가에는」)는 참혹한 상상력, "두들겨 패고 저주하고 내쫓아도/기른 개처럼" "어디 가"지 못하는 "삶이라는 거지"의 이미지는 이 세계에 대한 도저한 분노와 무력에서 기인한 것이다. 어찌할 수 없는 세계, 그럼에도 지속할 수밖에 없는 삶에 대한 바닥없는 울분과 환멸은 시인으로 하여금 거칠고 격렬한 언어로써, 때로는 모든 수사와 감정을 비워낸 단순의 언어로써, 그리하여 언어의 양극단을 오가게 만드는 원인으로 작용하는 듯하다. 그에게 세계나 삶은 시적 주체의 무력과 비루함을 확인하게 만든다는 점에서 동일하다고 할 수 있다.

한편 이홍섭과 맹문재의 시에서 1980년대적 경험은 자기 삶의 정체성을 구성하는 보다 직접적인 계기로 작용하는 듯하다. 수사를 덜어낸 두

시인의 언어 역시 그 자체로서 자기성찰의 정직한 내면을 잘 담아내는데,
이홍섭의 경우에는 단출하고 매우 절제된 언어로써, 맹문재의 경우에는
마음의 동선을 그대로 드러내는 소박한 언어로써 혁명의 시대의 윤리학
을 개인의 내면으로 전환한다.

> 내가 그만 두는 것은 단지/연애의 삶,/연애의 만남,/연애의 사랑,/연애의
> 비유일 뿐이다//눈이 펑펑 내리고/더 멀리 갈 수 있는 곳이 보이지 않기 때문
> 이다
>
> — 이홍섭, 「연애의 비유」 부분

> 나는 누군가 그에게 전화를 걸어주면 좋겠다고 생각했다 그의 아내라면 얼
> 마나 좋을까, 나라도 걸어주고 싶었다//나도 작업복을 입은 채 공중전화 박스
> 안에서 저렇게 운 날이 있었다 더도 말고 덜도 말 날을 바라는 월급쟁이들이
> 소 떼처럼 고향으로 몰려가는 추석 전날의 밤이었다
>
> — 맹문재, 「그에게 전화를 걸어주고 싶었다」 부분

"연애의 삶,/연애의 만남,/연애의 사랑"을 그만두겠다는 언술은 시적
언어의 형식과 삶의 태도를 일치시키겠다는 화자의 내면을 단적으로 드
러낸다. "한평생 나가자던 뜨거운 맹세를 잊은 적은 없다"는 고백과 언어
적 수사의 방법적 진정성에 대한 시인의 태도에서 우리는 1980년대 거대
담론의 개인윤리로의 귀환을 재삼 생각하게 된다. 현실주의 문학의 주제
들이 이홍섭에게서 개인의 정체성과 시적 언어의 자의식을 구성하는 주
요 인자로 작용하고 있음을 확인하게 되는 것이다. 최근 들어 더욱 간명
해지는 이홍섭의 시에서 우리는 말을 삶과 일치시키고자 하는 시적 염결
성을 목격하게 된다.

한편 생활인으로서의 일상적 삶을 해방의 시대의 자신과 대비하는 맹
문재의 시는 1980년대가 여전히 현재진행형 고민들의 거점임을 거듭 생

각하게 한다. "작업복 차림의 사내"가 우는 풍경에서 고단하고 쓸쓸했던 자신의 과거를 상기하는 화자의 모습은 시인에게 1980년대가 변함없이 사유와 상상력의 중요한 거점임을 확인시켜준다. 물론 시적 주체의 현재적 모습은 "대출 이자"라는 일상에 포위된 생활인으로서의 삶이지만 그럼에도 불구하고 "노동 해방"과 "인간 해방"을 위해 투쟁하던 시절을 자연스럽게 떠올리는 것은 1980년대가 그에게 소멸한 현실이 아님을 웅변해준다. 현실과 과거를 잇는 연대의 상상력은 시인으로 하여금 타인의 고통을 헤아리고 그 고통과 연대하며 자신을 성찰하게 만드는 중요한 동력이 된다.

> 굵고 실한 것들부터 박스에 올라타/잿더미 재건마을까지 달려갈 생존감자/하늘독방 타워크레인까지 올라갈 희망감자/섬 끝 강정마을까지 내려갈 지킴감자/우리 집 식탁에서는 지지감자/세상 맨 끝에서는 연대감자되겠다//남한강 북한강이 만나는 두물머리/말도 안돼 절대 안돼 빼앗긴 텃밭에서 불법으로 키운/올 여름 저 첫감자 이름은 불복종 햇감자/지난 겨울 배추는 사대강 포기배추/곧 거둬들일 가을 쌀은 버텨쌀
>
> — 정끝별, 「자명한 감자」 부분

정끝별의 시편은 현실 정치권력의 폭압과 반민주적 작태에 대한 발랄한 시적 대응을 보여준다. 동일한 패턴의 언어적 구조를 통해 일방적인 힘의 정치를 언어적으로 응징하는 그녀의 시는 1980년대의 비판적 상상력을 계승하되 2000년대의 유연하고도 경쾌한 유희의 전략을 반영한다. 그것은 촛불을 들고 국민토성을 쌓아 컨테이너를 넘어서는 우리 시대 정치의식의 언어적 표현이라고 할 수 있다. 사회학적 상상력과 비판적 실천의식은 386세대 시인들의 정체성을 구성하는 가장 중요한 자질인 셈이다. 그들에게 1980년대는 여전히 중요한 자의식의 원천이라고 할 수

있는 것이다.

4

　한국사의 역동적인 한 시대를 통과했던 386세대 시인들은 이제 한국 시단의 중추를 구성하는 핵심 세대가 되었다. 사회학적 상상력이 (무)의식적 정체성의 일부가 되어 있는 그들에게 과거는 끊임없이 소환되는 진행형의 사건이지만, 그 구체적 양상은 매우 다양하게 개진되고 있다. 1980년대 그들을 둘러싼 사회의 핵심 과제가 거대주체로서의 '인간' 해방의 문제였다고 한다면, 1990년대 이후 한국 사회와 386세대 시인들의 문제의식은 개별 주체로서의 '인간' 해방에 집중되었다고 할 수 있다. 물론 그것은 주로 시학적 자유로움과 긴밀히 연결되어 있으며 여러 스타일의 시적 개성을 낳는 중요한 의식적 동력이 되었다고 할 수 있다. 1990년대에 본격적으로 등장한 탈이념, 탈정치, 페미니즘, 몸과 욕망, 자연과 생태 등의 주제들은 궁극적으로 삶의 구체성에 집중하는 시학적 반영이었으며, 이는 1980년대 해방의 열정이 개별화된 것이라고 볼 수 있다. 예를 들어 생태학적 테마는 자연에 관한 인간의 태도를 넘어 대상세계를 바라보는 관점과 '어떻게 살 것인가' 하는 근본적인 삶의 자세에 대한 질문이었으며, 그것은 삶의 전 영역을 식민화한 자본주의에 대한 전면적인 반성과 해방의 문제에 속한 것이었다.

　오 년 전쯤이지,/너랑 이웃집 두연 아저씨허구 싸운 게./장독대 울타리에 바짝 우사를 짓는 경우가 어디 있냐구/이게 뭔 이우지냐구, 삿대질치지 안혔냐?/어머니 돌아가실 때까지는 소 한 마리 넣지 않구/짚더미나 쌓아둘 거라구 두연 아저씨가 널 꼬드길 때,/우사 지어놓구 어머니 죽을 날만 손꼽아 기다리겠다는 심사 아니냐구/네가 좀 지랄허지 안혔냐? 내심 흐뭇허더라만,/한

마리 두 마리 송아지를 넣더니 지금은 우사가 아니라 우시장이다./두연 아저
씨한테 뭐라구 허지 마라./떡 방앗간 돌리랴 소 키우며 이장까지 보랴/청년회
장 맡으랴 노인네들 텃밭 일까지 거들어 주랴, 동네 효자다./가래떡 뽑을 때
마다 한 덩이씩 대문에 매달어 놓구 간다./그리구 두런두런 소들이 울어대니
까/혼자 사는 어미 잠자리가 든든허다./자식이며 친척보다 훗훗허다. 앳 스물
에/시집 와 열세 식구 건사헐 때 같다./대가족이 따루 없다니께.

— 이정록, 「이우지:어머니학교 4」 전문

위의 시는 이정록의 시가 기반하고 있는 충청도 언어에 내재된 유머의
감각을 통해 부정적 현실에 대한 지혜로운 삶의 가능성과 해석을 개진하
고 있다. 자본에 의해 침식된 현실에도 불구하고 삶의 기본을 보존하고
있는 농촌의 삶과 인간을 넘어 동물에까지 확대된 새로운 생명 연대는 관
념적 생태시학을 넘어서는 현실적 지혜로움과 따뜻한 시선을 내장하고
있다. 이정록의 시가 전략적으로 구사하는 충청도 사투리는 소설가 이문
구에 의해서 드러난 농민들의 따뜻한 합리주의를 견인하는 언어적 토대
가 되고 있다. 격렬한 저항과 비판의 운동력을 보여주었던 386세대 시인
들의 시는 여기에서 시간의 연륜과 생태학적 지혜를 함의하는 언어로 전
환되어 있다.

사람이 철이 들었다는 말은 그가 누군가를 걱정하게 되었다는 뜻이다. 살
아온 날이 쌓여갈수록 우리는 점차 걱정을 입는 처지에서 걱정을 하는 처지
로 바뀌어 간다. 걱정하는 마음의 손님에서 그 마음의 주인으로 자리를 옮긴
다. 누군가의 자식일 뿐이었던 옛날 우리가 벼랑 끝에 선 것 같은 하루하루를
탈 없이 보낼 수 있었던 것은 어버이와 조상의 살뜰한 걱정 때문이었음이 확
실하다. (…중략…) 결국 우리가 두려워하는 일은 내가 볼 수 없는 곳에서 내
가 알지 못하는 과정을 거쳐 느닷없이 내 앞에 던져지는, 위험과 불행의 결과
이다. 그래서 사랑이 지나친 사람은 사랑하는 사람과 멀리 떨어지는 것을 견
디지 못한다. 그가 외출하거나, 여행을 떠나거나, 멀리 이사할 때 사랑이 남

비등하는 역사, 결빙의 현실 ――

는 사람은 병자가 된다. 그의 평안을 위해 우리는 그의 시야 안에 있어야 한
다. 서로 가장 걱정하는 관계에 있는 사람이 늘 같이 있어야 하는 이유이다.
— 이희중, 「걱정論」 부분

이희중의 시 역시 찬찬한 사유를 바탕으로 인간 삶의 구체적 정서들의
내면을 되짚어보는 언어세계를 펼쳐 보인다. 그의 시는 "걱정을 입는 처
지에서 걱정을 하는 처지로 바뀌어 가"는 이들 세대의 연령적 정체성을
드러내면서 삶에 기숙하고 있는 사람살이의 보편적 정감의 구조를 언어
적 논리의 선을 따라감으로써 확인한다. 이희중의 사리(事理)의 시학은 대
상세계를 화자의 내면으로 통합하거나 시적 주체의 정서적 내용들을 개
진하는 방식이 아니라 현실세계에 담겨진 의미들을 찬찬히 헤아리는 동
선(動線)의 사유라고 할 수 있다. 이와 같은 그의 시적 특징은 폭압의 시대
에 한국 시단이 보여주던 언어적 대응방식을 지양하면서 삶의 지혜와 이
치를 찾아가는 개성적인 세계를 펼쳐 보여주었다.

2000년대 이후 도래한 시적 빅뱅은 한국 시단의 패러다임을 흔드는 중
요한 사건이었지만 그 지속력은 생각보다 길지 않은 듯하다. 시가 말로
구성된 언어의 세계임을 확실하게 인지시켜주었던 젊은 시들은 시가 무
엇인지에 대한 근본적인 성찰을 제기하면서 한국 시의 새로운 영토를 개
척하였다는 점에서 의미 있는 성과였지만 하나의 시적 유행의 성격을 띠
고 있다는 점에서 문제적이다. 이들에게 쏟아졌던 시단의 집중적인 관심
이 부분적으로 이동하고 있지만 폭넓은 시적 개성들이 함께 수런거리는
국면에 이르지는 못한 듯하다. 격동의 1980년대에 문청(文靑)의 시기를
보낸 386세대 시인들에게 원체험으로서의 1980년대는 문학적 억압이면
서 동시에 정체성 구성의 중요한 동인이었다고 할 수 있다. 거대담론에
둘러싸인 현실주의 문학이 개인의 시적 정체성과 윤리학으로 이전되는

풍경을 이들의 시에서 확인할 수 있는데, 그것의 본격적인 개진이야말로 한국 시단의 미래를 위한 의미 있는 행보가 될 것이다. 좀 더 섬세한 안목으로 이들 두 세대 시인들이 만나고 헤어지는 대목을 살필 필요가 있어 보인다.

(서정시학, 봄호)

분자도시와 불화의 상상력

오창은

2002년 『경향신문』 신춘문예로 등단. 평론집 『비평의 모험』 『모욕당한 자들을 위한 사유』가 있음. 현재 중앙대학교 교양학부대학 교수.

분자도시와 불화의 상상력

오창은

1. 녹색공포의 시대

'그린포비아(Green phobia)' 라는 말이 있다.

'녹색공포' 라고 번역할 수 있을 듯하다.

그린포비아는 색채에 빗대 '자연에 대한 도시인의 심리적 공포' 를 표현한 것이다. 도시에서 태어나 자란 이들은 인공적인 것에 익숙하고, 자연적인 것은 낯설게 인식한다. 자연에 대한 경험도 부분적이다. 여가 활동을 목적으로 한 경우를 제외하고는 자연 속으로 적극적으로 들어간 적도 거의 없다. 그렇기에, 도시인들은 자신의 실존적 상황을 자연의 일부로서 감각하지 못하곤 한다. 도시인이 바라보는 자연은 비위생적이고, 통제가 불가능하며, 위협적이다. 입맛은 자연식품보다는 가공식품에 더 감미롭게 반응한다. 발의 감촉은 흙길에서보다 포장도로에서 더 수월하게 감겨온다. 한적한 시골의 적요(寂蓼)보다는 대도시 거리의 압도적 소음이 편하다. 트레킹보다는 쇼핑이 심리적 안정감을 주는 데 더 유효한 것은 말할 필요도 없을 정도다.

도시인들은 일상 탈출의 낭만 속에서만 자연과 더불어 사는 삶을 열망할 뿐이다. 〈1박 2일〉이나 〈정글의 법칙〉 같은 오락 프로그램이 대표적인 예이다. 브라운관이나 모니터 속에서 안전하게 순치된 자연은 풍부한 볼거리를 제공한다. 시청자들은 자연과 더불어 사는 삶이라는 불편함을 '모험'이라는 이름으로 포장해 대리 체험한다. 위험은 치명적이어서는 안 되고, 불편한 감각을 만들지 않을 정도의 내러티브를 형성하는 수준에서 멈춰야 한다. 날 것의 원시적인 자연이 등장해서는 안 된다. 시청자들이 원하는 것은 위험스러운 장면이지, 치명적인 모험이 아니다.

그렇기에, 대도시 생활자들은 자연상태 혹은 농촌에서 장시간 머물면 심리적 공황상태에 빠지고 만다. 도시적 삶에서 벗어났기 때문에 심적 타격을 받을 수도 있다. 시골 생활이 지루해서 견디지 못할 수도 있다. 하지만, 더 중요한 심리적 공황상태 유발 요인은 따로 있다. 그 요인은 자연의 충만한 생명들이 불러일으키는 극심한 공포심이다. 공포의 대상은 조그마한 벌레, 곤충, 동물, 망막을 압도하는 녹색식물 등 모든 생명체들이다. 자연의 뭇 생명들이 불러일으키는 심리적 공포가 바로 '그린 포비아'다.

도시 생활이 보편화되면서, 사람들은 점점 인공도시에서 정서적 안정감을 느끼게 되었다. 자연에 대한 인간의 지배가 당연시되는 근대체제에서도, 자연은 여전히 인간의 통제권 밖에서 인간을 감싸고 있는데도 말이다. 근대적 인간은 자연에 대해 징벌하고 정복해왔다. 이를 통해 경제적 부가가치를 생산했다. 그 적대적 감성은 내면화된 근대인식의 한 속성이다. 인공낙원(도시)의 주체(도시인)는 인간이 자연의 일부라는 사실을 외면한다. 인간이 자연의 일부임을 수락하지 않는 한, 자연에 대한 공격적 속성(근대성)은 앞으로도 지속될 것이다.

이 글은 도시소설을 통해 우리 시대의 새롭게 부상하는 감각을 포착하려는 의도로 기획되었다. 나는 이 새로운 감각을 메트로키드(metro-kid)의 상상력이라고 부르려 한다. 메트로키드 작가들은 도시공간과 자신의 내면을 조응시키며, 도시적 불안의식과 그린포비아를 서사적으로 펼치고 있다. 문화적 측면에서 도시적 감수성이 한국 문학에 스며든 시기는 1930년대 즈음부터다. 1960~70년대 문학에서는 대도시의 삶이 문학 속에서 자연스러운 감각으로 자리했다. 그럼에도 불구하고, 현대도시의 공간감각이 내면 깊숙이 스며들어 소설의 서사와 밀착해 펼쳐지는 양태는 시대에 따라 다른 양상을 보인다는 사실을 놓쳐서는 안 된다. 문학은 작가적 개성에 기반해 있으면서도, 인간과 그 존재조건을 문제 삼는다. 그렇기에 작품의 서사 속에는 인간과 자연, 인간의 사회적 관계, 그리고 복잡한 내면의 갈등까지 녹아들어 있기 마련이다. 2000년대 이후, 우리 시대의 도시 감각을 포착한 작품으로 김경욱의 「러닝 맨」, 염승숙의 「노웨어맨」, 하재영의 「같이 밥 먹을래요?」, 표명희의 「피아노와 찌루」, 그리고 편혜영의 「산책」을 특히 주목하려 한다.

아도르노는 『미학 이론』에서 "세계에 대한 이질성은 예술의 한 가지 계기"라면서, "세계를 낯선 상태로 지각하지 않는 자는 세계를 전혀 지각하지 못한다"라고 했다. 때로는 자신이 익숙한 감각으로부터 탈주할 수 있는 능력이 없으면, 예술적 성취에도 가 닿을 수 없다. 그렇기에, 현대인의 일상적 삶이 된 도시 생활을 낯선 상태로 지각하는 것은 '성찰성의 중요한 계기'일 수 있다. 우리 시대 작가들이 인식하는 '그린포비아' 혹은 '도시적 감수성'을 낯선 상태로 지각함으로써, 한국 현대도시의 삶을 성찰적으로 지각하는 계기를 마련하고자 한다.

2. 현대도시의 음영(陰影) 속에서

레오나르도 베네볼드는 『세계도시사』에서 "슬럼가에 사는 도시인구는 7년 반마다 배로 증가하고 있다"고 했다. 도시가 팽창할수록 근대의 그늘은 곳곳에 음영을 짙게 드리운다. 도심 고층빌딩이 있는 곳 뒤편에는 낮은 처마의 식당가가 자리해 있듯이, 아파트 단지가 들어서는 곳에는 재개발의 위협을 감내하고 있는 오래된 주택가들이 있다. 재개발 대상구역은 흔히 슬럼으로 일컬어지며, 비정상적인 공간으로 규정되곤 한다. 실제로 그곳은 도시의 오래된 기억을 간직하고 있는 역사적 장소인데도 말이다.

자본의 강력한 지배로 인해 현대도시는 세속적 공간으로 형상화되곤 한다. 공간은 누가 점유하는가에 따라 성격이 바뀌는데, 자본이 공간을 재편하려 하면 계급·계층 간 갈등은 증폭되곤 한다. 2009년 1월 20일 발생한 '용산 참사'도 도시공간의 재편 과정에서 발생한 충돌의 대표적 사례이다. 공간이 자본으로 교환되는 자본주의 경제체제 아래에서, 재개발과 생존권의 극한 갈등은 항상 연쇄 폭발을 예고하고 있다.

문학이 도시공간의 특성을 묘파하려 한다면, 도시공간의 성격이 급격히 변모하는 '찰나의 순간과 장소'에 눈길을 던져야 하지 않을까. 특정 장소의 성격이 변환되는 바로 그 지점을 포착한 작품으로 「러닝 맨」(『신에게는 손자가 없다』, 창비, 2011)을 꼽을 수 있다.

「러닝 맨」은 한강시민공원 산책로를 따라 서사가 전개되는 소설이다. 지하철 옥수역에서 시작해 동호대교, 성수대교, 영동대교, 청담대교, 뚝섬유원지에 이르는 공간을 남녀가 자전거로 하이킹을 하며 겪은 소소한 경험이 서사의 근간을 형성한다. 한강시민공원은 한강종합개발계획에 따라 1986년에 완공되었고, 최근에는 자전거 타기가 붐을 이루면서 시민들에게 더욱 친숙한 곳이 되었다. 그곳은 일하는 일상에서 벗어나, 생활의 활력을 위해 일시 활용하는 곳이 되었다. 하지만, 익숙한 공간도 의외의 시간에, 낯선 시선으로 바라보면 예외적인 색채로 채색된다. 「러닝 맨」은 평일인 수요일 오후 세 시에 한강시민공원 북단 산책로를 점유하고 있는 사람들을 불편한 태도로 포착했다. 그곳은 도시범죄 이미지가 충만한 곳이고, 서로 간의 적대적 시선이 교차하는 곳으로 변환된다. 「러닝 맨」에 담긴 한강시민공원 북단은 의외성을 지닌 공포로 넘실댄다.

소설 속 화자인 '나'는 도시의 댄디 남성이고, 함께 하이킹을 하는 '은재'는 '나'에게 국어를 배우는 학생이다. '나'는 스타일을 중시하는 '까도남(까칠한 도시 남자)'이다. 나이키 러닝 슈즈를 신고, 마니아적 포즈로 로모 LC-A 카메라를 메고 출사를 다닌다. '유니크'하다는 칭찬에 우쭐할 만큼 유행에 민감하고, '똑똑하다'는 평가에 도도한 제스처를 취할 줄도 안다. '은재'는 초등학교 3학년 때 미국으로 건너갔다가 고등학교 1학년 때 돌아왔기에 '글로벌한 라이프 스타일'을 선호한다. 은재네는 서울 토박이로 강남의 고급 아파트에 살고, 서너 채의 아파트를 소유하고 있는 부유층이기도 하다. 이 둘이 대여소에서 자전거를 빌려 타고 한강 북단을 달리면서, 몇 가지 사건들을 경험하게 된다.

도대체 이곳에서는 무슨 일이 벌어진 것일까?

평일의 한강시민공원은 생활인으로서의 도시적 일상이 멈춰 있는 곳이다. 경제활동에서 이탈한 '후줄그레한' 이들이 배회하는가 하면, 무언가 의심쩍은 행동을 하는 이들의 '비릿한 시선'은 불쾌감을 자아내게 한다. 예를 들면, '팔뚝에 뱀 문신을 새긴' 사내는 '노련한 마라토너'처럼 집요하게 '나와 은재'를 쫓아온다. 또, 교각 근처에서는 수상쩍은 사내들이 무쇠솥을 걸쳐 놓고 술을 마신다. 이들은 번득이는 적의를 드러내며 '나'를 위협하기도 한다. 심지어, 초등학생들로 보이는 조무래기들조차 '내'게 함부로 돌팔매질을 할 정도다. '나'와 '은재'가 한강시민공원에서 만난 대부분의 사람들은 도시범죄자의 분위기를 물씬 풍긴다. 어떤 사람은 "강남 일대의 고급 주택가와 아파트 단지에서 잇달아 발생한 부녀자 납치강도 사건의 용의자"를 연상시키고, 어떤 사람은 누렁개를 오토바이의 쇠줄에 묶고 달리는 끔찍한 행위를 하기도 한다. 교각 근처에는 누렁개로 끓인 듯한 보신탕을 먹는 사내들이 진을 치고 있기도 하다. 모두가 음험하고, 위험스럽기에 공포의 감각을 불러일으킨다.

작가는 평일 오후의 한강시민공원 풍경에서 '한강의 기적'이 드리운 짙은 그림자를 포착했다. 서울시가 추진한 한강 르네상스의 이면에는 도시에서 배제된 자들의 거친 숨소리가 부유하고 있다. 도시의 외관이 화려해지면 화려해질수록, 그곳에서 밀려난 이들은 도발적인 표정으로 웅크리고 있다. 뱀 문신의 사내나 교각 근처의 사내들, 그리고 적의를 드러내는 조무래기들까지도 도시에서 탈락한 자들의 상징적 형상이라고 할 수 있다.

그렇다면 소설 속 '나'는 이들 적대적 시선의 피해자이기만 할까?

'나'는 댄디남, 까도남의 형상을 하고 있지만, 실상은 현대도시의 가장자리에서 불안한 삶을 영위하고 있기는 마찬가지다. '나'는 옥수역 근처의 낡은 건물에 살고 있으면서도 '고층 오피스텔'에 살고 있는 양 행동한다. 대학을 졸업한 지 4년이 되었고, 과외로 근근이 경제활동을 영위하고 있을 뿐이다. 최종면접에서만 열한 번째 떨어져 심리상태의 굴곡이 심하다. 그런데도, '나'는 강남의 고층 빌딩으로의 진입을 꿈꾸고 있다. 내게 강남은 해자로 둘러싸인 '난공의 요새'처럼 견고하게 느껴진다. '나'는 자신을 은폐하면서, '나'의 이미지를 상상적으로 구성할 뿐이다.

그렇기에, 소설의 마지막은 풍부한 상징적 해석을 가능하게 한다. '나'는 뱀 문신을 한 '러닝 맨'을 피해 선착장 난간에 묶여 있는 오리배를 타고 도주해야 하는 지경에 이른다. '내' 향하는 곳은 "돈만 있으면 영원한 생명도 살 수 있다"는 강 건너편(강남)이다. 어쩌면 그곳은 영원히 도달할 수 없는 곳일지도 모른다. 하지만 '나'는 "꾸역꾸역 페달"을 밟으며 위태로운 도강을 시도한다. 실제로 자신은 '러닝 맨'과 같은 처지에 있으면서도, 자신의 자리를 '강 건너편'이라고 상상하고 있는 셈이다.

도시 생활자들은 스스로의 자존감보다는 외부의 평가를 더 중시한다. '나는 누구인가'보다는 타인이 '나를 어떻게 바라보는가'에 더 민감하다. 그렇기에 위선적인 행동에 대한 자의식도 없고, 실제 자신의 처지를 배반하는 정치적 판단을 스스럼없이 내리기도 한다. 댄디남, 까도남인 '나'도 스스로의 모순을 부정하는 '헛똑똑이'일 뿐이다. 낮 시간에 한강 시민공원을 점유하고 있는 적대적 시선들은 실은 '나의 시선'이었다. '나'는 자신을 우월한 존재로 인식했기에, 도시공간이 배제한 이들의 '공격적 시선'이 자신을 향해 있다고 착각했다. 그 시선에서 공포를 느끼는 것은 이데올로기적이다. 도시의 전체 분위기를 지배하고 있는 자기배반적 이데올로기는 '도달할 수 없는 영원한 생명'을 위해 현재의 소중한 생명을 소모하려고 부추기고 있는 셈이다.

염승숙의 「노웨어맨」(『노웨어맨』, 문학과지성사, 2011)도 '도시공간에서 배제된 자들, 혹은 사라진 자들'에 관한 이야기이다. 「러닝 맨」이 한강 시민공원을 배회하는 이들을 통해 도시적 공포를 형상화했다면, 「노웨어맨」은 '도시공간에서 배제된 자들'은 어떻게 만들어지는가를 문제 삼았다. 「노웨어맨」에는 존재가 말소된 자들의 슬픈 표정이 담겨 있다.

소설 주인공 장공수는 음울한 시선을 도시공간의 표면에 떨어뜨린다. 그는 "아무런 활기도 느껴지지 않는" 거리를 거닐며, 지하철역 입구에 "소주병을 바닥에 떨어뜨리곤 휴지 조각처럼" 널브러져 있는 사내를 바라본다. 장공수는 의정부, 석계, 구로, 신도림을 거쳐 공덕역 부근의 변호사 사무실까지 들린 길이다. 그는 '파산신고를 하고 사라진 아버지'를 찾기 위해 서울을 가로질렀다. 그가 만난 변호사들은 아버지 문제 해결을 위해 돈을 요구하는데, 그에게는 "몹쓸 몸뚱이 하나와, 오로지 일하지 않는 날수에 비례해 정직하게 늘어나는 빚"만 있을 뿐이다. 장공수가 처해 있는 상황은 한국 사회의 아픈 경험과 랑데부한다. 1998년 즈음 IMF 사태 이후 풍경과 2008년 미국 금융위기의 영향으로 한국이 휘청이던 시기의 풍경이기도 하다.

보다 구체적으로 장공수의 아버지 '장용'은 어떤 사연을 간직하고 있는 것일까.

장용은 조그만 동네 슈퍼를 운영했다. 한때 행복했던 시절도 있었지만 2000년대 들어와서 대형 할인마트와 기업형 슈퍼마켓 때문에 동네 슈퍼는 버텨낼 수 없었다. 장용의 몰락 과정은 마치 "슈퍼 하나가 통째로 썩어들어가는 광경"처럼 속수무책이었다. 장용은 물러서기보다는 "머리띠와 피켓"을 들고 저항하는 길을 선택했다. 그것은 장용을 더 비참한 나락으로 떨어뜨리고 말았다. 그는 장공수에게 전화를 걸어 90만 원의 송금을 부탁한 후, 그 돈을 브로커에게 넘기고는 파산신고를 했다. 장용은 '노웨어맨'이 된 것이다. 작가는 노웨어맨에 대해 다음과 같이 설명한다.

노웨어맨 Nowhere man.
누가, 언제 처음으로 이 말을 썼는지는 알 수 없지만 어쨌거나 사람들은 어느 순간부터 파산자들을 이렇게 불렀다. 노웨어맨이라는 단어는 유행어처럼 온 사회를 휩쓸었다. 신문과 텔레비전 뉴스는 증후군처럼 번져나가는 노웨어맨 현상에 대한 기삿거리들로 넘쳐났다. 노웨어맨이라는 것이, 어디에도 없는 사람이라는 것인지 혹은 아무것도 아닌 사람이라는 것인지, 그 뜻은 명확하지 않았다. 다만, 여기에 없는 사람이라는 사실만은 분명하지 않은가 하고, 장공수는 '노웨어맨'이라는 말을 접할 때마다 생각했다. 그리고 불쑥불쑥 머리꼭지까지 치받는 화를 참기가 어려웠다. 모두가 가짜인데, 진짜를 흉내 내기에 급급할 뿐인 세상에 살고 있을 뿐인데, 그런데 노웨어맨이라니, 아무것

    도, 아니라니.[5]

노웨어맨이 된 아버지를 찾아 헤매는 장공수 또한 리얼맨(real man)은 아니다. 아버지의 슈퍼마켓이 위기에 처하자 돈을 벌기 위해 상경한 장공수가 처음 찾은 곳은 동대문이었다. 그는 등짐을 지고 원단을 나르는 일부터 시작해, 5년 만에 독립해 납품 공장을 내게 되었다. 장공수은 '루이비통 st' '마르니 st'를 만들어 한때 성공하기도 했다. 스타일의 줄임말인 '~st'는 명품 제품을 복제한 '짝퉁'을 지칭한다. 그가 처음부터 '짝퉁' 생산업자가 된 것은 아니다. 직접 티셔츠를 도안하고 스커트도 만들었지만, 모두 반품되고 재고만 쌓이자 '가짜의 세계'에 빠져든 것이다. 진짜는 없고 유행에 따라 빠르게 순환하는 그럴듯한 상품만 난무하는 것이 현대도시의 풍경이다. 명품 또한 욕망의 이미지를 생산해 고가에 팔리는 것이기에, 사용가치적 측면에서 '진짜'라고 할 수 없다. '명품'과 '짝퉁'은 둘 다 유행의 부산물인 셈이다.

발터 벤야민은 『아케이드 프로젝트』에서 유행에 대해 "새로움을 숭배하는 부조리한 미신"이라고 했다. 유행은 한시적인 것이며, 끊임없는 망각 속에서 새로운 스타일로 탄생한다. 찰나적으로 발현되는 이미지는 '새것'을 반복적으로 재현해 '언제나 똑같은 패턴'을 반복하게 한다. 바로 유행의 순환 메커니즘이 작동하는 방식이다. 유행에 휩싸이는 순간, 상품 소비자들은 맹목적 수용의 소용돌이 빠져들고, 가짜 인생을 사는 노웨어맨이 되고 만다.

자본주의 근대도시는 '유토피아적 상품 이미지'와 더불어 팽창했다. 그것은 유행의 속도를 조절하고, 삶의 리듬을 지배하며, 망각을 집단화

오창은 분자도시와 불화의 상상력

5) 염승숙, 「노웨어맨」, 『노웨어맨』, 문학과지성사, 2011, 69쪽.

한다. 속도와 순간성에 휩싸여 있는 자본주의 도시는 자본의 막강한 지배 속에서 인간의 감성을 변화시켰다. 도시의 팽창이 권력의 힘에 비례한다면, 인간의 감성은 속도 권력에 순응하면서 저항했다. 순응과 저항은 지금도 다양한 문화충격 속에서 지속되고 있는 근대성의 양상이기도 하다. 「노웨어맨」은 아버지 장공의 실패를 아들 장공수의 예견된 패배와 등치시키면서, 디스토피아적으로 덧없이 반복되는 도시적 삶을 묘파했다. 도시로부터 배제된 '노웨어맨'의 존재를 맹목적으로 수용하는 것이 아니라, 그것을 객관화해 제시함으로써 도시의 비정함으로 드러낸 것이다.

　자본주의 도시공간을 지배하는 것이 자본이다. 공간을 사고 팔 수 있다는 관념 자체가 자본주의의 핵심 논리라고 했을 때, 그것을 파열시키는 방법은 공간의 성격을 변화시키는 것일 수 있다. 공간의 용도를 바꾸면, 자본을 비껴 설 수 있다. 한낮에는 주차장이었던 종로의 시내 한복판이 밤이 되면 포장마차가 들어서는 휴식공간이 되기도 한다. 권위주의적인 시청 앞 광장을 해방구로 바꾼 것은 붉은 악마들이었다. 공간은 그냥 존재하는 것이 아니다. 그것의 성격을 결정하는 사회적 실천을 통해 변환될 수도 있다. 그런 의미에서 공간의 변화하는 모습을 포착해내고, 그것이 감성의 영역 속에서 주체에게 어떤 영향을 미치는가를 살피는 작업은 의미가 있다. 김경욱이 '갑자기 대면한 낯선 공간'에 공포심을 느낀 것이나, 염승숙이 자본주의 체제의 피해자인 '노웨어맨'을 포착한 것은 각별한 의미를 지닌다. 도시공간 속에서 배제된 주체들의 모습을 실체로 인식하고, 공간의 용도를 바꿔낼 수 있다는 모색이 이들 문학 속에서 움트고 있기 때문이다.

3. 이탈한 자들을 위한 행진곡

　대도시의 삶은 공적인 사회적 관계를 과잉화하고, 사생활의 영역에서는 삶을 고립화시킨다. 개별 노동은 조직체계 안에서 위치 지어지고, 시스템 작동방식에 따라 개인의 역할은 한정된다. 삶의 영역이 확장되면, 역설적으로 개인은 자기만의 방을 마련하는 데 집중하게 된다. 표피적 관계가 넓어지겠지만, 내밀하고 깊은 관계형성은 점점 더 힘들어진다. 도시 공간 속에서 단자화된 삶을 '먹는 행위'와 '자는 행위'라는 인간의 기본적 욕구와 연관해 서사화한 작품이 있다. 하나는 '같이 밥 먹어주는 여자'에 관한 소설인 하재영의 「같이 밥 먹을래요?」(『달팽이들』, 창비, 2011)이고, 다른 하나는 20평 아파트에서 함께 살 세입자를 들이면서 겪게 되는 사건을 그린 표명희의 「피아노와 찌루」(『하우스 메이트』, 자음과모음, 2011)이다.

　하재영의 「같이 밥 먹을래요?」는 서른 살이 넘는 독신 여성이 화자로 등장한다. 그런데, 그 여성의 직업이 이채롭다. '같이 밥을 먹어주는 것'이 그녀의 일이다. 화자는 소나기가 쏟아지는 날, 실연과 실직으로 허탈감에 빠져 인도음식점에서 혼자 밥을 먹으면서 이 직업에 대한 아이디어를 얻었다. 그 식당에서 다정하게 식사를 하고 있는 연인들을 보며, 자신의 처지가 비교되어 열패감을 경험했다. 그 사건 이후, '같이 밥 먹어주는 여자'라는 명함을 새겨 돌리면서, 이제까지는 없던 새로운 직업을 만든 셈이다. '나'는 KFC나 맥도널드, 이탈리아 레스토랑, 혹은 퓨전 음식점에서 혼자 밥을 먹는 사람에게 접근해 작업을 건다. 그리고, 명함을 건네며 "조만간 우리 같이 밥 먹어요"라며 고객을 늘려 나갔다. 이 직업에는 애로 사항도 많다. 고객들이 부르면, 언제 어디서나 밝은 표정으로 함께 대화를 나누며 즐겁게 식사를 해야 한다. 하루에 예닐곱 끼의 식사를 즐거운 마음으로 해야 하는 경우도 있다. 직업병처럼 위염을 달고 산다.

어떻게 이런 설정이 가능했을까? '같이 밥 먹어주는 여자'는 '혼자 밥 먹는 남자/여자'가 그만큼 많다는 사실을 역설적으로 표현한 것이다. 각 나라의 문화적 특성에 따라 식당에 일인용 테이블이 만들어져 있는 경우도 있지만, 혼자 밥을 먹는 것이 고립의 징표로 간주되는 나라도 있다. 한국 사회도 밥은 함께 먹는 것이라는 인식이 강하기에, 밥을 함께 먹으면서 인간관계를 형성하는 것이 자연스러운 문화로 자리 잡고 있다. '나'는 이를 '패거리 문화'로 빗대어 비판한다. 그리고는 혼자 밥을 먹는 이들의 고통에 공감하며 도시 생활의 이면을 헤집어나간다.

첫 번째 손님인 정섭씨는 성인 나이트클럽의 악어쇼를 하는 댄서이다. 그가 가장 싫어하는 것은 "쇼가 끝난 후 집에서 식어버린(혹은 쉬어버린) 밥을 혼자 먹는 것"이라고 한다. 정섭씨의 생활은 직업의 특성상 밤과 낮이 바뀐 이들의 고통을 대변한다. 다음 손님인 김재준씨는 증권사 상품계약 부문 팀장이다. 번듯하고 안정적인 직업을 갖고 있지만, 그는 기러기 아빠다. 입맛을 잃고, 체중도 급격히 주는 등 건강에 이상이 생길 지경이다. 자녀의 교육문제로 이산가족이 되어야 하는 가장의 고통이 김재준씨의 상황에 고스란히 담겨져 있다. 직장에서 '혼자 밥을 먹도록 강요'하는 경우도 있다. 신문사 기자인 박미옥씨는 '사내(社內) 동료와 점심식사를 함께 하지 못'하도록 한 규정 때문에 '사내 화장실에서 숨어서 혼자 빵'을 먹는 비참한 경험을 하기도 했다. 신문사의 논리는 기자라면, 끊임없이 새로운 사람을 만나야 한다는 것이다. 인간관계까지 규제하려는 과도한 노동강도가 김미옥씨를 고통에 빠뜨린 셈이다. 이들뿐만 아니라, 명절을 혼자 보내야 하는 독거노인, 애정결핍으로 인해 반항적 문제아가 된 강태승, 홍대에서 재즈바를 운영하는 이혼남 박창규씨, 거식증 환자 윤영옥, 폭식증 환자 고선희 등이 '나'의 고객이다. 이들은 특수한 존재로 보이지만, 실상은 누구나 비슷한 상황에 한두 번은 처할 수 있는 보편적 존재들이다.

작가가 문제 삼는 것은 '시선의 폭력'이다. 하재영은 "나도, 당신도, 남의 눈에 우리가 어떻게 비치나 전전긍긍하는 나약함"을 지니고 있는 것은 아닌가라고 질타한다. 그러면서 엄마가 "혼자 밥 먹지 못하는 사람은 혼자 아무것도 할 수 없단다"라고 한 말을 의미심장하게 인용한다. 작가는 '타인의 시선'을 두려워하지 말고, 스스로 당당한 '자유로운 개인'이 되자고 제안한다. 그 홀로서기를 돕기 위해 '같이 밥 먹어주는 여자'를 개성적 인물로 내세운 셈이다. 현대사회가 요구하는 과도한 관계형성으로 인해 고통받고 있는 이들과 함께 식사를 하면서, 고통에 대한 공감을 이끌어내려는 의도도 소설의 서사 속에 포함되어 있다.

표명희의 「피아노와 찌루」는 이미 홀로서기에 익숙한 독립 생활자에 관한 이야기이다. 하재영의 글이 '혼자 밥 먹는 사람'을 위한 변론문이라면, 표명희의 글은 '혼자 사는 사람'의 항소이유서이다. 「피아노와 찌루」에는 관계 맺기의 어려움, 타인을 알아간다는 것이 얼마나 많은 인내를 요구하는가에 대한 이야기가 담겨 있다.

40세의 깐깐하고 예민한 싱글족인 서령은 프리랜서 웹디자이너다. 서른세 살 때, 인생의 전환을 위해 재즈피아노 배우기와 조직 생활 탈출하기라는 목표를 세웠다. 일종의 전환기적 결단을 내리고 자유인이 된 것이다. 처음 6년은 나름 성공적이고 안정적인 프리랜서로서 생활했다. 하지만, 미국발 금융위기의 직격탄을 맞자 카드빚 연체로 채권단의 협박에 가까운 독촉전화에 시달리게 된다. 가족으로부터 독립해 혼자 살고 있는 독신 여성이 경제적 위기에 대처할 수 있는 방법은 그리 많지 않다. 그래서, 서령은 최후의 선택으로 혼자 살던 20평짜리 아파트의 방 하나를 세놓아 현금을 확보할 계획을 세웠다. 서령은 혼자 사는 삶에 익숙해져 있기에 동숙인을 구하는 데 신중에 신중을 기한다. 그녀의 태도는 마치 면접관이 채용면접을 보는 것과 흡사하다. 까다로운 태도로 자동차 보험회사 사고 처리 접수 상담원, 취업 준비생, 헤어디자이너, 재즈바 가수, 고양이를 안고 온 삼수생 등을 퇴짜 놓는다. 흡연자, 수다쟁이, 전도를 목적으로 한 크리스천인 경우여서 함께 생활할 수 없는 결격 사유를 갖고 있었던 것이다.

진아는 갓 스무 살을 넘긴 휴학생이며, 영화사 인턴십 과정에 있는 신세대 여성이다. 호감이 가는 외모에 보이시한 매력까지 물씬 풍긴다. 서령은 진아를 인터뷰하면서, 주방도, 베란다도, 거실도, 화장실 욕조와 변기까지 공유해야 하는 6개월간 동숙인으로 낙점을 하려 했다. 하지만, 진아는 나중에야 자신의 치명적 약점을 내보인다. 애완견 찌루와 네 마리의 새끼를 보살펴야 한다는 것이다. 서령으로서는 당연히 퇴짜를 놓아야 하는 상황이다. 그런데, 서령의 빚보증을 섰던 친구가 "이십 년 지기 친구냐, 돈이냐"를 선택하라는 최후의 통첩 전화를 하자, 서령은 진아의 '보증금'을 통해 위급한 문제를 해결하기로 결심한다.

서령은 같이 살게 되면서 왜 진아가 버려진 강아지를 입양해 정성껏 키우는지, 남다른 부지런함으로 삶에 대한 열정을 보였는지를 조금씩 이해하게 된다. 진아는 교통사고로 비장 절제수술을 받았고, 그로 인해 배에 커다란 수술 자국 흉터를 안고 살고 있었다. 그 흉터가 장애견인 찌루에 대한 공감으로 확장되었고, 삶에 대한 진지한 태도를 형성하게 한 것이다. 그런 진아가 급성위궤양으로 욕실에 쓰러지자, 서령은 그녀를 응급실로 옮기는 수고를 감수해야 했다. 다시 홀로 있게 된 서령은 자신이 새로운 관계를 받아들여야 하는 처지에 있음을 감지하다.

현관으로 들어선 서령은 어둠에 묻힌 실내를 물끄러미 바라보았다. 자신만의 보금자리가 눈에 서서히 들어왔다. 그럼에도 호수 잘못 찾은 집처럼 낯설고 허전했다. 아수라장 같던 응급실이 생각났다. 그곳에 뭔가를 두고 온 느낌이었다. 침대에 누운 진아 모습이 떠올랐다. 외로움을 일깨우는 건 늘 어떤 존재였다. 거기서 관계의 중독성이 생겨나는 것 같았다. 그 대표적인 것이 가족 아닐까. 울타리 속에서 다들 가족주의에 중독돼 있다는 사실도 모른 채 살아가는 것.[6]

서령은 가족, 혹은 인간관계의 중독성을 쉽게 수락하지는 않았다. 하지만, 집에 장애견인 찌루와 남게 되자 서른셋에 그가 가졌던 꿈을 다시 한 번 상기하게 된다. 조직 생활을 탈출하는 것, 그리고 재즈 피아노를 배우는 것. 서령은 6년여 동안 방치해 놓았던 피아노에 앉아 떠듬떠듬 건반을 두드리며, 생의 리듬을 가늠한다. 이 장면은 새로운 관계를 수락하는 서령의 모습을 비유적으로 그려낸 것이다. 서령은 인간과 동물이 서로 공감할 수 있다는 사실이 낯설면서도 조그만 떨림을 자아낸다는 사실에 놀라워한다. 그 윤리적 감각은 피아노 선율을 타고 생의 리듬으로 아파트 곳곳에 스며든다.

이 소설은 아이 같은 마흔 살의 여성과 어른 같은 스물한 살의 여성이 20평 아파트에서 함께 살면서 서로에게 공감하게 되는 과정을 그렸다. 서령은 진아가 세입자로 들어온 지난 3개월이 "남들이 일상적으로 겪는 일을 십수년간 미뤄뒀다 한꺼번에 집중 체험하는 시기" 같다고 말한다. 낯선 타인과 함께 산다는 것은 '실내화 끌리는 소리, 가스 불 켜는 소리, 냉장고 여닫는 소리' 등을 들어야 한다는 것을 의미한다. 단지 예전에 혼자 쓰던 공간을 둘이 쓰는 것 이상의 피곤한 관계가 도사리고 있는 것이다. 함께 산다는 것은 삶을 나눠 갖는 것이다. 그것은 타인의 삶에 깊이 연루되어야 함을 의미한다. 또한, 자신의 삶이 변하는 것을 감당해야 하는 책

---

6) 표명희, 「피아노와 찌루」, 『하우스 메이트』, 자음과모음, 2011, 30~31쪽.

임도 따른다. 그렇기에 주어진 관계보다, 새롭게 만들어가는 관계가 어렵다. 내가 주체가 되어 만들어가는 상호관계는 윤리적 문제를 동반한다. 사랑, 공감, 연대, 혹은 애증까지도 더불어 만들어가는 운명이라는 윤리의 문제로부터 자유로울 수 없다. 현대의 분자도시에서 여전히 문학은 '새로운 관계의 윤리 탐색' 문제를 제기할 수밖에 없는 이유가 여기에 있다. 절실하게 실감을 불어넣어, 자본주의적 관계를 새로운 형태의 윤리적 관계로 바꿔 놓는 것, 바로 거기에 문학이 숨 쉴 수 있는 공간이 있다.

4. 숲의 역습

한국의 도시화 과정은 성찰은 결여되어 있고, 속도는 과잉된 채 진행되었다. 시간적 측면에서 보았을 때도 마찬가지다. 서구의 근대 도시화가 130여 년에 걸쳐 만들어졌다면, 한국의 근대 도시화는 30년 만에 동일한 수준의 팽창을 이뤄냈다. 예를 들면, 19세기 초 1백만이었던 런던 인구가 1931년에는 750만 명이었다. 서울의 경우는 1942년에 1백만이었던 인구가 1976년 즈음에 700만 명을 넘어섰다. 서울의 인구변동 추이는 근대 이전과 비교했을 때 더욱 확연하다. 확인 가능한 근대 이전의 인구통계는 1648년(현종 10년)의 한성부 자료인데, 이때 한성 인구는 9만 5,569명에 불과했다. 1960년에는 서울 인구가 244만 명이었고, 1970년에는 543만 명이었다. 2011년 12월 31일 기준으로 서울 인구는 1천52만 8,774명에 이른다. 전 세계적으로 1천만 명 이상의 인구가 거주하는 메가로폴리스는 20여 개뿐이라고 한다. 한국의 서울은 과잉 밀집된 형태로, 아찔한 속도감 속에서 전자레인지 속의 팝콘처럼 팽창했다.

문제는 공간의 변화가 그곳에 사는 사람들의 생활을 지배한다는 데 있다. 공간은 주체를 감수성을 재구성한다. 감수성의 변화는 주체가 세상을 받아들이는 방식이 바뀌는 것을 말한다. 도시공간은 인간의 감수성을 변화시키는 역할을 하기에, 도시적 삶을 객관화하기 위해서는 낯선 감수성으로 입구를 찾아야 하리라.

편혜영의 「산책」(『저녁의 구애』, 문학과지성사, 2011)은 도시와 시골의 공간적 충격을 감당하는 소설 속 인물의 태도를 포착해낸 작품이다. 이 단편은 도시내기들의 시골 생활을 통해 '그린포비아'를 유효적절하게 그려낸 작품이기에 그 가치가 돋보인다.

「산책」에는 갑작스럽게 지방 지사 근무 발령을 받은 '그'가 등장한다. '그'는 아내가 임신한 상태고, 직장을 그만둘 수도 없기에 선택의 여지가 없었다. 2년의 지방 지사 근무 후에는 승진이 보장되어 그나마 위안이 되었다. 다행히 아내도 "잠깐이지만 사는 곳을 바꿔보는 것도 나쁘지 않을 것 같아요"라며 동의해줬다. 이 단편소설은 공간의 충격이 가져다줄 파장에 대한 전조치고는 비교적 가볍게 시작한다.

도시 내에서 이동이라면, 그다지 문제되지 않았을 것이다. 숲과 맞붙은 지방 생활이기에 심각한 국면으로 점차 빨려 들어간다. 부부는 임대주택 앞에서 '덩치가 크고 목청이 좋아 두려움을 느끼게 하는 큰 개'와 마주하자 위축되기 시작한다. 밖에는 멧돼지가 출몰한다고 하고, 111번지 임대주택은 숲과 너무나 가까이 인접해 있다. 밤의 숲은 더욱 공포스럽다. 숲은 살아 있는 생명들이 충만해 있고, 이해하기 힘든 미지의 것들이 넘실대는 듯하다. 결국, 부부는 "시커멓게 보이는 숲"으로 인해 꼼짝 못하고 집에 갇히게 되고, 낮에도 '먹구름처럼 감싸오는 하루살이떼' 때문에 제대로 건물 밖을 나가지도 못한다. 임신으로 인해 민감한 상태에 있는 아내의 고통은 더하다. 낯선 환경과 출산에 대한 우려 때문에 불안의식은 신경증을 불러온다. 좀처럼 '그'와 떨어지려고도 하지 않는다. 아내는 '덩치 큰 개'를 '괴물 같은 개'로 인식하며 조급해하기도 한다.

그와 아내는 자연에 둘러싸여 도시적 생활로부터 격리된 삶을 못 견 뎌 한다. 때때로 자연을 공포로 인식하며, 자연에 대한 적대감을 표현하기도 한다. 예를 들면, 그가 숲속을 산책하다 "도심 한복판의 빌딩 숲에서 들려오는 자동차 소음과 냉방기 가동 소음"을 그리워하는 장면이 나온다. 이것은 일종의 노스탤지어다. 도시의 인공적 소음은 친근하고, 바람 소리, 새소리, 벌레 소리와 자연의 발산하는 소리는 공포스럽다. 그에게는 인공이 오히려 "자연보다 더 친밀하게 느껴"지기에, 도시는 향수의 대상이 된다. 근대적 생활양식으로 인해 시골을 마음의 고향으로 느끼는 것이 아니라, 도시를 노스탤지어의 대상으로 바라보는 사람들이 많아지고 있다. 부부에게는 숲 자체가 철창이 되어 '전원생활은 감옥 생활'로 전환된 셈이다. 따라서, '그와 아내'에게는 '도시로 가는 것'만이 해방의 길일 뿐이다.

「산책」은 '인간의 폭력―자연의 공포', '주체―환경', '도시―자연'이 맞물리는 서사를 통해 '충만한 생명이 불러일으키는 공포'에 대해 이야기한다. 녹색에 둘러싸인 환경 속에서 그가 선택한 것도 폭력적 복수이다. 그는 '괴물 같은 개'를 제거함으로써, 출산을 20일 앞둔 아내가 불안감에서 해방되기를 갈망한다. 숲으로 향하는 산책 길에 개를 데리고 가서는 준비한 음식을 먹여 독살한다. 그의 행위는 상징적이다. 자연의 공포를 제거할 길이 없기에, 자연상태에서 인간의 손에 길들여진 애완동물을 살해했다. 이 개는 "아무나 잘 따라서 그게 문제"일 뿐이며, 순치된 자연의 일부일 뿐이다. 그는 자신의 통제권 내에 있는 개를 독살하고 난 후, 숲의 복수에 직면하게 된다. 그 복수는 자신의 내면에 자리한 공포심이 엄습하면서 만들어낸 상상적인 것이기도 하고, 실제 숲의 생명이 '죽음과 비교되면서 만들어낸 생명의 약동성'이기도 하다.

인간이 인식하는 자연은 두 가지 층위를 형성하고 있다. 하나는 인간 존재 이전에도 지속성을 유지해왔던 원시적 자연이고, 다른 하나는 근대 이후 인간과 관계를 맺어온 자연이다. 「산책」에서 '그'가 발견한 자연은 '원시적 자연, 인간 이전의 자연'이다. 그 자연은 인간을 하찮게 하며, 압도하기에 두려움의 감정을 불러일으킨다. 두려움의 감정은 익숙하지 않아 이해하기 곤란한 대상을 만났을 때 발생하곤 한다. 서로를 이해하고, 서로 비슷해지려는 노력이 없으면, 두려움은 공격적인 감정으로 변환되기 쉽다. '나'의 상태는 자연의 불가해성에 압도되어, 자연과 관계 맺기를 포기할 때 나타나는 공황상태와 가깝다.

　「산책」은 하나의 도시에서 다른 나라의 도시로 이동하는 것보다, 한 나라 안에서 도시로부터 시골로 이동하는 것을 더 공포스럽게 느끼는 '메트로키드'의 탄생을 보여준 작품이다. 이들은 도시에서 태어나 도시에서 자랐기에, 자연상태와 가까운 시골을 '적응 불가능한 환경'으로 인식하곤 한다. 메트로키드는 도시적 삶을 벗어나는 것에서 두려움을 느끼는 '그린포비아'를 내면화하고 있는 존재들이다. 도시적 감각을 내면화한 존재들이 한국 문학사에 없었던 것은 아니다. 하지만, 작가와 독자 모두가 '그린포비아'의 감각에 공감하는 이들이 압도적으로 많아진 것은 최근의 일일 것이다. 그런 의미에서 「산책」은 '자연과 불화하는 상상력'을 전면화한 전환기적 작품이기에 '메트로 키즈'의 불안의식을 드러낸 작품으로 기록할 필요가 있다.

5. 메트로키드와 분자도시

　근대를 보편화해 바라볼 때, 대도시 생활양식은 인간의 감수성을 자본주의적으로 변화시켰다. 공간은 인간의 감성에 중요한 영향을 미친다. 사회학자 게오르그 짐멜은 「대도시와 정신적 삶」이라는 글에서 대도시에서의 생활이 인간의 정신영역에 미치는 영향을 네 가지로 테제화한 바 있다. 그는 대도시적 인간은 개인주의적 성격을 강화하며, 계산적이고 지적인 태도를 취하게 하고, 무감각을 일상화하며, 대상과의 거리두기를 한다고 했다. 이는 도시공간이 인간관계에 미치는 영향을 분석적으로 제시한 것이라고 할 수 있다.

그렇다면, 한국의 도시소설에서도 짐멜의 분석과 비슷한 양상을 띠고 있을까? 2000년대 젊은 작가들은 급격한 도시화 이후 태어나 자란 경우가 많다. 이들 중 다수는 그린포비아에 공감하고, 메트로키드의 감각 속에서 도시공간의 삶을 일상화하며 성장했다. 짐멜의 논의가 포함하고 있는 근대도시의 보편적 성격은 이미 내면화되어 있었기에, 이로부터의 탈주를 기획하는 서사적 양태를 보여준다. 그 양상은 다음 몇 가지 방식으로 의미화할 수 있을 듯하다.

우선, 도시적 삶이 전제되어 있는 상태에서, 그것을 다시 낯설게 바라보려는 시선을 취하고 있다. 이는 한국 소설의 역사적 맥락과 연관해서도 이해할 수 있다. 한국 소설에서 도시공간이 '삶의 양식'을 지배하기 시작한 것은 1960년대부터다. 김승옥·박태순은 청년의 감각으로 도시문화를 소설의 서사 속에 품었다. 김승옥은 도시공간 속에서 '개성의 발견'이라는 근대성을 적극적으로 포착했다. 평론가 유종호는 이러한 김승옥의 문학을 '감수성의 혁명'이라고 지칭한 바 있다. 박태순의 경우도 1960년대 청년문화에 밀착해 '도시적 삶의 표피성'을 형상화해냈다. 평론가 김현은 박태순에 대해 '서울의 유동성을 환상적이면서도 친숙한 것'으로 그려냈다고 보았다. 그렇다면, 2000년대 작가들의 도시 감각은 어떠한가? 익숙한 도시적 삶을 공포스러운 자연과 대비시키면서 오히려 객관화하는 방식을 취하고 있다. 앞서 살핀 편혜영의 「산책」처럼 원시적 자연의 공포를 도시 감각과 대비시킴으로써, 인간을 객관화하려는 시도를 하고 있는 것이다.

다음으로, 자본주의 근대도시의 성격에 대한 비꼬기가 시도되고 있다. 1930년대 이상과 박태원은 자본주의 근대도시를 처음 대면하는 이들의 낯선 시선을 서사적 기법으로 활용했다. 이상은 「날개」에서 돈의 교환가치를 유아적 태도로 뒤틀었고, 박태원은 「소설가 구보씨의 일일」에서 도시의 속물적 풍속과 식민지적 일상을 교차시킨 바 있다. 이상과 박태원은 모더니즘의 감각으로 도시의 매력과 권태, 전복에 대한 열망을 표현하고자 한 것이다. 식민지 경성에서 자본주의적 근대도시를 배회했던 이 두 작가에 대비해 김경욱과 염승숙은 자본주의 규율권력에 의해 이미 견고해진 도시공간에 대해 사유한다. 그들은 공간의 용도를 변경해 낯설게 보거나, 자본주의 체제에서 배제된 이들의 시선으로 세계를 다시 전유해 재현해내기도 한다. 김경욱과 염승숙의 글쓰기가 급진적 전망으로 이어지지 않는다 하더라도, 공간의 성격을 변화시키려는 시도를 하고 있다는 측면에서는 의미가 있다.

더불어, 현대도시에서 가능한 새로운 윤리적 관계 형성의 문제가 진지하게 고민되고 있다. 한국 도시화가 급진적으로 이뤄지던 1960년대 후반에 김현·김주연·김치수 등의 평론가들은 '모더니즘의 감각'으로 '개성의 출현'을 적극 옹호했다. 특히, 김주연은 '소시민문학론' 등을 통해 산업화 이후 한국의 바뀐 현실 속에서 고립된 개인의 존재를 숙명화했다. 2000년대 소설에 이르러서는 고립되어 있던 개인이 '비판적 현실인식'에 기반해 새로운 윤리적 관계 형성을 모색하는 양상을 보여준다. 하재영의 「같이 밥 먹을래요?」와 표명희의 「피아노와 찌루」는 혼자인 것이 너무도 익숙한 도시인이 '먹는 것과 자는 것'을 매개로 새로운 관계를 형성하면서 겪게 되는 고통을 형상화했다. 이 관계 맺기가 어린아이의 서툰 발걸음처럼 위태로워 보일지라도, '홀로서기'에서 '더불어 서기'로 변화하고 있다는 지점에 눈길을 머물게 한다. 소설의 서사 속에서 새로운 관계의 양상이 풍부하고도 절실한 감각으로 펼쳐져 있다면, 소통의 디딤돌은 놓인 셈이다.

한국 도시소설이 미래에 펼칠 서사는 도시공간 내부가 아니라, 도시마저도 아우르는 세계 속에 있다. 고립된 분자도시를 자연과의 상호 연관 속에서 재위치시키는 것은 가능할까? 도시와 자연의 경계는 사실상 존재하지 않았다. 인간이 만들어낸 질서 속에서 자연은 의도적으로 도시에서 분리되었을 뿐이다. 그간 인간은 도시를 자연과 분리된 특권화된 공간으로 간주온 셈이다. 하지만, 자연은 도시공간을 포괄하는 모두의 운명을 불온한 시선으로 응시한다. 소비 중심의 현대 자본주의 사회에서 인간은 자연마저도 파괴적인 쇼핑으로 대상으로 간주하며 헤집고 있다. 이 사실을 냉혹하게 보여주는 곳은 도시도 아니고, 자연도 아니다. 도시공간과 자연이 관계 맺는 방식에서 인간중심주의의 폭력성은 민낯의 얼굴을 드러낼 것이다. 우리는 너무도 오랫동안 자연의 지혜를 망각하고, 도시에 갇혀 살아왔다.

(작가들, 봄호)

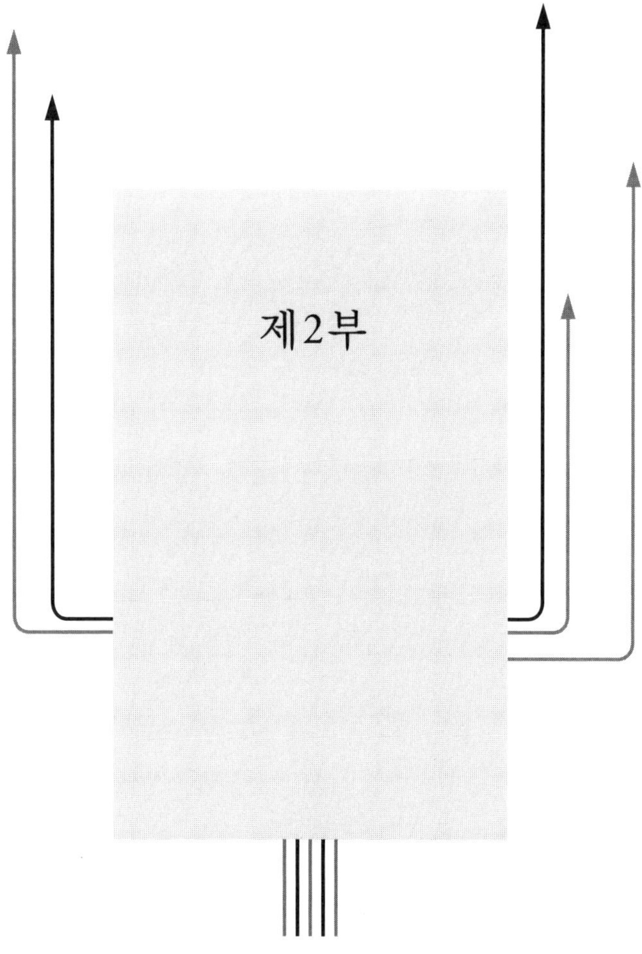

제2부

'문학과 정치'에서 '문학의 정치'로

— '시의 정치성'을 둘러싼 최근의 논의를 중심으로

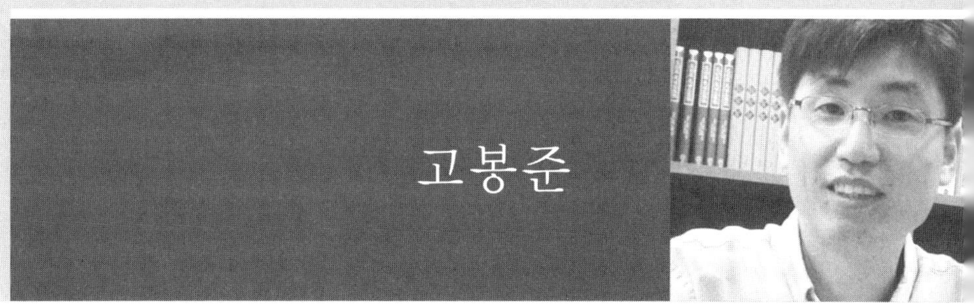

2000년 『서울신문』 신춘문예로 등단. 평론집 『반대자의 윤리』 『다른 목소리들』 『유령들』
이 있음. 현재 웹진 『문장』 편집위원.

'문학과 정치'에서 '문학의 정치'로

— '시의 정치성'을 둘러싼 최근의 논의를 중심으로

고봉준

1

최근 시단의 흐름과 관련된 비평의 흐름을 짚어달라는 것이 편집자의 요청이었다. 추측컨대 이 요청의 밑바탕에는 시 비평의 논점을 개괄하고 그것에 대한 필자의 시각을 밝혀달라는 주문이 깔려 있는 듯하다. 그러나 최근의 문예지들을 꼼꼼하게 읽은 독자라면 쉽게 알 수 있듯이 최근의 시 비평에는 특별한 논란의 대상이 없다. 이 경우 '없다'라는 것은 여러 가지 의미로 해석이 가능한데, 가령 그것은 논란의 여지가 있을 수 있는 대상 자체가 없다는 말이기도 하지만 무엇보다도 어떤 문제를 둘러싸고 진행되는 논란이 없다는 뜻이기도 하다. 2000년대에 접어들어 시 비평은 이례적으로 매우 활발한 양상을 보였다. 가령 2006년 무렵 1970년대 산(産) 시인들의 첫 시집을 중심으로 커다란 파장을 일으켰던 미래파 논쟁이 그러했고, 노무현 전(前) 대통령의 죽음에서 미국산 쇠고기 개방을 둘러싸고 벌어진 촛불집회, 용산 참사와 4대강처럼 토건을 앞세운 개발문제를 배경으로 한 '시와 정치'에 관한 재론이 그러했다. 그 논쟁들은 한동안 침체를 거듭하던 평단에 커다란 자극제가 되었다. 그리고 지금, 다시 평단에서 1980년대 산(産) 시인들의 첫 번째 시집을 의미화하려는 작업이 활발하게 시도되고 있지만, '새로움'이라는 비평적 수사를 앞세워 담론을 선점하려는 비평의 각개약진이 보일 뿐 특별한 논점이 만들어진 상태는 아니다.

한편 문단의 일각에서는 젊은 시인들의 '새로움'에 초점을 맞춘 문단적·비평적 관행을 견제하기 위해 '극서정'이라는 개념을 강조하려는 움직임이 나타나고 있지만, 그 개념에 호응하는 시인과 비평가의 수는 지극히 제한적이다. 이는 그 개념이 젊은 세대의 '새로움'에 대한 일시적인 반작용은 될지언정 시 비평의 중심적인 문제로 부상할 가능성이 거의 없다는 것, 서정과 감성, 그리고 그것을 표현하는 역사적·시대적 공통감을 거꾸로 돌려놓으려는 일종의 퇴행적 리비도에서 생겨난 것임을 의미한다. 이러한 예외적 경우를 제외하면 사실상 우리는 별다른 논쟁의 대상이 없는 시대를 살아가고 있는데, 이 경우 '없다'는 것이 결핍으로 인식될 필요는 없을 듯하다. 왜냐하면 비록 논쟁의 열기는 존재하지 않지만 우리 시대의 시인과 비평가들이 제각기 자기의 세계를 단단하게 구축해나가고 있으며, 특히 시적 다양성의 차원에서 본다면 지금의 시단은 그 어느 때보다도 다양한 경향들이 공존하는 양상을 보이고 있기 때문이다. 이러한 이유 때문에 이 글은 처음부터 최근의 시단에서 논란이 되고 있는 어떤 사안을 중심으로 비평의 흐름을 짚어달라는 편집자의 요청에 부합할 수 없다. 그래서 비교적 최근에 문예지에 발표된 시 비평 가운데 흥미롭게 읽은 몇 편의 글에 대한 간략한 메타비평을 시도해보려 한다. 이러한 비평적 읽기는 결코 대상이 되는 비평 자체에 대해 비평적인 문제를 제기하려는 의도를 갖고 있지 않으며, 다만 그 글들이 제기하고 있는 문제에 관한 의견을 제시하는 데 그칠 것이다.

　2

　2010년을 전후하여 시 비평은 '시와 정치'의 문제를 집중적으로 논의
했다. "한 시인의 고뇌"(신형철)로부터 시작된 '시와 정치'에 관한 2000
년대식 담론은 현 정부하에서 발생한 일련의 반민주적 사건들과 결합되
면서 1990년대 문학이 사망선고를 내린 '문학의 정치성' 문제를 재소환
했다. 그래서 최근의 '시와 정치'에 관한 논의는 1990년대 이후의 문학에
서 억압된 채 존재하던 문학의 '정치성'이라는 판도라의 상자를 다시 개
봉하는 결과를 낳았고, 더불어 억압된 것은 반드시 귀환한다는 정신분석
의 가설을 확인시켜주는 계기가 되었다. 이미 평단에서 '시와 정치'에
관한 논의는 상당히 이루어졌고, 필자 역시 여러 번에 걸쳐서 의견을 밝
힌 바 있으므로 그 문제를 재론할 의도는 없다. 분명한 것은 이 논란이
문학의 정치성 내지 정치적인 것의 실체를 이해하는 비평적 관점의 차이
를 뚜렷하게 보여주었고, 그 차이에 의해 "한 시인의 고뇌"는 제대로 이
해되기보다는 특정한 입장으로 환원되어 버린 느낌을 지울 수 없다는 사
실이다.
　'시와 정치'라는 문제를 제기한 '고뇌'의 당사자는 진은영이다. 그녀
가 '문학의 정치성'과 관련하여 발표한 두 편의 산문 「감각적인 것의 분
배」와 「한 진지한 시인의 고뇌에 대하여」에 관해서는 꽤 많은 후속 논의
들이 있었으니 여기에서 재론하지는 않을 것이다. 다만 "한 진지한 시인
의 고뇌"에 대한 평단의 반응이 그다지 적절했다고 보이지는 않으며, 특
히 '문학의 정치성'에 관한 젊은 비평가들과 그녀의 차이가 양각된 후자
의 글에 대한 동시대 비평가들의 반응은 동문서답처럼 느껴졌음을 밝혀

둔다. 가령 '문학의 정치성'에 대한 그녀의 진지한 고민에 대해, 문학의 자율성을 치열하게 추구하는 것이야말로 문학의 정치성이라는 식으로 대응하는 평문들을 읽으면서 나는 시인의 '고뇌'가 '미학'과 '자율성'의 망령에 의해 무시되고 있다고 느꼈다. 특히 '문학(시)'과 '정치'를 별개의 실체로 간주하고, 진보적 문학과 진보적 정치를 결합시키는 것이 '문학과 정치'에 대한 올바른 응답이라는 식의 논의를 펼친 몇몇 비평가들은 애초의 문제가 '문학과 정치'가 아니라 '문학의 정치'였음을 이해하지 못한 채 두 개의 진보를 기계적으로 연결시키면 해결된다는 식의 절충(?)론을 제시하여 또 한 번 시인의 '고뇌'를 무력화시켰다. 오히려 진은영의 문제의식을 이어받은 사람은 심보선이다. 심보선은 「'천사-되기'에서 '무식한 시인-되기'로」(『창작과 비평』, 2011년 여름호)에서 '지게꾼의 시와 지게꾼-되기의 시'라는 진은영의 문제의식을 이어받으면서도, 랑시에르의 '정치/치안' 구분을 문학제도와 전반에 투사함으로써 '무식한 시인-되기'라는 새로운 개념을 제안했다. 이 개념을 통해서 그는 '문학의 정치성'이 "문학제도의 전통적 분할선"을 문제 삼는 데까지 나아가야 한다고 주장한다.

> 문학과 정치에 관해 이야기하는 일련의 평론들은 무엇보다 문학제도의 전통적 분할선들―시인과 독자, 시인과 평론가, 시인과 시인, 텍스트와 텍스트, 문학과 비문학 사이의 분리를 문제 삼지 않는 것처럼 보인다. 가장 단순하고도 명백한 증거는 선별과 해석 대상이 되는 텍스트가 예외 없이 등단한 시인들―그것도 대체로 알려진 시인들―의 시라는 사실이다. 제도적 절차를 거쳐 선택된 시인들을 한 번 더 걸러낸 뒤 이들의 시에 내리는 평가, 즉 "배제적 합의성"(랑시에르)이라 부를 수 있는 정식에 따라 문학과 정치라는 테마가 다루어지고 있는 셈이다.

랑시에르는 『프롤레타리아들의 밤(The Nights of Labor)』에서 19세기 프랑스 노동자들이 밤잠을 포기하고 신문을 만들고, 시와 노래를 짓고, 사회문제에 관해 토론한 것에 주목했다. 이 사례에서 그는 노동자들이 자신의 자리와 위치를 나누는 경계(분할)를 넘어서고 있음을 강조한다. 랑시에르에 따르면 '정치'란 권력의 행사나 권력을 위한 투쟁이 아니라 지배자들이 규정해놓은 '분할' 속에 배제된 자들이 침입하는 위반에서 비롯된다. 랑시에르 식으로 말하면 '정치'는 바로 이 틈에 존재한다. 노동 외에는 다른 것을 할 시간이 없는 존재들이 동물('먹는 존재')이 아니라 공동체에 참여하면서 '말하는 존재'임을 입증하기 위해 자기들에게 없는 시간을 가질 때, 정치는 시작된다. 그런 점에서 정치란 '말하는 입'과 '먹는 입'의 '분할'을 넘어서는 것이다. 일찍이 플라톤은 장인들은 시간이 없기 때문에 공통적인 것에 개입할 수 없다고 말했는데, 이것은 말할 수 있는 자와 말할 수 없는 자, 말하는 입과 먹는 입, 말과 소음을 나누는 지배적 분할선의 존재를 뚜렷하게 보여준다. 심보선이 지적한 "배제적 합의성"이란 바로 이러한 분할을 가리킨다. 그런데 주의할 것은 랑시에르의 '문학의 정치'에서 '문학'이 예술의 한 장르나 문학적 특질을 지시하는 광의의 개념이 아니라는 것을 아는 일이다. 랑시에르가 말하는 '문학'이란 고전문학과 단절하면서 등장한 글쓰기의 새로운 역사적 양식, 즉 플로베르, 발자크, 말라르메 등에 의해 확립된 19세기의 새로운 감성의 질서이다. 오늘날의 상식에 비추어본다면 그것은 근대문학 내지 문학적 모더니티라고 말할 수 있다. 그래서 '문학의 정치'라는 랑시에르의 테마를 몰역사적으로 모든 시대의 모든 문학적 형식에 그대로 적용하면 안 된다. 그러한 확대 적용에는 '일반화'라는 매개 과정이 있어야 한다.

그렇다고 한국 문학에 새겨져 있는 "배제적 합의성"을 문제 삼는 심보선의 주장이 랑시에르의 '문학의 정치'와 전혀 무관한 것은 아니다. 적어도 그는 '미학' 운운하면서 특정한 분할을 고집하려는 비평가들에 비해 한층 근본적인 물음을 제기한다. 그가 말하는 '무식한 시인−되기'가 문단 시스템 비판으로 환원되는 것은 물론 아니지만, '문학의 정치'라는 랑시에르의 문제를 분명하게 이해하고 한국 문학에 적용한 것은 심보선이다. 앞서 지적했듯이 진은영 역시 비슷한 문제의식에서 '고뇌'를 표출했지만, 그것은 문제 자체를 이해하지 못했거나, 그녀의 문제를 '미학'이나 '자율성'의 문제로 되돌려버린 일부 평론가들의 부적절한 대응에 의해 묻혀버렸다. 이러한 과정을 의식이라도 한 것처럼 심보선은 매우 직설적인 방식으로 "문학제도의 전통적 분할선"을 문제 삼고 있다. 단적으로 말하면 그것은 대기업의 상표가 붙은 시집들만을 비평의 대상으로 삼으려는 비평가들의 '치안'적 무의식을 건드리고 있다. 대기업에서 출시한 시집들에 대해서는 무조건 '웰컴'의 자세를 취하는 반면, 그렇지 않은 시집들에 대해서는 눈길 한 번 주려고 하지 않는 비평가들의 욕망이 순응하고 있는 어떤 배제/분할을 문제 삼고 있는 것이다. 시집만이 아니다. 수많은 사람들이 매체를 통해 등단하고, 시를 쓰고, 때로는 그러한 제도적 관행과는 무관한 방식으로 창작활동을 하고 있지만, 오늘날의 문학적 관행은 그들 모두를 '시인'이라고 칭하지 않는다. 어떤 사람의 목소리는 '말'이 되지만 또 어떤 사람의 목소리는 의미 없는 '소음'이 되는, 어떤 사람은 말할 수 있는 자격을 갖춘 것으로 평가되지만 또 어떤 사람은 이러저러한 이유로 말할 수 있는 자격을 갖추지 못한 존재로 평가되는, 그리하여 오직 소비자로만 머물러야 하는 문학적 현실에 대한 본질적 물음이다. 이러한 분할/경계에 대한 물음의 강도가 얼마나 컸는지 심보선은 글의 도처에 그 흔적을 뿌려놓았다.

말할 수 있는 신체와 말할 수 없는 신체의 분리−시인과 독자의 분리, 문학과 비문학의 분리, 사유와 노동의 분리, 지식인과 대중의 분리, 정신노동과 육체노동의 분리, 전문가와 비전문가의 분리를 고수하려는 치안적 질서는 이

　“등단 여부, 작가와 독자의 구분, 전문가와 비전문가의 차이 등은 전혀
중요치 않다”라는 주장이 제도화된 한국 문단에서, 그것도 ‘미학’이나
‘자율성’을 지고의 가치로 내세우고 있는 동시대의 평론가들에게 어떻게
받아들여질 것인지는 오래 고민하지 않아서 쉽게 예상할 수 있다. 또한 자
신의 주장이 동의를 구하기 어려울 것임을 심보선도 모르지 않았을 것이
다. 등단 여부가 중요하지 않다면 각 매체의 편집담당자들은 누구에게 원
고를 청탁해야 할까? 작가와 독자의 구분이 중요하지 않다면 독자는 왜
매체의 지면에 자신의 글을 발표할 수 없는 것일까? 전문가와 비전문가의
차이가 무의미하다면 언론과 출판은 소위 전문가들의 해설이나 의견에 귀
기울이지 말아야 하는가? 그렇다면 그 많은 문학상의 심사는 누가하는
가? 혹시 이러한 분할의 해체가 결국 지금도 적지 않게 이루어지고 있는
학연, 지연 따위의 인간관계를 중심으로 문단이 재편되는 결과를 불러오
지는 않을까? 그렇다면 그때 그 학연과 지연의 카테고리에 포함되지 못하
는 사람들이 감당해야 하는 소외감은 어떻게 정당화될 수 있을까? 심보선
의 표현을 빌리면 ‘골치’를 썩혀야 할 문제가 한두 가지가 아니다. 그럼에
도 그는 “문맹자였다가 일흔이 넘어 글쓰기를 배운 할머니들이 쓴 시들을
‘문학의 정치’의 ‘본보기’”로 제시함으로써 쉽지 않은 ‘침입’을 시도한
다. 물론 이러한 침입은 “문맹자였다가 일흔이 넘어 글쓰기를 배운 할머

니들"이 신춘문예나 문예지의 공모에 투고하여 '등단' 하는 제도적 과정과는 전혀 다른 상황이다. 후자의 경우 기성의 분할선에는 아무런 변화가 없다. 어쨌든 심보선은 '무식한 시인 – 되기' 의 사례를 들어 "말할 수 있는 신체와 말할 수 없는 신체의 분리를 극복"한 '평등' 의 문제에 접근한다.

3

심보선의 제안은 과연 어떤 반응을 얻었을까? 김종훈의 「정치적인 말의 모습과 조건」(『창작과 비평』, 2011년 가을호)에서 그 반응의 일단을 확인해보자. 김종훈의 글은 비단 심보선의 제안만이 아니라 '시와 정치의 소통' 에 관한 동시대의 논의를 포괄적으로 살피고 거기에 대한 자신의 의견을 피력하는 메타비평의 성격을 취하고 있다. 글의 서론에서 김종훈은 "미적 자율성의 권위에 대해 회의를 품을 수는 있으나 미적 자율성 자체를 부정할 수는 없고, 시와 정치의 거리를 좁히려 할 수는 있으나 그 차이를 부정할 수는 없다."라는 진술로 '시와 정치' 에 관한 기존의 논의들에 대해 자신의 시각을 제시하고 있다.

그런데 좀 더 논의가 필요한 "가이 갸 뒷다리"를 제외한 다른 시어들은 오히려 기존의 질서에 포함되는 과정의 초기에 드러나는 현상은 아닐까. 하늘로 올릴 수분이 많은 바다와 그렇지 못한 모래밭은 풍족함과 메마름을 오래도록 대변해왔다. 벌과 나비와 청룡 또한 많이 보고 들어왔다. 시를 몰라도 익히 알고 있고 글을 몰라도 들은 바 있는 말이다. 이것은 기존의 감성체계를 재편할 새로운 상상력에서 출현했다가보다는 그 체계를 지키는 관습에서 비롯되었다고 보는 편이 적절할 듯하다. '무식한 시인' 은 시적인 것이 무엇인지 학습하는 과정 초기에 자신의 밑천을 활용하고 있는 중이다. 이제 막 시를 배우기 시작한 그는 아직 그 미묘한 감정상태를 표현할 개성적인 목소리를 지니지 못했다. (…중략…) 중요한 것은 말을 표현하는 주체의 위치가 아니라 말에 걸려 있는 세계의 모습이다. 어느 날 느닷없이 출현한 유령이 산 자와 구별되지 않고 어느 날 느닷없이 도착한 외계인이 인간과 구별되지 않는다면 그들의 느닷없는 출현과 도착은 곧 기억 속에서 사라진다. 기존의 것을 재편하는 것은 다른 세계를 거느린 말이다. 다른 곳에서는 낯선 말이 출현할 가능성이 높다. 하지만 이곳에 있는 사람은 낯선 말을 경유하여 다른 곳을 느낄 수 있다. 그제야 비로소 그 자신이 낯설어지고 이곳은 재편될 수 있다.

심보선이 "강제된 노동과 부과된 정체성, 그에 따라 보고 말하고 생각하는 감각의 불평등한 분배로 이루어진 (문학제도를 포함한) 치안적 질서에 독특한 말－신체를 침입시키는 행위", "문학의 정치를 수행하는 의지와 역량이 누구에게나, 어디에나 귀속되고 발휘될 수 있음을 보이기 위"하여 제시한 "무식한 시인－되기"의 시에 대해 김종훈은 그것이 "기존의 질서에 포함되는 과정의 초기에 드러나는 현상"이며, 때문에 "기존의 감성체계를 재편할 새로운 상상력에서 출현했다기보다는 그 체계를 지키는 관습에서 비롯되었다"고 보아야 한다는 것이다. 심보선에게는 '침입'으로 간주되는 것이 김종훈에게는 '관습'에 불과한 것으로 인식되는 이 차이를 어떻게 이해해야 할까? 그것은 '분할/경계'에 대한 '침입'을 두 사람이 다르게 이해하기 때문에 발생하는 문제이다.

우리는 앞에서 심보선이 '침입'을 "(문학제도를 포함한) 치안적 질서에 독특한 말－신체를 침입시키는 것"으로 설명했음을 살폈다. 비록 그가 "(문학제도를 포함한)"이라는 구절을 괄호 속에 넣어두고 있지만, 실제 심보선의 주장에서 '침입'은 제도의 '안'과 '밖'이라는 분할을 흩뜨리는 비제도적인 것에 초점을 맞춰지고 있다. 랑시에르가 19세기 프롤레타리아의 밤에 주목했던 것처럼 심보선은 "문맹자였다가 일흔이 넘어 글쓰기를 배운 할머니들"이라는 존재 자체에서 '침입'의 가능성을 도출하고 있다. 반면 김종훈은 '침입'을 '주체'의 문제로 받아들이지 않는다. "중요한 것은 말을 표현하는 주체의 위치가 아니라 말에 걸려 있는 세계의 모습이다."라는 진술에서 확인되듯이 그에게 있어서 '침입'의 판단근거는 '주체'가 아니라 "말에 걸려 있는 세계", 즉 표현이다. '표현'에 대한 강조는 김종훈의 글에서 "기존의 감성체계를 재편할 상상력"이나 "개성적 목소리" 등이 반복·변주되고 있거니와, "기존의 것을 재편하는 것은 다른 세계를 거느린 말이다."라는 문장은 이 모든 주장을 함축하고 있다. 김종훈의 입장에서 본다면 '침입'이란 기존의 감성체계를 재편할 새로운 상상력이 출현하는 것(알랭 바디우가 '사건'이라고 명명하는 것)에 의해서만 가능하며, 문학(시)에서 그 기준은 전적으로 시 작품이 얼마나 개성적인 목소리를 획득하고 있는가에 달려 있다.

'침입'과 관련하여 심보선은 '주체'에, 김종훈은 '언어(말)'에 강조점을 두었다. 이 차이는 '시와 정치'를 바라보는 두 가지 태도이다. 여기에 "삶과 정치가 실험되지 않는 한 문학은 실험될 수 없다"라는 진은영의 제안을 포함시킨다면 '시와 정치'에 관한 세 개의 꼭짓점이 만들어지는 셈이다. 다시 요약하면 심보선은 '주체'를, 김종훈은 '언어'를, 그리고 진은영은 "문학과는 다른('딴') 자리들을 문학의 자리로 만들고 문학을 다른 자리로 만드는 왕복운동"으로서의 '실험'을 각각 강조한다. 이 논의가 한 시인의 '고뇌'에서 시작되었으니 잠시 다시 그 시인에게로 되돌아가 보아도 좋을 듯하다. 최근 한 좌담에서 진은영은 자신이 제한한 시의 정치성이 "시를 짓고 낭송하는 행위가 어떤 공간과 결합하고 그 안에서 그 공간의 성격을 어떻게 바꿔나가는지의 문제와 밀접하게 관련 있다는 사실이었다"[1]고 말했다. 이 말은 시의 정치성을 "정치적인 애용을 미학적으로 탁월하고 아름답게 표현"하는 것과는 분명 다르며, 앞에서 지적했

---

[1] 「시민(市民)들이 시 쓰는 시민(詩民)이 됐으면 좋겠다」, 『한겨레21』 922호, 2012. 7. 30.

듯이 그런 측면에서 적어도 진은영의 '고뇌'에 대한 동시대 비평가들의 대답은 '응답'으로서의 적절성을 심각하게 결여하고 있다. 특히 미학적 가치와 문학의 자율성을 성취하는 것이 곧 시의 정치성이라는 주장이나, 미학적인 것과 정치적인 것의 각각에서 '진보'의 요소를 끄집어내어 그 것들을 연결시키려는 기계적 절충론이 그 대표적인 경우이다. 오히려 진 은영의 '고뇌'는 '미학적인 것'과도, 그리고 '정치'에 관한 기존의 표상 과도 다른 곳에서 발원한다.

이런 시각에서 심보선의 '주체'는 시인과 비시인(독자), 쓰는 주체와 읽 는 주체의 구별이라는 기성의 경계/분할을 돌파할 수 있는 하나의 실험이 될 수 있다. 이 제안을 받아들일 때 우리는 노동시에 대해 새로운 의미를 부여할 수도 있으리라. 그렇지만 앞서 지적한 현실적인 문제의 벽 앞에서 무너질 위험도 상존한다. 특히 김종훈이 지적했듯이 지하철 스크린도어 에 새겨져 있는 아마추어적인 작품들을 '주체'의 관점에서 모두 '침입'이 라고 간주해버리면, 모든 사람은 다 시를 쓴다는 점에서 '평등'하다고 말 해버리면, '주체'의 문제가 시적 성취의 문제를 간과해버리면 어떤 문제 가 생길까? 특히 지금처럼 등단 '시인'들 중에서도 말할 수 있는 자(문학 상 후보에 올라가고, 주요 문예지에 작품을 게재하고, 한국 문단을 대표하 여 대내외적인 활동을 하며, 자신이 원하는 출판사에서 시집을 간행할 수 있는 사람……)과 말할 수 없는 자(문인주소록 따위에 이름은 올라가 있으 나 정작 제도 내에서는 '시인'으로 인정받지 못하는 사람……)가 암묵적 인 방식으로 엄격하게 구분되어 있는 상태에서 말이다. 때문에 오직 분할 /경계의 바깥에 위치하고 있다는 사실만으로 이들의 문학적 행위를 '침 입'으로 간주하는 것은 지나치게 나이브한 느낌이다. 김종훈의 경우도 마 찬가지이다. '언어'는 '시와 정치'를 바라보는 평자의 한 시각을 보여줄 수는 있지만 '자율성'과 '미학'의 문제점을 돌파하려는 사람들에게 '그래도 중요한 건 미학이야’라는 식으로 응답하는 것은 전혀 설득력이 없다. 그것은 ‘주체’와 ‘실험’ 모두에게 취약한 하나의 신념이기 쉽다. 뿐만 아니라 김종훈의 논리를 따르면 문단 바깥의 독자/시인들이 ‘침입’에 성공하기 위해서는 그들이 최선을 다해 제도 안으로 들어가 제도의 인정을 받아야, 그 제도에 의해 개성적인 목소리라는 평가를 획득해야 한다. 이것은 구조주의자들에게 쏟아졌던 난제, 즉 ‘권력이 우리를 주체를 (재)생산한다면 우리는 권력에 대해 어떤 식으로 저항할 수 있는가?’라는 질문과 유사한 형식을 띠고 있다. 분할이 권력에 의해 행해지고 유지된다면, 그리고 새로운 상상력을 ‘개성적인 목소리’로 평가하는 것 역시 권력의 몫이라면, “개성적인 목소리”의 등장은 어떻게 기성의 권력체계에 변화를 가져올 수 있을까? 아니, 더 직접적으로 묻는다면 몇몇 시인·비평가들이 ‘문학의 정치’와 관련해서 돌파하고자 하는 ‘미학’과 ‘자율성’이라는 기준을 끝끝내 고집한다면 우리는 왜 그 ‘미학’과 ‘자율성’의 영역에서 확인되는 성취를 굳이 ‘정치’라는 낯선 단어를 써가면서 말해야 하는 것일까? 그것은 차라리 ‘문학의 자율성’을 강조하는 모더니즘이라고, 모더니즘의 형식미학이 지니는 정치성이라고 말하면 되지 않을까?

4

심보선의 ‘주체’와 김종훈의 ‘언어’에 제기된 질문들이 적절하게 대답된다고 하더라도 여전히 문제는 남는다. 그 문제의 하나는 ‘시와 정치’라는 논의가 빚지고 있는 랑시에르의 ‘문학의 정치’라는 개념이 ‘주체’, ‘언어’, ‘실험’ 가운데 어느 것에 근접한 것인가를 확인하는 일이고, 또하나는 그러한 개념적 정확성과 별개로 이 논의를 발전적으로 이끌어나가기 위해 진은영의 문제제기에 어떻게 응답하는 것이 좋을까이다. 우리는 과연 "삶과 정치가 실험되지 않는 한 문학은 실험될 수 없다."라는 주장에 대해 어떻게 응답할 수 있을까? 이것이 '주체'와 '언어' 가운데 하나를 선택하는 것으로 해소될 수 있을까?

이 질문이 점하는 위치의 난해함은 위에서 인용한 최근의 좌담에서도 확인된다. 이 좌담에서 황현산은 동시대의 시인들을 향해 "시는 어떻게 쓰든, 이런 중대한 사안이 있을 때는 자기 입장 밝히고, 정치적으로 발언해야 하는 것 아닌가."라고 말하고 있다. 물론 정당한 말이다. 그렇지만 이 발언은 '시인(으로서의 삶)'과 '시민(으로서의 삶)'을 구분하려는 일부 시인들의 생각을 반복함으로써 진은영이 애써 돌파하고자 하는 구분을 봉합해버린다는 점에서 부당하다. 시인의 질문은 '시인(으로서)의 일'과 '시민(으로서)의 일'을 구분하는 것이 정당하지 않으며, 나아가 '시인과 비시인', '시민과 비시민'의 분할을 돌파하려는 것이다. 바로 이 지점, '시인'과 '시민'이 분리되지 않는 상태에서만 삶과 예술의 동시적 '실험'은 가능해진다. 그 실험이 어떤 형태의 '시'를 생산할 것인지를 따져 묻는 일은 넌센스이다. 그것은 전적으로 미지의 영역이고, 잠재성의 차원에 속하는 사건이기 때문이다. 다만 몇몇 평론가들이 기회가 있을 때마다 인용하는 20세기의 아방가르드가 실상 예술을 바꾸려했던 것이 아니라 예술의 변화를 통해 삶을 바꾸려했었다는 것을, 그들은 정치적인 문제를 결코 '시인(으로서)의 삶'과는 별개인 '시민(으로서)의 삶'이라고 간주하지 않았다는 것을 기억할 필요가 있다. 이 경우 '실험'이란 무엇보다도 먼저 '언어'일까? 표면적으로는 그렇다. 아니, 표면적으로만 그렇다. 예술의 역사는 그것이 '언어'에 그치지 않았다는 것을 증언한다. 그렇다면 이렇게 생각해보면 어떨까? '시인'과 '시민'이 구별되지 않는 상태로, '시인'과 '시민'을 구별하는 의식 없이, '시인'이면서 동시에 '시민'인 존재로 어떤 공간에서 활동하고, 그 활동을 자신의 창작으로 흡수하는 것 말이다. 그러기 위해서는 먼저 어떤 행위/실험을 하고 있는 사람에게 '당신은 시인인가 시민인가?' 라고 묻는 우리의 이 낡은 '정체성' 의 무의식을 벗어던져야 할지도 모르겠다. 오늘 광장의 내 옆자리에 앉아 있는 사람이 '시인' 의 자격으로 앉아 있는 것인지 '시민' 의 자격으로 앉아 있는 것인지, 너는 누구냐는 그 질문이 왜 그토록 중요한 것일까? 그 사람을 내 옆의 한 사람, 익명의 공동체 속에서 우리의 삶이 실험되고 있다고 사유하면 왜 안 되는 것일까? 이 장면이 시인의 '고뇌' 에 대한 적절한 응답이라고 말하기는 어렵겠지만, 적어도 권력에 저항하는 우리의 내면과 무의식에 생각보다 훨씬 강력하게 권력의 질서가 새겨져 있다는 사실을 깨달아야 한다. '정체성' 물음이란 바로 그런 질서의 일부이다. 이 인식에 도달하기 위해서 우리에게 필요한 것은 '문학' 과 '정치' 를 각각의 실체로 정의하는 기존의 분할을 넘어서 '문학' 과 '정치' 를 다시 개념화하는 일이다. 정치란 무엇인가, 랑시에르는 이렇게 대답한다.

> 정치는 이 불가능성에 의문을 던질 때에야 비로소, 자기 일 외에는 다른 것을 살필 시간이 없는 사람들이 분노하고 고통받는 동물이 아니라 공동체에 참여하면서 말하는 존재라는 것을 입증하기 위해 자기들에게 없는 시간을 가질 때에야 비로소 시작된다. 시간들과 공간들, 자리들과 정체성들, 말과 소음, 가시적인 것과 비가시적인 것 등을 배분하고 재배분하는 것은 내가 말하는 감성의 분할을 형성한다. 정치행위는 감성의 분할을 새롭게 구성하게 하고 새로운 대상들과 주체들을 무대 위에 오르게 한다. 또한 정치행위는 보이지 않았던 것을 보이게 하며, 쿵쿵대는 동물로 취급되었던 사람을 말하는 존재로 만든다.[2]

(작가들, 가을호)

---

2) 랑시에르, 『문학의 정치』, 유재홍 옮김, 인간사랑, 2009, 11~12쪽.

상상의 두 체제와 상상력의 전환

― 우리 시대 문학이 요구하는 상상력에 대하여

다중지성의 정원 대표 겸 상임강사. 저서로 『카이로스의 문학』 『미네르바의 촛불』 『인지자본주의』 등이 있음. 현재 도서출판 갈무리 대표.

상상의 두 체제와 상상력의 전환
— 우리 시대 문학이 요구하는 상상력에 대하여

조정환

1. 글머리에

우리는 삶의 모든 곳에서 거대하게 집적된 이미지들을 본다. 집 안은 잠시도 멈추지 않는 텔레비전의 광고 이미지들로 요란하다. 거리는 서로 돌출하여 돋보이려는 이미지들로 넘쳐난다. 노동은 이미지들의 생산활동으로 바뀌었다. 자본은 이미지들을 집중시키고 독점하며 그것을 통해 이윤을 창출한다. 정치는 이미지 조작을 통한 대중통제를 뜻하게 된 지 오래다. 보드리야르가 말한 바 있듯이 전쟁조차도 이미지 게임으로 나타난다. 우리는 이 거대한 이미지 세계의 주민들이자 그것에 예속된 신민들이다. 우리는 이미지들의 생산자이자 소비자이며 이미지를 일상적으로 생산하고 소비하는 행위를 통해 현대의 자본주의가 요구하는 주체로 재생산된다. 상품생산사회에서 이미지생산사회로의 이러한 전환은 작가에게 무엇을 의미할까? 이 전환 과정에 문학은 어떻게 포섭되고 있는가? 이미지생산사회의 고정시키고 물화하는 이 힘에, 이미지적 상상을 매개로 하는 문학이 대항할 수 있을까? 그것이 가능하다면 우리 시대에 필요한 문학적 상상력은 어떤 것일까? 그러한 상상력의 맹아들은 오늘날 어떤 모습으로 나타나고 있는가? 이 문제들을 생각해보기 위해 나는 이미지와 상상에 대한, 그리고 이 둘의 관계에 대한 기 드보르, 질 들뢰즈, 앙리 베그르송, 바루흐 스피노자의 생각들을 차례로 검토해볼 것이다. 이를 통해 나는 상상의 두 가지 체제를 추출하고 백무산과 송경동 두 시인의 시세계에 나타나는 상상의 체제를 검토함으로써 이미지 지배에 대항하기 위해 필요한 상상력의 전환방향을 암시할 것이다. 이러한 검토와 암시는 우리 사회가 산업자본주의에서 인지자본주의로 이행했고 우리의 삶을 규정하는 거대한 전환이 이 사회적 재구성과 이행 속에서 발생하고 있으며 상상력의 전환도 이 전환에 조응하는 실천적 전환의 일부라는 생각 위에서 전개될 것이다.[1]

2. 기 드보르의 스펙터클 개념과 이미지의 문제

이미지들의 지배라는 상황은 현대 자본주의에 특징적인 생산방식의 변화에 의해 조성된다. 현대 자본주의는 물질적 상품을 생산하는 데 머물지 않는다. 오늘날 자본은 무엇보다도 이미지들을 생산한다. 정보, 지식, 정감, 소통 등 현대 자본주의의 주요한 생산물들은 이미지들이다. 지식은 이미지다. 그것은 현존하는 사회에 개체들이 적응하기 위해 필요한 이미지들이다. 정보, 광고, 선전 등으로 이루어진 다양한 데이터들도 이미지들이다. 소통은 이미지들의 교류와 교환의 과정이다. 정감의 생산도 이미지와

---

1) 이 글의 전제가 되는 이러한 생각은 조정환, 『인지자본주의』(갈무리, 2011)에 서술되어 있다.

무관하지 않다. 편안함, 두려움, 공포, 우쭐함, 우울함, 열등감 등을 생산하는 과정도 많은 경우에 이미지의 생산과 소비에 의해 매개된다. 나는 인지노동에 기초한 인지적 생산과 인지적 지배에 기초한 인지적 축적의 총체를 인지자본주의로 불렀는데 그것의 생산과 재생산의 전 과정은 이처럼 이미지의 생산과 소비에 의해 매개된다고 할 수 있다. 이 과정에서 많은 노동들은 물질적 상품을 생산하는 산업노동에서 비물질적 상품을 생산하는 인지노동으로 전화한다. 인지노동에 기초한 생산 과정은 대개 시장으로 유출할 가시적 상품을 생산하지 않는다. 생산 과정은 유통 과정, 분배 과정, 소비 과정에서 독립된 과정으로 존재하지 않는다. 생산 과정에서 생산된 이미지는 그것을 직접적으로 소비하는 사회적 소비 과정과 통합되기 때문이다. 이러한 전환은 물질적 상품을 생산하는 산업노동에도 영향을 미쳐 산업노동 그 자체에 인지적이고 이미지적인 성격을 부여한다.

기 드보르는 오래전에 자본주의 사회 변화의 이러한 경향을 '스펙터클의 사회'[2]라는 말로 표현한 바 있다. 그는 이미지들이 삶으로부터 떨어져 나와 자립화하고 별개의 거짓세계를 구성하는 과정에 주목한다. 그는 이 자립화한 이미지 세계가 삶으로부터 분리된 부분이면서도 사회적 시선과 의식을 집중시킴으로써 일종의 거짓 통일의 도구로 사용되는 것을 비판적 눈으로 바라본다. 스펙타클이 단순한 이미지들의 집합에 그치지 않고 이미지들에 의해 매개된 사람 사이의 허구적으로 통일적인 관계로 현상하기 때문에 이미지 생산은 단순한 경제적 문제만이 아닌 정치적 문제로 된다. 이로써 경제적 착취와 정치적 지배는 단일한 과정으로 통일된다. 물론 스펙타클의 정치적 기능은 지극히 보수적이다. 그것의 형식과

---

2) 기 드보르, 『스펙타클의 사회』, 이경숙 옮김, 현실문화연구, 1996 참조.

내용만이 아니라 생산 및 소비의 방식까지 모두 기존 체제의 조건과 목표
를 총체적으로 정당화하는 것들이기 때문이다.

  스펙타클적 이미지들이 지배하게 될 때 삶은 시각적으로 대상화되고
그 이미지들을 소비하는 대중은 한갓 구경꾼으로서 삶과 관계 맺게 되며
심지어 자기 자신에 대해서도 그러한 시각적 관조의 태도를 취하게 된다.
스펙터클과 구경꾼 사이의 지배—예속의 관계는 신과 인간 사이의 지
배—복종의 관계를 재생산한다. 기 드보르가 "스펙타클은 종교적 환상의
물질적 재구성"[3]이라고 말하는 것은 이 때문이다. 중세에 종교적 환상이
지배했던 것과 같이, 스펙터클의 지배는 권력의 독백이자 전체주의적 지
배로서, 따라서 기존 질서가 아무런 방해도 받지 않고 행하는 자신에 관
한 담화로 나타난다.

  기 드보르는 스펙터클이 기술 발전의 자연적이고 필연적인 결과가 아
니라 기술의 특정한 조직형식이라고 말한다. 그것의 특정성은 시각중심
주의에서 찾아진다. 이미지들의 지배는 사람들로 하여금 기술적으로 전
문적인 다양한 매체들에 의존해서 세계를 **바라보게** 하는 경향으로서, 시
각을 인간의 특권적 감각으로 부각시킴으로써 가능해진다. 이 과정에서
기술은 시각적으로 구체화되는 경향을 갖는다. 이 시각적 기술은, 자신의
인지적 노동의 모든 생산물이 스펙터클로 분리되어 자신을 지배하는 허
구적 이미지 세계로 기능하는 것을 바라보는 시각적 프롤레타리아트를
생산한다. 스펙터클 사회의 프롤레타리아트가 수행하는 모든 활동은 역
설적 효과를 생산한다. 자신이 속한 세계의 모든 세부사항들을 더욱 증대

---

3) 위의 책, 17쪽.

된 힘으로 생산할 때마다 자신의 세계로부터 자신의 분리, 그리고 자신의
삶으로부터 자기 자신의 분리를 한층 더 깊고 세밀하게 완성하게 되기 때
문이다. 이 과정에서 프롤레타리아트는, 자신의 생산적 힘의 외화이면서
동시에 하나의 총체적 이미지가 될 정도로 축적된 자본인 스펙터클을 친
숙하면서도 낯선 감정으로 대면하게 된다. 이때 자본은 프롤레타리아트
의 스타에 다름 아니다.

기 드보르는 이처럼 스펙터클을 삶과 대립시킨다. 삶의 가능성은 스펙
터클 밖에서 찾아진다. 이럴 때 스펙터클의 이미지들은 순전한 가상이나
환상으로, 허위로 이해된다. 세계시장의 시간, 세계시간은 세계적 스펙터
클의 시간이라는 하나의 특수한 시간이다. 이 시간 속에서 구경꾼인 프롤
레타리아트는 몽상의 삶을 산다. 그렇다면 몽상이나 가상이나 환상이나
허위가 아닌 삶의 가능성은, 다시 말해 세계시장의 시간과는 **다른** 시간의
가능성은 어디에서 주어질 수 있으며 어떻게 시작할 수 있을 것인가? 이
물음에 기 드보르는 이미지 세계에서의 투쟁이라는 내적 방식으로 응답
하는 것이 아니라 이미지 세계 외부를 대치시키는 방식으로 응답한다. 예
컨대 그는, "무계급사회, 즉 일반화된 역사적 삶을 실현한다는 혁명기획
은 개인과 집단들의 불가역적 시간의 유희적인 모델, 독립적인 연합된 시
간들이 동시에 현존하는 모델을 위해 시간의 사회적 척도를 제거하는 과
제이다. 그것은 개인들로부터 독립하여 존재하는 모든 것을 억압하는 공
산주의를, 시간의 맥락 내에서 총체적으로 실현하기 위한 프로그램이
다."[4]라고 말한다. 그리고 그 프로그램은 노동자평의회의 도입이라는 조
직적 방법을 통해 가능해질 것으로 상정된다. 스펙터클 세계와 노동자평

---

4) 위의 책, 133쪽.

의회 세계는 부정적으로만 서로 관계를 맺고 있다. 그렇다면 '독립적인 연합된 시간들'의 현존 모델인 노동자평의회는 이미지 자체를 부정하는 것으로 충분한가? 아니면 이미지에 대해 어떤 다른 관점과 태도를 가져야 하는가? 기 드보르가 대립시키고 있는 두 가지 세계, 즉 몽상의 세계 대 진정한 세계의 외면적 대립관계를 사유할 다른 지형은 없는 것일까?

3. 들뢰즈의 결정체—이미지

자신의 영화론을 통해 들뢰즈는, 모든 이미지가 스펙터클에 봉사하는 것은 아님을 보여준다.[5] 이 점에서 들뢰즈는 이미지에 대해 기 드보르와 다른 관점을 제시하는 것으로 보인다. 들뢰즈는 충분히 현실화되지 못함으로써 잠재적인 것에 머물고 있는 몽상과, 잠재적인 것과 유리되어 환경에 대한 즉물적 반응에 머물고 있는 충동이 자신의 한계를 극복하고 결합되는 이미지를 사유하려고 한다. 이러한 이미지는 잠재태적이면서 **동시에** 현실태적인 이미지라고 할 수 있을 것인데 이러한 이미지 속에서 지각과 기억, 실재적인 것과 상상적인 것, 물리적인 것과 상상적인 것은 서로를 쫓고 어떤 식별불가능성의 지점 주위에서 서로에게 환원되면서 끊임없이 서로를 추구한다. 들뢰즈에 따르면 이 식별불가능성의 지점을 구성하는 것은 현실태적 이미지와 잠재태적 이미지가 유착하여 양면을 갖는 이미지로 구성된 가장 작은 회로이다. 이 회로에서 운동적 연장으로부터 단절된 현실태 이미지인 시지각기호는 회상－이미지, 꿈－이미지, 세계－이미지 등과 소통하면서 비로소 자신의 진정한 발생요소를 발견하는

---

5) 질 들뢰즈의 『시네마 1 · 운동－이미지』(유진상 옮김, 시각과 언어, 2002)와 『시네마 2 · 시간－이미지』(이정하 옮김, 시각과 언어, 2002) 참조.

데 이것이 결정체-이미지다. 이 이미지에서 잠재태 이미지와 현실태 이미지는 상호 전제하거나 역전 가능하도록 구성된다. 어떤 구조를 이루는 현실태 이미지와, 발생하는 것으로서의 잠재태 이미지는 구별되면서도 식별 불가능하다. 들뢰즈는 결정체-이미지의 예로 웰스의 〈시민 케인〉의 거울, 웰스의 〈상하이에서 온 여인〉의 배, 〈솔라리스〉와 〈스토커〉의 배아 등을 든다. 고다르의 〈돈〉 역시 들뢰즈가 주목하는 결정체-이미지의 예다. 이 작품은 영화가 인간 자본의 상상적 명목이 된 상황, 즉 기 드보르적 의미의 스펙터클적 상황을 주목한다. 하지만 이 작품에서 돈은 삶으로부터 분리된 스펙터클-이미지로 머물지 않는다. 돈-이미지는 끊임없이 비대칭적이고 불평등한 교환을 시동시키면서 돈에 반하여 이미지를 주고 이미지에 반하여 시간을 주는 과정 속에 배치된다.

결정체-이미지에서 잠재태 이미지와 현실태 이미지의 불가분한 통일은 실제로는 시간 그 자체의 결정체적 성격에 기인한다. 시간은 매순간 서로 본성적으로 다른 과거와 현재로 이중화한다. 즉 시간은 미래로 비약하거나 과거로 침잠하는 이질적인 두 방향을 갖는다. 이 역설적 분열 속에서 과거와 현재의 공존 그 자체가 시간이다. 현재는 현실태 이미지이지만 잠재태 이미지인 과거가 그것과 동시에 공존한다. 그러므로 삶의 매순간은 한편에서는 현실태이고 다른 한편에서는 잠재태이다. 즉 한편에서는 지각이고 다른 한편에서는 회상이다. 들뢰즈는 베르그송의 말을 빌어, 삶의 이러한 이중화를 의식하는 사람은 자신이 말하는 것을 듣고 자신이 연기하는 것을 바라보면서 자신의 배역을 연기하는 배우와 같다고 하면서 이러한 사람을 견자 혹은 투시자라고 부른다.[6] 견자가 보는 것은 분열

---

6) 질 들뢰즈, 『시네마 1 · 운동-이미지』, 위의 책, 165쪽.

로서의 시간이다. 시간에 금이 가 있기 때문에 충동적 행동으로의 연장이 저지될 뿐만 아니라 몽상에서의 머무름도 제한된다.

시간이 운동으로 유출될 때는 시간의 간접적 이미지가, 즉 운동에 종속된 형태의 시간이 드러난다. 이와 달리 결정체-이미지에서는 시간의 직접적 이미지가 드러난다. 결정체는 시간을 추상화하는 것이 아니라 운동에 대한 시간의 종속이라는 관계를 전복시키고 오히려 운동을 시간에 종속시킨다. 이러한 방식으로 결정체-이미지는 스펙터클-이미지에 대항하는 이미지로 기능할 수 있다. 들뢰즈가, 기 드보르와는 달리, 전후의 영화세계 속에서, 삶으로부터 분리된 스펙터클적 환영으로서의 이미지들만이 아니라 삶으로 넘쳐흐르는 결정체-이미지들의 생성을 읽어내려 한 것은 이 때문일 것이다. 이미지가 단지 몽상이나 충동 속에 우리를 고정시키는 환영이기를 멈추면 이미지 주위에서, 그 뒤에서, 그 내면에서 뭔가가 일어날 수 있다. 이 가능성을 실현하기 위해서는 어떤 행동환경의 독립성과 주어짐, 즉 **감각운동적 상황**을 정의하는 유기적인 운동-이미지에 대한 묘사를 넘어, 자기 자신에 고유한 대상을 설정하면서 운동적 연장에서 분리된 순수하게 **시지각적이고 음향적인 상황**을 구성하는 결정체적 시간-이미지로 나아가야 한다. 그러기 위해서는 살면서 동시에 투시하는 사람이 필요하고 또 그렇게 할 수 있는 능력이 필요하다.

4. 베르그송에게서 이미지와 상상하기

일반적으로 상상력은 이미지를 구성할 수 있는 능력으로 이해된다. 그렇다면 들뢰즈가 말하는 바의 능력, 즉 시간-이미지를 투시하는 능력, 시간을 직접적으로 이미지로 구성할 수 있는 능력은 어떤 상상력일까?

이 문제에 답하기 위해서는 들뢰즈가 자신의 시네마론에서 참조한 베르그송의 이미지론과 상상이론으로 돌아가보는 것이 필요하다.[7] 드보르가 이미지와 삶 사이의 경계와 적대를 뚜렷이 설정했던 것과는 달리, 베르그송이 이미지에 대해 취하는 태도는 복잡하다. 그는 드보르와는 달리 물질－이미지, 지각－이미지, 기억－이미지 등에 공통된 이미지의 개념을 통해 물질과 의식, 물질과 삶 사이의 경계를 지우려 시도한다. 그가 말하는 이미지는 우리가 지각하는 것, 기억하는 것, 상상하는 것으로서의 물질이다. 그래서 베르그송은, 물질은 이미지들의 총체라고 본다. 물론 베르그송도, 드보르와 마찬가지로, 이미지에 대한 부정적 관점을 제시한다. 이미지는 공간적인 것이기 때문에 지속을, 즉 시간을 표현하지 못한다. 지속을 표현하는 것은 순수기억이다. 순수기억에서 기억－이미지, 지각－이미지, 물질－이미지로 이행하면서 이미지는 물질과 공간 쪽으로 접근하고 이를 위해 정신을 포기한다. 그렇지만 이미지가 의식된 것이라는 점은 부정할 수 없다. 여기에서 베르그송은, 이미지란 인간과 의식이 물질에 참여한다는 사실을 보여주는 징표라고 해석한다. 이제 이미지들은, 인간과 의식이 물질에 참여하는 정도에 따라 구분될 수 있다. 우선 의식의 참여가 없는 순수지각이 있다. 이것은 물질 그 자체이다. 다음으로 지각－이미지가 있다. 이것은 물질로부터 선별된 물질로서의 이미지다. 그것은 감각운동적 상황이 요구하는 행동의 필요에 종속되어 있기 때문에 자유와 창조의 능력을 갖고 있지 않다. 그 다음으로 기억－이미지가 있다. 기억－이미지에서는 행동적 삶에 대한 주의가 약화되는 만큼 물질

---

7) 베르그송의 이미지론에 대해서는 앙리 베르그송, 『물질과 기억』, 박종원 옮김, 아카넷, 2005 참조. 베르그송 이미지론에서 이미지와 상상의 구별에 대해서는 Temenuga Trifonova, 'Matter－Image or Image－Consciousness: Bergson contre Sartre', http://www.janushead.org/6－1/trifonova.pdf 참조.

성이 결여된 이미지가 나타난다. 기억－이미지에서 순수기억으로 이어지는 의식의 여정에서 비로소 자유로운 창조가 가능해진다. 이렇게 순수지각에서 기억으로, 지각－이미지에서 기억－이미지로 이행하면서 정신과 직관을 위해 물질과 충동행동이 포기된다.

이미지의 이러한 이행을 **시각적 상상**에서 **직관적 상상**으로의 이행으로 불러보자. 이것은 현실태로부터 잠재태로의 퇴행의 과정을 표시한다. 시인은 숨어 있는 것을 드러내는 주체성이다. 그 드러냄은 주어진 상황 속에 갇힌 개체적인 시각적 상상의 습관에서 벗어나 전개체적이고 비인격적이며 비결정적인 직관적 상상을 통해 가능해진다. 베르그송은 직관적 상상이 사물의 지속과 합치하는, 사물에 대한 절대적 지식을 제공할 수 있다고 본다. 지각은 보는 주체의 지속과 보여지는 대상의 지속, 나와 사물 사이의 **차이**에서 발생하는 것이다. 반면에 직관적 상상은 이 두 지속의 **합치**이기 때문에 시각적 공간적이지 않고 시각적 상상을 유발하지 않는다. 시각적 상상이 출현하는 것은 직관적 상상이 궤도에서 멈출 때이다. 지각－이미지를 낳는 시각적 상상은 의식이 갖고 있었던 애초의 자발성을 갖고 있지 않다. 여기서는 물질이 상상을 지배한다. 스펙터클－이미지는 사람들을 시각적 상상에 붙들어 맴으로써 구경꾼을 생산하는 기능을 한다는 점에서 이 지각－이미지의 집약체라고 할 수 있을 것이다.

기억－이미지는 이와 어떻게 다른가? 그것은 상상과 어떤 관계에 있는가? 베르그송에게서는 지각이 회상이 되거나 현재가 과거가 되는 법은 없고 지각과 기억은 항상 동시적이다. 그러므로 우리는 지각에 두 측면이 있다고 할 수 있다. 현실적 측면이 지각이고 잠재적 측면이 기억인 것이다. 지각은 이미지를 보존하는 것이 아니라 외부자극을 운동으로 번역할

뿐이다. 반면 기억은 이미지를 재인하며 보존한다. 이것이 기억－이미지
다. 하지만 기억－이미지가 순수기억인 것은 아니다. 순수기억은 이미지
로 물질화되지 않는 순수사유이다. 순수사유가 기억－이미지로 되면 현
재의 요구와 연관되어 공리적 기능을 수행하기 때문에 더 이상 순수하지
않게 된다. 베르그송에게서 기억－이미지는 순수기억의 일종의 부패이
다. 이미지는 동사로서의 상상하기가 완화되거나 멈춰지는 지점에서 발
생한다. 이미지는 상상의 고정, 상상하기의 물질화이기 때문에 불순하고
위험하다. 그것은 상상하기의 실제적 과정에서의 이탈을 가져온다. 이처
럼 드보르에게서처럼 베르그송에게서도 이미지는 상상의 타락이자 저지
이다. 이미지의 ‘마치 ～처럼’이 상상의 진정한 자유를 욕망의 판타지로
바꾼다. 지각－이미지가 사물의 사이비 현전을 통해 지각(하기)을 모방하
듯이 기억－이미지는 욕망의 사이비 만족을 통해 자유를 흉내 낸다. 이미
지는 상상하기를 중지하기 위한 의식의 화장이다. 그것은 상상하기의 힘
든 노동의 좌절을 표현한다. 이런 의미에서 이미지들은 소외된 상상이라
고 할 수 있다.

　　그러나 베르그송은 이미지들의 세계를 완전히 포기하거나 그것과 대립
하지 않는다. 베르그송의 생각에 따르면 지각－이미지를 생산하는 것은
개체화된 주체이다. 개체화된 주체의 특권적 이미지인 몸－두뇌가 이미
지의 총체를 자신의 주변에 끌어들여 그 주변에서 휘어지게 만든다. 시간
의 공간화는 인격적이고 결정된 주체성의 탄생과 더불어 시작된다. ‘거
기에 보기가 있다’로부터 ‘나는 본다’로의 전화가 이루어지면서 이미지
가 탄생한다. 개체 너머에 있는 과거와 잠재적인 것이 주체의 회상－이미
지로 현실화되면서 지각의 요구에 종속되어 간다. 베르그송에게서 이미
지는 지각－이미지든 기억－이미지든 해체의 산물이다. 지각－이미지는

물질의 해체이며 기억-이미지는 순수기억의 해체이다. 사물의 이미지나 지각은 사물들의 네트워크에서 사물들을 분리시킴으로써만 성립한다. 지각은 이미지들 중의 이미지인 신체가 다른 이미지들에 반응할 때 출현하는 사물-이미지다. 기억-이미지에서 몸-두뇌의 이 특권적 중심성은 사라지지만 그렇다고 완전히 소멸하는 것은 아니다. 모든 이미지는 보편적이고 순수하고 비인격적인 의식에서 시작되며 상상하기의 물질화로서 나타난다. 의식은 신체에 주어지는 것이 아니다. 그것은 우리의 이미지-신체에 내재하는 가능성이다. 의식은 물질에 내재하며 의식의 현실화는 이미 존재하는 현실적 의식인 신체를 요구한다. 그런데 베르그송에게서 상상은 개체화된 주체 이전의, 혹은 그것을 초과하는 전개체적이고 비인격적이며 비결정적인 활동이다. 그것은 고정이 아니라 풀림이며 닫힘이 아니라 열림이고 공간 속에서 행동의 윤곽을 그리는 것이 아니라 그 윤곽을 지우는 것이다.

5. 스피노자의 두 종류의 상상

베르그송은 지각-이미지를 넘어설 이미지와 상상의 가능성을 탐구했지만 상상의 적극적 기능에 대한 탐구는 어렴풋하고 모호한 상태로만 남아 있다. 베르그송은 표상을 이미지들의 다른 이미지들로부터의 분리로, 일종의 빼(내)기로 간주한다. 베르그송이 표상을 사물에의 첨가가 아니라 다른 사물로부터의 분리로 설명하는 한에서 창조적 상상력과 창조적 기억을 설명하는 것은 쉽지 않다. 이에 비해 우리는 스피노자에게서 상상의 긍정적 구성 기획을 발견할 수 있다. 베르그송에게서 이미지의 두 체제(지각-이미지와 기억-이미지)의 개념만이 아니라 상상의 두 체제(지각적 상상과 직관적 상상)의 개념이 나타나는 것처럼 스피노자에게서도 우리는 상상의 두 종류에 대한 개념을 발견할 수 있다.[8] 첫 번째 개념은 『에티카』 1, 2부에 나타나는 것으로 1종 인식으로서의 상상이라는 개념이다. 거기에서 상상은, 감각을 통하여 손상되고 혼란스럽고 무질서하게 지성에 나타나는 개물들에 대한 지각에 의한, 즉 막연한 경험에 의한 인식을 지칭하거나 혹은 우리가 어떤 낱말을 듣거나 읽거나 하는 것과 함께 사물을 상기하며 그것에 대하여 사물 자체가 우리에게 부여하는 관념과 유사한 관념을 형성하는 것으로서 기호들부터 형성되는 의견을 의미한다. 스피노자는, 이러한 상상적 인식은 오류의 원천이 된다고 지목한다. 그것은 사물의 상을 다양한 방식으로 결합하고 연결하도록 습관화된 것에 지나지 않기 때문이다. 그런데 『에티카』 3부 이하에서는 상상에 다른 역할과 이미지가 부여된다.[9] 여기서 상상은 1종 인식으로서 오류의 원천에 머무는 것이 아니라 공통관념을 형성하는 조건이 된다. 실제로 공통관념은 상상될 수 있는 것들에만 적용될 수 있는 것이다. 『에티카』의 3부와

---

8) 바루흐 스피노자, 『에티카』, 강영계 옮김, 서광사, 1990.

9) 안토니오 네그리는 『에티카』의 1, 2부와 3부 이하에서 상상 개념의 이러한 균열과 이중화를 『신학정치론』 집필에서 찾는다. 1, 2부를 쓴 후 당대 네덜란드의 혼란스런 정치적 문제를 해결할 공동체의 발명이 필요하다고 느낀 스피노자가 『신학정치론』을 『에티카』 3, 4, 5부보다 먼저 집필했고 이 과정에서 상상에 대한 새로운 개념을 확보한 후, 이 상상 개념에 입각하여 『에티카』 3, 4, 5부를 서술했다는 것이다(안토니오 네그리, 『야만적 별종』, 윤수종 옮김, 새길, 1997 참조). 네그리가 주목하는 『신학정치론』에서 스피노자는 예언자들의 예언적 상상력에서 이 직관적이고 구성적인 상상의 예를 찾는다. 가령 예언자 요셉의 상상은 신의 미래적 통치를 계시하는 것이다. 예언자들은 상상 속에서 신의 정신을 개체화한다. 예언자들이 사용하는 비유와 알레고리의 형식들은 신의 정신이 개체화되는 형태들이다. 스피노자는 지적인 능력을 부여받은 사람들은 자신들의 상상력을 더 심하게 통제하고 제한하는 경향이 있다면서, 예언자들은 더욱 완벽한 정신, 높은 지적인 능력을 부여받았다기보다 더욱 활발한 상상력을 부여받았다고 본다(바루흐 스피노자, 『신학정치론』, 김호경 번역 및 해제, 갈무리).

4부는 정념들이 상상 특유의 어떤 법칙들하에서는 더 강렬해지고 어떤 법칙들하에서는 덜 강렬해지는지를 보여준다. 상상은 사물의 현전을 긍정하는 데 반해 이성은 사물들을 필연적인 것으로 이해하려 한다. 필연성에 따른 이해는 현전의 필요성을 약화시킨다. 즉 이성의 힘이 커지면 상상의 강도는 낮아진다. 이성이 사물들의 연결이라는 상상의 요구를 상상이 할 수 있는 것보다 더 잘 충족시키기 때문이다. 그래서 시간과 관계해서 본다면 이성 혹은 공통관념에서 싹트는 능동적 감정들은 그 자체로 상상에서 싹트는 수동적 감정들보다 더 강하다. 하지만 상상은, 단순한 수동적 의식에 그치지 않고, 더 많은 것과 관계하면서 그만큼 강해지는 능력으로 기능한다.[10] 이 때문에 이성의 공통관념이 이제 상상의 운동에 끼어들어 더 많은 사물과 관계하는 상상의 능력과 조화를 이룬다. 이제 구체적 상상은 존재의 지평 안에서 신체의 물리적 조성과 인간의 정치적 구성을 동시에 굳건히 하면서 지성과 자신의 동맹을 공고화하는 능력으로 나타난다. 이것을 지각적 상상력과는 구분되는 **구성적 상상력**으로 불러보자. 그것은 이성과의 연합을 통해 신체들 사이의 새로운 관계를 구축하고 그럼으로써 제3의 신체를 가져올 수 있는 능력이다. 그것은 지성을 획득하는 신체성이며 정신 속에서 구축되는 신체로서 구성적 존재론의 핵심기능을 수행한다. 이성에는 앞으로 나아가려는 욕망이 부족하지만 상상은 새롭고 더욱 강력한 관계, 새롭고 더욱 강력한 신체를 창조할 수 있는 두 개의 합성가능한 관계성들의 존재론적 배치를 향해 투사되기 때문이다. 베르그송의 직관적 상상력이 지각으로부터 기억으로, 물질로부터 정신으로 퇴행함으로써 행동과의 연쇄를 단절하고 풀려나는 성격의 것이었다면, 스피노자의 구성적 상상력은 사물들 사이의 관계를 발견하는 이

10) 바루흐 스피노자, 『에티카』, 앞의 책, 5부 명제 11.

성에 물질적 다양성을 부단히 제공하면서 새로운 신체를 구성하는 전진
운동적 성격을 띤다. 요컨대 그것은 새로운 개체화를 조성하는 힘으로 나
타난다. 전자가 미분적이라면 후자는 적분적이다.

6. 상상과 상상력의 두 체제

우리는 기 드보르에서 들뢰즈와 베르그송을 거쳐 스피노자로 거꾸로
나아오면서 두 가지 유형의 상상, 상상의 두 가지 체제가 있음을 확인했
다. 첫째의 것은 기 드보르의 스펙터클, 들뢰즈의 운동—이미지, 베르그
송의 지각—이미지, 스피노자의 1종 인식으로서의 상상이다. 이것은 지
속으로서의 삶에서 분리되어 물화된 이미지들에 붙여진 이름들이다. 이
러한 이미지는 주어진 체제, 주어진 환경에 적응하는 상상의 형태이다.
여기서 상상력은 외부의 물질적 환경에 규정되며 개체화된 상상주체의
행위로 나타난다. 주어진 상황에서 주체는 대상을 지각하며 이 상황이
요구하는 가능한 행동의 윤곽을 그린다. '가능한 행동'이란 이미 주어져
있는 답을 현재에 투사하는 것이다. 그것은 현실의 직접적 필요를 충족
시키는 충동반응에 가깝다. 여기서는 이것을 구성된[제정된] 상상이라고
불러보자. 스피노자는 이것을 수동적 인식이라고 보았고 베르그송은 이
것을 물질로서의 이미지나 지각—이미지로 이해했다. 기 드보르는 이 수
동적인 충동적 지각의 이미지를 구경꾼 주체를 생산하는 스펙터클로 파
악했다. 이 구성된 상상에서 우리는 물질적 관계에 종속된다. 하지만 상
상력의 표현방식이 이 구성된 상상에 머무는 것은 아니다. 다른 유형의
상상이 있다. 베르그송에게서 그것은 기억—이미지로 나타난다. 기억—
이미지는 잠재적 지속이 상상되는 방식이다. 기억—이미지에서 상상력
은 개체화된 주체를 넘어, 그리고 현실에 직접적으로 주어진 물질적 관

계를 넘어 잠재적 실재인 지속과 관계 맺는다. 그렇지만 베르그송은 그 것이 이미지인 한, 고정화의 경향을 벗어나지는 못한다고 생각했다. 기 억-이미지는 현재의 첨점으로 쏟아져내려 지각-이미지를 형성하는 데 영향을 미치는 이미지로 이해된다. 그 결과 현재는 지각-이미지와 기 억-이미지로, 현재와 과거로 균열된다. 스피노자는 이 두 번째의 상상 에 좀 더 적극적인 역할을 부여한다. 그것은, 구성된 상상이 수동적으로 지각한 것들 사이에 새로운 미래적 관계를 구축하는 행위이다. 이러한 상상력은 지각된 것들 사이의 공통관념을 형성하는 이성과 연합하여 그 공통관념에 지속, 실체, 시간 등의 본성인 다수성을 부단히 불어넣음으 로써 새로운 신체적 관계를 구축한다. 이러한 상상은 수동적인 성격의 구성된 상상 속에 들어 있는 능동성의 요소들을 서로 연결시키고 또 적 극적으로 발전시킨다. 이것을 여기서는 **구성적[제헌적] 상상**이라고 불러 보자. 구성적 상상은 주어진 것, 물질적인 것에 종속된 상상이 아니라 지 속, 실체, 정신, 시간과 접속되는 상상이다. 즉 구성적 상상은 주체가 주 체로서의 한계를 넘어 주체초월적인 것과 관계 맺을 때 출현한다. 구성 적 상상은 현재에서 출발하지만 과거 전체와 접속하고(이 방향성이 베르 그송의 직관적 상상력이다) 그 힘에 의거하여 미래의 가능성을 향해 창 조의 그물을 던지는 적극적인 구성능력이다(이 방향성이 스피노자의 2 종의 상상력이다).

이 두 가지 유형의 상상은 어떤 관계에 있을까? 이미 우리는 구성된 상상과 구성적 상상이 대립적인 것이 아니라 본원적으로는 서로 연결되 어 있고 그 작용의 양상과 강도만이 다르다는 것을 암시했다. 기 드보르 는, 얼핏 보면, 이미지의 세계에 대한 전면적 부정만을 제시하고 있는 것 같지만 그의 경우에서도 구성된 이미지 세계가 구성적 상상을 위한 요소를 제공한다. 그는 스펙터클의 사회를 극복하는 방법으로 전용, 우회, 표류 등의 방법을 제시하는데, 이것들은 구성된 이미지들을 다른 맥락으로 가져가서 구성적 맥락에서 구성적 용도로 사용하는 방법들이다. 전용이나 우회나 표류는 구성된 이미지 세계의 구속력을 벗어나 새로운 가능성을 향해 움직이는 방법이기 때문이다. 베르그송은 '주의 깊은' 지각을 다루면서 구성된 이미지가 구성적 상상력의 도움을 받아 물질의 압도적 영향을 벗어나는 메커니즘을 보여준다. 스피노자는 2종의 상상이 공통관념의 구성에 참여할 때 1종의 상상이 수동적 작용 과정에서 받아들인 요소들을 자원으로 삼는다. 다시 말해, 상상된 요소들 사이에 새로운 공통의 관계를 형성하고 그것을 새로운 신체구성을 향해 전진시키는 2종의 상상력이 효과적으로 기능하기 위해서는 1종의 상상의 과정이 필요불가결하다. 2종의 상상은 1종의 상상에 대한 '아니오'를 표현하지만 그것은 1종의 상상의 행위에 대한 전면적인 '아니오'는 결코 아니다. 2종의 상상은, 1종의 상상의 결과들을, 지속하는 실재적 삶의 평면으로 가져가 그 관점에서 재구성하는 작업을 할 뿐이다. 2종의 상상은 1종의 상상의 성과를 받아들이면서 이성과의 협력 과정에 들어가는데, 이 협력의 작업은 실재하는 것(즉 스피노자의 실체, 베르그송의 지속)에 대한 직관 없이는 가능하지 않다. 즉 직관력에 기반하여 상상력과 이성력을 결합시키는 것이 이 2종의 상상력이다. 이런 의미에서 구성적 상상력은 구성된 상상력과 연대하고 그것을 창조적 구성력으로 고양시킨다고 할 수 있다.

7. 민중문학에서 삶문학으로의 전화에서 상상력의 전환

1970년대 말 중화학공업화의 실패로 표현된 한국 산업자본주의의 위기는 박정희 정권의 종말을 가져왔을 뿐만 아니라 이후 산업구조 재조정을 통한 첨단산업 중심으로의 재구조화를 통해 인지자본주의로의 이행을 준비시키는 계기로 작용했다. 1970~80년대의 저항운동은 산업자본주의에 대한 저항으로 출현했고 1987년에서 1991년 사이의 장기항쟁에서 그 정점에 이르렀다. 통신정보산업, 관광산업, 교육산업 등 각종 지식서비스산업의 활성화로 나타난 1990년 이후 인지자본주의로의 본격적 이행은 산업노동자들의 이 장기항쟁에 대한 위로부터의 대응이었다. 자본은 한편에서 국경을 넘어 외부로 멀리 뻗어나가는 한편 삶의 내면 깊은 곳으로 침투하여 산업노동만이 아니라 삶 자체를 실질적으로 포섭하는 이중의 의미에서의 '글로벌라이제이션'을 전개했다. 글로벌화는 세계화일 뿐만 아니라 보편화를 의미했기 때문이다. 저항운동의 위기는 1970~80년대에 발전된 저항의 형태들이 실효성을 상실해나가는 때에, 재구축된 자본주의에 대한 저항의 대안을 확립하지 못한 것에 있었다. 모색이 변절로 쉽게 오인되었던 만큼이나 지속은 아집으로 쉽게 평가되었다. 두 개의 시선이 접점 없는 평행선을 긋는 것이 가능할까? 이들 사이의 사선을 긋는 것은 불가능할까?

산업자본주의에 대항하는 저항문학의 이미지는 지각에서 정동으로, 정동에서 행동으로 이어지는 구성된 이미지, 즉 지각적이고 감각운동적인 이미지를 중심으로 구축되었다. 『노동의 새벽』과 『만국의 노동자여』는 이 감각운동적 이미지의 하나의 전형을 보여준다. 리얼리즘의 재현 개념은 현실에 대한 이 감각운동적 이미지 체제를 이론화했다. 대상과 주체의 뚜렷한 구분, 적과 동지의 선연한 구분이 가능한 행동의 윤곽을 그려내는 지각의 세계를 형성했다. 고통의 감정은 주어진 세계에 대한 저항의 행동을 그려내며 기쁨은 행동을 통해 이룰 미래세계 속에서 어렴풋하지만 강렬한 얼굴을 드러낸다. 이러한 이미지 체제는 산업자본이 노동을 그 신체적 운동의 시간 속에서 포섭하고 착취하는 방식을 취했던 상황 속에서 자연발생적으로 탄생한 저항운동의 산물이다.

　인지자본주의로의 전환은 이 감각운동적 상황과는 다른 상황을 조성한다. 노동을 그 신체적 운동 속에서 포섭해왔던 자본은 이제 정신의 인지적 생산과 삶의 생성활동을 포획하는 것에로 나아간다. 이것은 신체적 운동에 대한 포섭과 착취가 사라졌다는 의미가 아니라 자본의 지배가 후자를 헤게모니적인 방법으로 삼으면서 전자를 그것과의 관계 속에 재배치한다는 의미이다. 사람들은 공장이라는 분리된 공간에 들어간 후에, 그리고 거기서 육체노동을 시작하면서부터 착취당하기 시작하는 것이 아니라, 자신의 일상의 생활공간에서 삶을 영위하는 과정 그 자체에서부터 이미 자본관계에 포섭되어 그 일부를 구성하게 된다. 노동시간만이 착취되는 것이 아니라 삶시간 그 자체가 착취되는 것이다. 이로 인해 자본주의적 착취는 감각운동적 상황에 국한되지 않고 존재론적 삶의 상황 전체에 확산된다. 착취와 지배를 둘러싼 상황의 이러한 변화 때문에 지난 시기의 감각운동적 상황에서 발생한 감각운동적 저항의 이미지 체제가 적실성을 상실하게 된다. 문학의 위기, 문학의 종말에 대한 아우성은 문학적 저항의 전통이 직면한 이 적실성 상실에 대한 즉자적 반응이다.

　리얼리즘에 입각한 감각운동적인 저항 이미지의 무력화는 자본이 사실성, 현실성을 해체하여 기계적이고 정보적인 방법으로 조작 가능한 것으로 만들었을 때 그 정점에 이르렀다. 스펙터클은 우리의 지각을 임의의 방식으로 조작하여 사실성이 출발점이 아니라 도달점이며 원인이 아니라 결과임을 보여주는 방식으로, 사실성에 대한 지각에 기초한 리얼리즘의 저항 이미지의 힘을 와해시켰다. 스펙터클─이미지에 대한 숭배라는 포스트모더니즘적 열광이 휩쓸고 지나간 후, 리얼리즘과 모더니즘의 회통과 같은 문학적 연합전선 시도가 있었지만 인지자본주의적 상황에 대응할 수 있는 실효성 있는 방책은 아니었다.

그렇다면 어떤 실효적인 혹은 보다 실재적인 문학적 행동의 방책이 가능한 것일까? 시인 백무산의 모색은 새로운 상황에 대응하는 새로운 모색의 하나의 중요한 사례를 보여준다. 그것은 인지자본주의적 포섭의 한가운데가 아니라 가장자리로 눈을 돌리는 것이다. 인간의 시간에 대항하는 광야의 시간, 대지의 시간, 바람의 시간, 경계의 시간에 대한 추구가 그것이다. 이 추구 속에서 감각운동적 이미지에서 벗어나 존재론적 이미지들을 그려내려는 끈질긴 시도가 경주된다. 『인간의 시간』에서 『길은 광야의 것이다』, 『초심』, 『길밖의 길』을 거쳐 『그 모든 가장자리』에 이르는 작업은 이 노력의 집중적 표현이다. 백무산 시에서 우리는, 1종의 구성된 상상, 즉 감각운동적인 상상에서 2종의 직관적이고 구성적인 상상으로 도약하기 위한 준비로서, 감각운동적 현실로부터의 한껏 뒤로 물러남을 발견한다. 물론 그의 시세계에서 감각운동적 상상이 낳는 시적 이미지들이 사라지는 것은 아니다. 그것은 '선동시' 혹은 '현장시'의 유형으로 존속한다. 하지만 그는 그 선동시=현장시들을 존재론적 생성의 시와 구별하며, 시로 간주하기를 꺼린다.

백무산의 시가 존재론적 상상에 자리를 잡고 감각운동적 상상을 주변적이고 지엽적인 형태로 끌어안고 있다면, 송경동의 시는 그와 정반대로 감각운동적 상상에 터를 잡고 얼핏얼핏 존재론적 상상 쪽으로 더듬이를 내미는 모습을 취한다. 백무산이 자신의 시집에서 현장시=선동시를 제거한 반면 송경동의 시집은 현장시=선동시를 전면에 놓는 것처럼 보인다.

하지만 자세히 보면 송경동 시가 갖는 힘은 그의 시가 선동시라는 데서 오는 것 같지는 않다. 그의 시가 스펙터클적 선동은 물론이고 감각운동적 선동과도 달리 감각운동적 이미지의 언저리를 더듬으면서 지배적인 감각 운동적 행동과의 직선적 연결관계를 단절시키는 지점에서, 그리하여 직접적이고 직선적인 행동으로부터의 일정한 이완을 가져오는 지점에서 시적 감화력이 나오고 있기 때문이다. 그의 「가두의 시」가 표현하고 있듯이, 그의 시는 구두 수선공 손톱 밑의 검은 시, 미싱사가 먹는 단무지 조각의 짜디짠 눈물의 시, 줄을 서 국밥을 기다리는 노숙인의 직립의 시, 떨이를 외치는 행상인의 절규의 시를 지향한다. 이것들은 여전히 감각운동적 상황에 속해 있다. 하지만 그 시들이 그 상황의 중심에 있지 않음은 물론이고 그 안에 있다고도 하기 어려운, 다시 말해 그 상황의 경계 밖으로 추방되고 있는 존재들에 대한 상상적 개입이라는 점에서 그의 시적 상상의 더듬이는 안을 향하지 않고 밖을 향한다. 송경동 시에서 시적 화자는, ‘어느 조직에 가입되어 있느냐?’는 질문에, ‘들에 가입되어 있고, 바다 물결에 밀리고 있고, 꽃잎에 흔들리고 있고, 푸른 나무에 물들어 있고 바람에 선동당하고 있으며 비천한 이들의 말에 소속되어 있고 말없는 강물에 지도받고 있다’(「사소한 물음들에 답함」)고 말한다. 그것은 어느덧, “넌 언제부터 물인가/아니, 넌 언제부터 지금인가//백악기 밀림을 적시던 빗방울이다가/홍적세 빙하에 내리던 눈송이였다가/깊은 바위 속을 수 만 년 흐르다가/내 목을 타고 내리기 전에 얼마나 몸을 유전했을까/그 몸 어디에/시간의 흔적이 새겨져 있는가”(「물의 시간」)라고 묻는 백무산의 시적 이미지와 겹친다. 이렇게 어느 순간 겹치다가도 다시 갈라지는 두 가지 상상의 균열과 긴장관계 속에, 문학적 상상력의 현재적 위기만이 아니라 우리 문학의 도약을 준비하는 폭발적 잠재력이 숨어 있는 것은 아닐까? 이 자문 앞에서 우리는, 『물질과 기억』에서 베르그송의 직관적 상상력이 지각적 상상력과 평행선을 그리면서 이 균열의 긴장을 감당하려는 자세를 취한다면, 『에티카』 3부 이하에서 제시되는 스피노자의 구성적 상상력은 구성된 상상력과 연대하면서 이 균열을 넘어설 새로운 공통되기의 평면을 구축하는 데 관심을 갖는다[11]는 점을 고려해볼 필요가 있다. 이럴 때 우리 앞의 자문은 '우리의 상상력은 이 균열 앞에서 어떤 태도를 취할 것인가?'라는 실천적 물음과 겹치면서 어떤 결단을 요구하는 방식으로 우리 앞으로 다가선다.

(작가와 사회, 여름호)

---

11) 내가 보기에 이 관심은 베르그송의 『창조적 진화』(황수영 옮김, 아카넷, 2005)의 관심과 통한다.

희미한 시적 힘

2012년 『조선일보』 신춘문예 평론 부문 당선.

희미한 시적 힘

이 석

— 이 폭풍은, 그가 등을 돌리고 있는 미래 쪽을 향하여 간단없이 그를 떠밀고 있으며, 반면 그의 앞에 쌓이는 잔해의 더미는 하늘까지 치솟고 있다. 우리가 진보라고 일컫는 것은 바로 이러한 폭풍을 두고 하는 말이다.[1]

1

하이데거의 '존재' 는 이미 시적이다. 마르크스에게 상품과 자본이 그랬듯이, 그것은 수없이 질문하고 뜯어볼수록 자신의 형태를 비틀고, 움츠러들어 숨어버리는 그 무엇이었다. 우리의 존재를 둘러싼 세계는 언제나 이미 시적인 어떤 것과 관계를 맺고 있다. 그 관계의 우연성과 필연성, 그 관계의 깊이에 관한 논의는 차치하고라도, 이 시적 세계를 일정한 국한된 세계로 이해하는 것이야 말로 편협한 환상이다. 물론 여기서 일컫는 시적

---

1) 발터 벤야민, 「역사의 개념에 대하여」, 『발터 벤야민 선집 5』, 최성만 옮김, 도서출판 길, 2009, 339쪽.

인 것, 시(poetry)는 개개의 시편(poem)을 의미하는 것이 아니라, 넓은 의미의 '시'를 말한다. 적어도 우리의 세계에서 시적인 것이 문제가 될 때는 시편의 문제, 시편들의 문제가 아니라, 시적인 것이 지니는 그 구성상의 **필연적** 문제를 일컫는다.

문제, 물음, 질문을 던지는 것, 질문을 던지는 그 대상의 문제, 혹은 그 대상이 던지는 물음들. 질문을 던질 때, 우리는 묻고 있는 것에 대해서 알고 있다고 생각하는 것에서 시작한다. 그리고 그 앎의 무게가 질문이 과녁을 향해 날아가는 것에 끝까지 저항한다. 그러나 여기서 질문하려는 것은 깃털처럼 가벼운 것이다. 그것은 우리가 물음을 던짐으로써 문제적이 되는 그 대상이 되묻고 있는 것이다. 엄밀히 말해서, 물음이 예상하는 과녁을 비켜가는, 대상의 이동이 의미하는 것에 대해서 질문하는 것이다. '시란 무엇인가' 라는 물음의 진부함은 그동안의 대답의 진부함에서 나온다. 그러나 시 자체의 풍부함은 여전한데, 그것은 그 질문이 집요하면 할수록 자신의 존재를 숨기는 것을 통해, 시는 자기 존재의 충만함을 증명할 수 있기 때문이다.

플라톤은 시인들을 추방한 덕분에 시와 함께 영원히 거론될 수밖에 없는 운명에 처해버렸다. 그러나 시적인 것에서 벗어나지 못한 것은 바로 플라톤 자신이었다. 바디우의 말처럼 그는 자신의 원칙(수학적 사유를 장려하고 시를 금지한다는 준칙)을 고수하면 할수록 시적인 말하기에 복종하게 된다.[2] 우리가 현대시라고 일컬을 만한 것, 시에 있어서 현대성을 찾을 수 있는 결정적 지점은 플라톤이 맞닥뜨린 궁지와 같은 지점이다. 이론(철학)이 자신의 궁극적 도달점에 이르렀을 때, 그것이 얼마만큼 시

---

2) 알랭 바디우, 『비미학』, 장태순 옮김, 이학사, 2010, 42쪽.

(문학)와 인접해 있었는가를 깨닫는 지점, '낭만주의'라는 명명 아래 집결하는 저 시대의 경향성은 이론과 시의 경계를 명확히 하기 어려운 지점을 표시한다. 오히려 그 경계 속에서 어떤 고전적 모델이나 이데아에 복속하지 않는 '문학' 그 자체의 생산이 가능하게 된 것이다. 시는 더 이상 어떤 영감에 의해 우연하게 불려나오는 것이 아니라, 엄밀한 의미에서 만들어지는 것이며, 시인에 의해 필연적 구조로 축조되는 것이 되었다.

> 현대 시의 모든 역사는 철학의 짧은 텍스트에 수반된 주석이다. 모든 예술은 과학이 되어야 하며 모든 과학은 예술이 되어야 한다. 시와 철학은 합쳐져야 한다.[3]

이것은 가장 미묘한 관계의 탄생이라고 해야 한다. 이토록 이질적인 관계의 결혼은 가장 매혹적인 결합일 수 있지만, 언제나 쟁투와 분리의 위협을 가능성으로 남겨두게 되는 것이다. 시인은 더 이상 자신의 시를 기다리지 않아도 되었지만, 그는 자신의 시를 이해해야 한다. 시가 완전히 설명할 수 있는 상태가 될 때, 그것은 가장 참혹한 형태를 띠겠지만, 결과적으로 현대시는 이해를 추구하는 대상이 되었고, 그것은 이해의 구심점을 지녀야 하는 작품이 되었다. 시론은 그림자처럼 시를 따라다닐 것이며, 시 정의의 역사는 오류의 역사일지 모르나, 시의 역사는 정의의 무한한 가능성을 향해 열린, 그 오랜 오류의 역사를 견디며 진행될 수밖에 없게 되었다.

이제 우리는 그 이전을 상상하기 어려울 정도로, 시를 배우고 만들어내

---

3) 필립 라쿠라바르트, 장 뤽 낭시, 「지금 우리에게 낭만주의란 무엇인가」, 박성창 옮김, 『세계의 문학』 2002년 겨울호, 144쪽 재인용.

는 것에 대해 별다른 저항 없이 받아들이게 되었다. 시가 자연상태에서처럼 탄생하는 것이 아니라, 누군가에 의해 제작된다는 사실이 표면에 드러나자마자 우리를 붙드는 문제가 있다. 그것이 '자연'을 닮았을 정도로, 처음부터 거기에 있었던 것처럼 그럴듯하게 만들어져 있다고 할지라도 그 순간 우리를 그림자처럼 따라 붙을 수밖에 없는 질문이 하나 남게 된다. "이것을 누가 만들었지?", 이 시에서 누가 말하고 있는 것일까? 요컨대 그 물음은 시가 현실의 삶에서 유리된 것처럼 보이면 보일수록, 시인과 동떨어져 존재하는 시가 만들어내는 세계가 해독 불가능할수록 점점 더 확고해질 것이다.

2

시인은 '사물'을 있는 그대로 받아들이지 않는다는 점에서 철학자와 닮아 있다. 그들은 모두 외부세계를 그들이 속하지 않은 세계로서 지각하며, 영원히 이 세계에 대해 순환론적인 물음을 반복하는 이방인으로 남고 싶어 한다. 시인의 가장 뿌리 깊은 고통 가운데 하나는 이 외부세계를 향한 물음(예를 들면, '왜 이 세계는 다른 세계일 수 없는가, 왜 단지 하나의 태양이 떠오르는가' 등등)이 주어지는 순간 '왜 시인인가' 하는 물음이 동반된다는 사실에서 기인한다. 현실에 발 딛고 있는 '시인'은 애초에 존재의 균열을 포함하고 있는 불완전한 장소에 있다. 자아와 세계의 동일성을 완성하는 '서정적 자아'라는 개념은 지나치게 낙관적인 전망 속에 갇혀 있다. 더 이상 '서정적 자아'라는 이름으로 확고하게 자아와 세계가 동일화하는 토대는 존재하지 않는 것이다. 그리고 이러한 징후는 일찍부터 존재했다. 적어도 시를 통해 물음을 멈추지 않았던 시인들을 통해서 말이다. 세계는 자아와 합일된 적이 단 한 순간도 없었다. '서정적 자아'

라는 개념이 남아 있는 한, 그것은 더욱 불가능한 거리로 서로를 지탱하고 있을 뿐이다. 그러나 '비평'은 왜 이 고통스러운 개념을 구심점으로 펼쳐지는가, 그것은 롤랑 바르트가 설명하고 있듯이 비평 자체가 작품의 저변으로부터 '저자'를 발견하는 것을 주 임무로 떠맡고 있기 때문이다. 저자가 발견되어야만, 텍스트는 설명되고 비평의 목적론 안으로 스며들게 된다. 여기서 바르트는 더 나아간다. 그는 저자와 관련된 글쓰기의 신화를 무너뜨리고, 저자의 죽음을 통해 독자의 탄생을 이끌어내야 한다고 주장한다. 텍스트의 의미와 통일성은 그 기원(저자)을 향해 있는 것이 아니라, 목적지(독자)를 향해 있다는 것이다. 문제는 이렇게 간단히 해결되는 것일까. 우리가 애지중지하는 '의미'에 아무런 상처를 입히지 않고도, 또 다른 비평의 토대를 발견하게 된 것일까. 결론부터 말하자면, 시작(詩作)이 그렇듯이 또한 비평에는 어떠한 안정적인 토대도 존재하지 않는다. 비평의 윤리, 비평의 '책임'은 그곳에서만이 가능하다. '저자의 죽음'은 완전무결한, **비평에 있어서 토대가 되는 저자**의 죽음일 뿐이다. 바르트에 의하면, 텍스트에 부과된 '안전장치'로서의 저자가 그것이다. 최종적 기의를 제공하고, 글쓰기를 봉쇄하는 것으로서의 저자 말이다. 바르트 스스로가 '저자의 죽음' 대신 '저자의 멀어짐'이라는 완곡한 표현으로 옮겨가고, 그것을 '문학적 무대 저 끝에 있는 단역 배우처럼 축소된' 어떤 것으로, 하나의 왜소한 필사자(scripteur)로 뒤틀어버린 것[4], 그것이 저자의 본래 모습이다. 그는 더 이상 하나의 '안전장치'도 최종적 기의의 제공자도 아니다. 그 왜소하고 불완전한, 그리고 죽어가는 혹은 이미 하나의 '죽음'인, 죽음의 자리일 수 있는, 저자의 자리는 기억되고, 여전히 남아 있어야 한다. 그것이 '비평을 승리로 이끄는 것'이기 때문에서가 아니라,

---

4) 롤랑 바르트, 「저자의 죽음」, 『텍스트의 즐거움』, 김희영 옮김, 동문선, 2002, 31쪽.

오히려 비평(문학)을 하나의 불안, 하나의 **의미 있는 실패**로 이끌 수 있기 때문이다.

‘서정적 자아’(화자)는 ‘시인’의 얼굴을 대신하는 가면이다. ‘서정적 자아’라는 개념을 구심점으로 펼쳐지는 김준오의 『시론』은 3장 제2절에서 그 개념이 지니고 있는 불완전한 동요를 보여준다. 엄밀히 말해, 그것은 논리적 취약함이 아니라 그것의 극단에서 본질적으로 맞닥뜨리는 주체의 불안이다. ‘탈(persona)’은 시인과 화자를 구별하기 위해 선택된다. ‘시적 화자와 실제의 시인을 엄격하게 구분’[5]하기 위해 도입된 이 개념은, 오히려 시인과 시적 화자를 엄격하게 둘로 나눌 수 없게 만드는 것처럼 보인다. 시인은 작품 ‘밖’에 놓이며 화자는 작품 ‘안’에 놓인다고 분별할 때 그것은 비교적 명확해보인다.

> 화자를 시인과 구분할 때 퍼소나라 불린다. 퍼소나(persona)는 배우의 가면을 의미하는 라틴어 퍼소난도(personando)에서 유래한 연극 용어다. 이것은 처음 화자의 목소리를 집중시키고 확대시키는, 가면의 ‘입구(mouthpiece)’를 뜻하다가 배우가 쓰는 가면, 배우의 역할 등의 의미를 거쳐 드디어 어떤 뚜렷한 인물 혹은 개성을 가리키게 되었다.[6]

시인으로부터 화자를 떼어내기 위해 화자에게 새로운 이름(의미)이 부여된다. 그것은 시인의 ‘얼굴’과 화자라는 ‘가면’이 겹쳐 있는 모양이다. ‘가면’은 ‘얼굴’이 아니다. 그러면서도 얼굴의 목소리는 가면을 통해서 나온다. 그것은 명확하게 가면의 목소리인가? 아니면 얼굴의 목소리인

---

5) 김준오, 『시론』, 삼지원, 2011, 281쪽.
6) 위의 책, 282쪽.

가? 얼굴은 가면과 포개어 있지만, 그것은 영원히 하나가 될 수 없는 틈
(거리)을 만들어낸다. 얼굴과 가면이 만들어내는 틈과 균열은 어떤 위험
을 내포하는가? 더 근본적으로 '가면은 얼굴을 드러내는 것인가? 아니면
얼굴을 가리는 것인가? **가면 뒤에는 어떤 얼굴이 있을까?'** 이 모든 물음
들에 대답하는 것을 대신하여, 우리는 하나의 균열과 과잉을 향해 나아갈
것이다. 그것은 김준오라는 저자(고유명)를 지우고도 남는 텍스트의 과잉
적 요소이다.

> 연극의 가면은 다른 비예술적 목적의 가면과는 달리 얼굴을 숨기거나 변장
> 하는 장치가 아니다. 그것은 도리어 그 얼굴을 명확하게 드러내려는 목적으
> 로 사용되었다. 말하자면 그것은 혼돈상태의 내면세계나 인격을 우리가 판별
> 할 수 있고 공식화할 수 있는 개성이나 인물로 구체화시키는 수단이었다. 더
> 구나 이 양식화된 가면(stylized mask)으로서의 퍼소나는 예술가의 태도나 인생
> 관, **우주의 어떤 한 단면같이 너무나 심오해서 인간의 얼굴표정으로서는 도
> 무지 나타낼 수 없는 것들을 상징하거나 대변한다.** 그러나 퍼소나는 이제 연
> 극의 가면만을 가리키는 연극의 전문용어가 아니다. 그것은 희곡의 인물뿐만
> 아니라 시, 소설의 인물 특히 시, 소설의 일인칭 화자를 가리킨다.[7] (강조—
> 인용자)

가면은 얼굴을 명확하게 드러내기 위해 사용되었다. 얼굴을 드러내기
위해 가면을 사용했다는 것은 무슨 의미일까? 가면이 없는 얼굴은 처음
부터 '의미'를 지니지 않을 수 있다는 것을 뜻한다. 가면은 그것이 가리
고 있는 얼굴의 의미를 드러낸다. 오히려 얼굴의 '의미'는 가면이 없이는
존재할 수 없는 것이다. 그런데 가면은 '우주의 한 단면같이 너무나 심오
해서 인간의 얼굴표정으로서는 도무지 나타낼 수 없는 것들을 상징하거

---

7) 위의 책, 283쪽.

나 대변한다.' 가면은 얼굴을 드러낼 뿐만 아니라, 얼굴로 나타낼 수 없는 것까지 나타낸다. 가면은 단지 얼굴을 가리거나, 얼굴을 드러내는 도구가 아니라, 얼굴이 가지지 못한 의미마저 드러낸다. 가면은 얼굴의 '의미'보다 충만하고 심오하다. 퍼소나의 개념을 설명하는 이 문장들은 지나치게 풍부해서 얼굴의 '의미'를 거의 비어 있는 상태로 만들어버린다. '얼굴', 즉 현실에 발 딛고 있는 '시인'이 마치 텅 빈 공간인 것처럼, 우주의 한 단면의 심오함처럼 깊은 어둠을 상연하고 있는 것처럼 보인다. 왜 텅 빈 개념인 '시인'이 필요했을까. 왜 그것은 '가면'의 개념을 풍부하게 만들 뿐, 기의를 모두 비워낸 기표 덩어리, 하나의 '사물'로 남겨질 필요가 있었을까. 인용된 문단의 몇 줄 아래에서 '가면(persona)'은 또다시 '작품 속의 시인'이라는 말로 변용된다. 무엇이 얼마만큼 혼동된 것일까. 설명을 위해 도입된 개념은 구분을 명확하게 하기 위해서라기보다, 경계를 무너뜨리는 데 더 큰 기여를 하고 있다. '시인은 자신의 대변인으로서 왜 이런 화자를 선택했을까' 라고 묻기 전에, 내가 궁금한 것은 왜 텅 빈 '시인'은 그 자리에서 화자의 목소리를 대신 떠맡고 있을까 하는 점이다. 이 과잉과 동요는 저자의 논리적 취약함을 드러내는 것이 아니라, 정확히 그 반대의 의미를 나타낸다. 그것은 '말하고자 하는 것'보다 더 위험하게 자각된 어떤 것을 말하고 있다. '가면'은 얼굴에 겹쳐지지만, 우리가 생각하는 것보다 더 얼굴에 가깝다. 진짜 공포는, 가면과 떼어지지 않는 얼굴, 그것이다. 가면과 얼굴 사이의 틈은 얼굴 자체의 균열(공포)이다. 여기서 놓치지 말아야 할 것은 '시인'(얼굴)을 서둘러 폐기하는 것이 아니라, 과잉과 균열을 유지하는 것이다. 혼돈을 지탱하고 있는, 실패한 '동일화'의 흔적을 기입하는 것이다. '동일성'의 시론이 저자의 말처럼 하나의 '가치개념'으로 충격할 때, 그것이 실상 '동일화'의 시론이며, 동일화의 작업이 어떤 흔적을 남기고 있는지에 대해 다시 한 번 숙고

해야 한다. 시와 더불어 비평의 책임은 그 외상적 토대를 다른 것으로 대체하는 손쉬운 방법이 아니라, 그것을 온전히 떠맡는 것에서 시작될 것이기 때문이다.

구출해야 하는 것은, 이 텅 빈 '시인', 가면을 쓰고 등장하는 어둠에 가득 찬 심연, 삶이라는 물질적 현실에 발 딛고 있는, 세계의 경험으로부터 결코 벗어날 수 없는, 그리고 무엇보다 불안에 떨며 끊임없이 흔들리는 왜소한 '시인'. 물음을 던지는, 물음 그 자체에 가까운 그것, '왜 시인인가?' 라는 물음으로 존재하는 그것이다.

시의 화자와 이 화자의 목소리로서 어조에 관한 한 하나의 의미심장한 근본문제를 부기해둘 필요가 있다. 데리다(J. Derrida)의 해체주의에 의하면 서구의 전통·형이상학은 '말하기'에 생명적 직접성을 부여함으로써 말하기에는 화자가 언제나 현존하고 표상된다. 일종의 말하기인 시도 같은 사정이다 (…중략…) 낭만주의 시에는 인격이 현존하며 시 속에서 실체의 시인이 말하고 있다고 믿는다. 그 결과 낭만시는 경험 그 자체다. 반대로 '글쓰기'는 이런 현존성과 생명성을 상실·훼손시키고 소리를 소외시키는 기호의 타락으로 간주함으로써 '말하기/글쓰기'의 2분법적 서열을 확립한 것이 서구의 전통형이상학이다. 데리다의 해체주의는 이 2분법을 해체한 것이며, 오늘날 담론적 관점은 화자의 현존성을 오인식으로 거부한다. 서정시가 음악과 결별하고 인쇄되어 읽힌다는 제시형식의 변화는 이와 무관하지 않다. 말하자면 **화자는 기호에 지나지 않는다.**[8] (강조—인용자)

화자의 어조, 즉 목소리의 현전을 '문자'(글쓰기)보다 우위에 두는 것은 서구 전통 형이상학의 과오이며, 따라서 시 안에서 말하고 있는 것은 시인이라는 낭만주의적 관점을 폐기해야 하고, 화자는 목소리의 주인으

---

8) 위의 책, 303~304쪽.

로 현전하는 것(시인과 중첩되는 것)이 아니라, 단지 하나의 기호(실은 기표)에 지나지 않는다는 것이다. 여기서 구제하고자 하는 것은 '음성'의 주인으로서의 '시인'이 아니라, 음성 그 자체가 하나의 실체로서 현전하지 않는다는 사실이며, 그것이 화자(가면)를 기표로 추락시키는 것이 아니라, 의미의 굴레로부터 자유롭게 풀어주고 있다는 사실이다. 시적 표현은 이제 단순히 시인의 내면(음성)을 외부화하는 '자기표현'에 머무는 것이 아니라, 음성보다 더 근원적인 '글쓰기'에 의해 구성되는 것이다. 시인(가면)은 이미 '글쓰기'(문자)를 지배하는 동시에 그것으로부터 지배받는다.

3

> 작가는 하나의 언어 속에서 그리고 하나의 논리 속에서 글을 쓰는데, 그 담론은 본질상 그 체계와 고유한 법칙들과 생명력을 절대적으로 지배할 수 없다. (…중략…) 아울러 독법이란 늘 작가가 알아차리지 못한 것, 즉 그가 사용하는 언어 도식들을 지배하는 것과 지배하지 못하는 것 사이에 존재하는 일정한 관계를 겨냥해야 한다.[9]

정확히 그것은 '지배하는 것과 지배하지 못하는 것 사이에 존재하는' 어떤 것이다. 그리고 이 관계는 '어둠과 빛', '약함과 강함'처럼 일정한 양적 분배를 의미하는 것이 아니다. 그것은 **생산**되어야 하는 '유의미적 구조'이다. 다시 말해 서로가 서로를 배제하는 방식을 통해서는 생산될 수 없는 구조라는 것이다. 텍스트 자체는 작가를 위시하여 일정한 부분으로 나뉘어 있거나 혹은 그가 의도하지 않은 부분들로 채워져 있는 것이

---

9) 자크 데리다, 『그라마톨로지』, 김성도 옮김, 민음사, 2010, 386쪽.

아니다. 텍스트는 저자의 지배권 아래에서 어떤 의미들의 구조를 형성하고, 또 그 건축물은 동일한 지배권 아래에서 해체의 지점을 내재적으로 포함한다. 하나의 독법이 개시되는 순간은 저자의 지배권에 대한 충실함을 통해 저자의 지배를 벗어나는 이동의 순간일 뿐이다. 거기에는 어떤 발화의 중심점이 있을 수 있다. 그러나 그 중심은 동요되는 개념들로 가득한 '불안한 중심'일 뿐이다. 권혁웅의 말대로 그것을 주체라 부를 수도 있을 것이다. 텍스트를 탄생시킨, 텍스트의 기원으로서의 저자가 아닌, 텍스트에 의해 비로소 구성되는 주체, 대상을 주조하는 권능의 주체가 아닌, '대상의 지배 아래 놓인 신민'.[10) 요컨대 '대상 이전에 주체는 없다'라는 수행적 선언. 그렇게 선언하는 순간, 문제는 말끔히 정리된다. 그러나 조금 더 나아가자면, 여기서 내가 모색하고자 하는 것은 문제(모순)를 그대로 남겨두는 것이다. 남겨진 물음은 무엇일까?

저자, 서정적 자아, 시인, 화자 등으로 불리는 어떤 실체(주체)를 폐기하고, 그 자리에 대상의 지배를 받는 주체를 놓는 것, 어쩌면 이것은 불가피한 선택이다. 2000년대 이후의 우리 시를 논함에 있어서, 더 이상 서정시가 지닌 동일성의 논리를 관철시키는 것은 공소한 일이 되었고, 이제 시는 하나의 목소리로 수렴되지 않는, 자아의 동일성 따위는 애초에 전제될 수 없는 생경한 시적 세계로 펼쳐지고 있기 때문이다. 이들의 시를 향해 비평이 접근하는 하나의 유력한 방법은 '대상'(시작품이 보여주는 세계)의 차원을 관철시켜 주체를 구성하는 것이다. 어떠한 텍스트가 오직 작가의 지배를 벗어나는 것만으로 이루어져 있다면, 우리는 구태여 '지배를 벗어난다'는 말조차 쓸 수 없을 것이다. 다소 추상적인 표현이라는

---

10) 권혁웅, 『시론』, 문학동네, 2010, 34쪽.

위험을 무릅쓰고 말하자면, 지배를 벗어나는 움직임은 지배의 보호를 받는 움직임과 끈질기게 맞물려 있을 수밖에 없다. 바꿔 말해, 지배를 벗어나는 움직임, 중심을 이동시키는 움직임은 바로 그 지배(중심)로부터 시작된다. 우리가 '구성된 주체'만을 생산하고 있을 때, 놓치는 것은 '구성하는 주체'의 흔적이며, 지배하는 것과 지배하지 못하는 것 사이에 존재하는(존재할 수 있었던) 공간이다.

> 내가 모든 대상을 장악한다는 가정으로는 발화의 심층적 층위가 드러날 수 없는 것이다. 주체 개념을 활용하면, '나는 (내가 알고 있는 바로) 이것을 말한다'는 형식에 다음과 같은 전언들을 추가할 수 있다. '나는 (내가 모르는) 이것을 말한다.' '나는 (내가 모르는 척하는) 이것을 말한다.' '나는 내가 말한 것(들 가운데 하나)이다.' '나는 (내가 말하지 않은) 이것을 말한다.'[11]

남겨진 물음은 반복해서 등장하는 '무대 저 끝에 있는 단역배우'의 얼굴이다. 잠재적으로 주어지는 주체에 덧붙여지고 겹치는 저 텅 빈 '나는' 무엇을 지시하기 위해 서 있는 것일까? 왜 그것은 요청되어지고, 폐기되고, 또다시 폐기되기 위해 요청될 수밖에 없는 것일까? 비평은 그 균열에 대해 말하고, 그 접힌 공간에서도 사유할 수 있지 않을까?

'왜 시인인가'라는 물음의 폭력성으로 돌아가자. '시인'으로부터 멀리 달아날수록 붙들릴 수밖에 없는 '시인'이라는 문제가 중요한 이유가 여기에 있다. 그것이 단순히 현실에 발 딛고 있으면서, 짐짓 시적 세계를 통해 동일성이라는 위선을 그려보일 뿐이라서가 아니라—우리는 거짓말을 할 뿐만 아니라, 거짓말을 하는 척할 수 있는 능력도 지니고 있다—, 그

---

11) 위의 책, 95쪽.

물음이 하나의 개별 시편이 아닌, 존재론적 의미로서의 '시적인 것'에 대한 물음을 남겨두기 때문이다. 시인 보들레르의 『악의 꽃』은 시인으로서 「독자에게」라는 전언을 통해 그 시작을 알리는 동시에 그 시편들과 온전히 분리되어 존재한다. 한용운의 『님의 침묵』은 「독자에게」로 시작되며, 여기에서 그는 시집 전체의 가치를 부정한다.

> 독자여, 나는 시인으로 여러분의 앞에 보이는 것을 부끄러워합니다. 여러분이 나의 시를 읽을 때에 나를 슬퍼하고 스스로 슬퍼할 줄을 압니다. 나는 나의 시를 독자의 자손에게까지 읽히고 싶은 마음은 없습니다. 그때에는 나의 시를 읽는 것이 늦은 봄의 꽃수풀에 앉아서 마른 국화를 비벼서 코에 대는 것과 같을는지 모르겠습니다.

그의 시를 읽는 것이 지금은 꽃수풀에서 '마른 국화'의 향을 찾는 것과 같을지 모르나, 이 목소리가 들려오는 장소는 여전히 신선하다. 그것은 자신의 시에 대한 겸양을 넘어서서, 시적인 것이 지닌 전체를 넌지시 비춰보이고 있다. 이 장소에서 그는 '말하지 않은 것'을 통해 '말한 것'(시)보다 더 깊이 시적일 수 있다.

4

언제부터인가 '자아', 통일성 등의 단어는 권력을 상징하는 정치적 용어를 대리보충하게 되었고, 자아와 세계의 동일성은 상상하기도 어려울 만큼 자아는 분열되었고 세계는 파편화되어버렸다. 도대체 무슨 일이 벌어진 것일까. 라캉이 '실재'에 몰두하기 시작하는 데 40여 년의 시간이 필요했지만, 우리는 단 하루만이라도 도처에서 '실재'를 발견할 수 있다는 사실이 문제인 것일까? 주저하지 않고 우리가 명명하는 '의미'들은 누구로부터의 유산일까? 그것은 어떤 영향을 통해 이루어진 것일까. 누군가의 말처럼, 우리는 오히려 그 영향으로부터 탈피하면서 하나의 '의미'를 창조한 것일까. 비평이 시편의 내부에서 몰두하며 길어올린 수많은 의미들은 과연 무엇에 기여하는 것일까? 그리고 '시'는, 아니 하나의 시편은 시적 세계로부터 탈각하여 각각 어떤 수없이 다양한(혹은 수없이 동일한) 목소리들을 내고 있는 것일까. 그 수없이 많은 목소리들이 겹치는 지점에 시적인 어떤 것이 어렴풋하게나마 그려질까? 우리가 어떤 시적 영향관계에 대해 이야기하고, 그것의 논리와 맹점을 분석하는 데 시간을 쏟는다면 아마도 아주 오랜 시간이 걸릴 것이다. **요컨대 불행한 사실은 그들이 모르고 발견한 것을 우리는 발견하지 못한 채 알고 있다는 것이다.**

문학이 '모든 것을 말할 수 있는' 시대에 우리는 살고 있다. 이것은 축복이 아니라, 불행이다. 우리는 스스로 다종다양하게 생산해내는 주체들과 실재 속에서, 전도의 경험이 아닌, 전도의 개념만을 사유할 것이기 때문이다.

그런 날이면 언제나
이상하기도 하지, 나는
어느새 처음 보는 푸른 저녁을 걷고
있는 것이다, 검고 마른 나무들
아래로 제각기 다른 얼굴들을 한
사람들은 무엇엔가 열중하며
걸어오고 있는 것이다, 혹은 좁은 낭하를 지나
이상하기도 하지, 가벼운 구름들같이
서로를 통과해가는

나는 그것을 예감이라 부른다, 모든 움직임은 홀연히 정지
하고, 거리는 일순간 정적에 휩싸이는 것이다
보이지 않는 거대한 숨구멍 속으로 빨려 들어가듯
그런 때를 조심해야 한다, 진공 속에서 진자는
곧, 아무 일 없었다는 듯이
검은 외투를 입은 그 사람들은 다시 저 아래로
태연히 걸어가고 있는 것이다, 조금씩 흔들리는
것은 무방하지 않은가
나는 그것을 본다

(…중략…)

사람들은 걸어오는 것이다
몇몇은 딱딱해 보이는 모자를 썼다
이상하기도 하지, 가벼운 구름들같이
서로를 통과해가는
나는 그것을 습관이라 부른다, 또다시 모든 움직임은 홀연히 정지
하고, 거리는 일순간 정적에 휩싸이는 것이다, 그러나
안심하라, 감각이여! 아무 일 없었다는 듯이
검은 외투를 입은 그 사람들은 다시 저 아래로
태연히 걸어가고 있는 것이다
어느 투명한 저녁

아무 일 없었다는 듯이
모든 신비로부터 자신을 보호하기 위하여
— 기형도, 「어느 푸른 저녁」 부분[12]

여기에서 시적 화자는 한 번도 보지 못했던 하나의 '풍경'을 발견한다. 이 시에서 펼쳐지는 공간은 누구나 맞닥뜨리는 장소이다. 그것은 익숙한

---

12) 기형도, 『입 속의 검은 잎』, 문학과지성사, 1999.

것들이 일제히 정지하는 '순간'의 어떤 풍경이다. 시인에게 이 '낯섦'은 아주 익숙한 것이다.[13] 그리고 이 풍경은 시인의 '내면'이 없이는 설명되지 않는다. 특이한 것은 시인이 그러한 풍경을 '예감'과 '습관'이라는 시어를 통해 단절시키고 있다는 점이다. 그는 하나의 낯선 풍경을 말 그대로 묘사하고 있는 것이 아니라, 그 묘사 속에 표현되지 않는 단절, 즉 '예감'을 통해 다가온 무엇인가가 '습관'을 통해 무뎌지고 사라지는 '단절된 어떤 것'을 숨기고 있다는 것이다. 그것은 그려지고 있는 시적 세계보다 더 기묘하게 감추어진 '가능성의 세계'이다. '푸른' 저녁이 어느새 투명해질 때까지 감각이 자신의 모든 것을 비워낼 만큼 눈부시게 부서지다 명멸해버린 '순간'의 기억. 화자는 그 순간을 본다. 시인은 근본적으로 보는 자이다. 누구보다 깊이 보고, 또 들여다본다. 그 대상이 위대하기 때문이 아니라, 그 '순간'이 그를 시인으로 만들기 때문이다. 엄밀히 말해 그 '순간'의 망각이 그를 시인으로 만드는 것이라 해야 한다. 이 '순간'을 실재라고 명명하기 전에, 서두름을 버리고 이 '순간'들을 기억해보자. 김수영은 「구슬픈 육체」라는 시 속에서 조화와 균형이 깨어진, 존재의 질서에 일어난 파문을 기록하고 있다. 그는 이 시에서 역시 어둠으로부터 불이 켜지는 찰나에 무엇이 스쳐지나갔는지 보여주지 않는다. "어둠 속에서 일순간을 다투며/없어져버린 애처롭고 아름답고 화려하고 부박한 꿈을 찾으려"(김수영, 「구슬픈 육체」) 한다. 이 정지의 순간, 시인의 '감각'은 눈을 뜬다. 어쩌면 시는 그곳에서 온다. 그리고 이내 사라진다.

첨 때문에 나는 생각이라는 것을 처음 하기 시작했다

이를테면, 포엣(poet), 온리(only) 누벨바그(nouvellevague),

---

13) 시작메모, 『기형도 전집』, 문학과지성사, 2000, 334쪽.

황병승의 시가 해체되고 찢겨진 세계 속에서, '자아의 시'가 아닌 '주체의 시'로 명명될 수 있는 것(신형철)은 그의 시 속의 화자가 주체에 대한 물음을 간직한 채 출현하고 있기 때문이다. 그러나 '주체에 대한 물음', 완결된 자아를 X로 대체하고, 끊임없이 탈주하는 새로운 문학적 감성을 보여주면서도 완결된 자아가 아닌, 그렇다고 어떤 X도 아닌, 정지의 순간에 노출되었다는 사실, 그 흔적은 남겨진다. 어쩌면 그것이 시인 황병승을 무분별한 감각의 분광 속에서 자유를 만끽하는 부류로 추락시키지 않을 수 있게 만드는 또 다른 중심, 소중한 통찰일 것이다.

우리 시대의 젊은 시인들이 '전통에 대한 부채' 없이 시를 쓴다는 평가(고봉준)에 공감한다. 그리고 부기하자면, 그것이 시적 영향관계 자체를 부인하는 것은 아니라는 사실이다. 그것은 어쩌면 비평이나 이론에 의해 다뤄질 문제는 아닐지도 모른다. 그들(시인)은 서로 너무 멀리 있거나, 때로 아주 가까이 존재할 뿐이다. 이것은 깃털처럼 가벼운 판단에 불과하다. 그렇지만 가볍기 때문에 그것은 비평의 무거운 질문들을 끊임없이 괴롭힌다. 시편들에 아로새겨져 있는 이 '순간'들은 하나의 시간으로 이어지고 있는 것이 아니라, 매 순간 하나의 시간의 지평을 열고 있는 것이다. 문학(시)은 그 순간의 '열림'이 갖는 침묵의 부채 위에서 비로소 새로워질 수 있다. 비평은 저자의 음성이 아닌, 그 침묵에 응답할 수 있어야 한다.

---

14) 황병승, 『트랙과 들판의 별』, 문학과지성사, 2007.

문학은 새로워야 한다. 임화는 이미 신인의 절대가치로 '새로운 것'을 들고 있다. '기존의 문학 위에 새로운 가치를 기여할 수 있는 사람'만을 일컬어 신인이라 칭하고 있다. 그리고 덧붙인다.

> 그러나 새로운 창조의 앞에 나타나는 낡은 것이란 언제나 부정될 대상으로 나타나는 법이다. 만일 그것이 부정되지 않으면 지향이 새로운 것의 창조로 움직이지는 않는다. 이 한 고비의 부정을 통하여 기존의 것은 새것의 형성의 질료가 되고 **전승된다.**
> 즉 기존의 것은 이 전승을 통하여 제 구래(舊來)의 가치를 **상실하는 것이 아니라** 오히려 확대재생산되고, 이런 과정을 통하여 문학은 발전하는 것이다.[15] (강조―인용자)

우리는 때로 자신의 얼굴이 아닌, 가면으로 이야기하고 있다. 때로는 가면이 얼굴보다 진실에 가깝게 세계를 향해 열리지만, 그것은 얼굴과 가면의 틈이 가진 심연 없이는 불가능하다. 얼굴이 가면에 붙들려 있는 만큼, 가면은 얼굴에 붙들려 있다. 우리는 때로 시인의 가면을 쓰고, 독자의 가면을 쓴다. 때로는 비평가의 가면을 쓰고 이야기한다. 어떤 것이 우리 자신일까? 누군가 가면을 벗고 당신의 정체를 드러내라고 한다면, 우리의 맨얼굴은 자신이 누구의 아들이며, 누구의 딸들이라고 명확히 이야기 해줄 수 있을까. 유령은 이 시대의 작가들에게 붙여진 이름인 동시에 그들의 가면들 위로 때때로 회귀하는 어떤 잊혀진 이름들이기도 하다.

(시와 경계, 가을호)

---

15) 임화, 「신인론」, 『문학의 논리』, 신두원 책임편집, 소명출판, 2009, 369쪽.

'동일성의 시론'으로 본 균열의 미학

2010년 『서울신문』 신춘문예로 등단. 주요 평론으로 「결손과 소모의 시읽기」 「그라운드 제로에 선 소설들」 「댄디들의 외출」 등이 있음. 현재 경희대학교 강사.

'동일성의 시론'으로 본 균열의 미학

남승원

1

    본질에 대한 질문은 아무것도 질문하지 않은 것과 같은 해답만을 얻을 수밖에 없다. 의미론적인 범주로서 본질 안에는 어떤 모순도 존재할 수 없다면, 수(數)체계 내의 영(零)과 같이 그 자체로 모든 의미를 체현하는 동시에 어떤 의미범주에도 충격을 주지 않아야 하기 때문이다. 따라서 우리가 어떤 것의 본질에 다가가기 위한 질문을 던질 때에는 본질 그 자체의 모습이 아니라 이질적인 것들과 만나고 엮이는 본질의 역동성을 보다 염두에 두어야만 할 것이다. 어떤 이론을 통해서 시문학의 본질에 접근해보고자 할 때 주의해야 할 점 역시 바로 이와 연관되어 있다. 이론으로 시문학을 정의하거나 분류하는 작업이 우리에게 일종의 선택지를 제시해줄 수는 있지만, 그것이 기준으로 고정되는 순간 논의의 대상인 시문학의 생명력과는 멀어지고 마는 것도 이 때문이다.

    가령, "꽃피는 사과나무에 대한 감동과/엉터리 화가에 대한 경악이/나

의 가슴 속에서 다투고 있다./그러나 바로 두 번째 것이/나로 하여금 시를
쓰게 한다”는 브레히트의 유명한 구절은 서정시, 보다 큰 관점에서는 시
문학 전반의 본질에 대해 많은 논의점들을 제공한다. 하지만 이것을 시문
학의 본질이 무엇인가에 대한 질문과 관련하여 모범답안으로 제시한다
면, 최소한의 오류를 가정한다고 하더라도, 시문학의 영역은 축소될 수밖
에 없게 된다. 앞서 지적한 것처럼 여기서 보다 중요한 것은 시적 대상에
대한 “감동”과 사회적 현상에 대한 “경악” 사이에서 일어나는 ‘다툼’이다.
즉 시는 작품을 둘러싸고 있는 모든 요소들 사이에서 벌어지는 갈등에 대
한 적극적 참여 욕구 내지는 그것이 해소되고 정화되는 단편적 지점이 아
니라, 오히려 갈등 모두를 내포한 운동성 그 자체에서 끊임없이 탄생한다.

　김준오의 시론을 앞에 두고 우리가 가장 먼저 고려해야 할 것이 바로
이 지점이다. 1982년 자신의 시론을 대표하는 결과물인『시론(詩論)』을 처
음 발간한 이래 1996년 4판에 이르기까지 끊임없이 수정을 해온 사실만
두고 보더라도 김준오가 시문학에 어떤 모범답안을 제시하고자 했던 것
이 아니라는 것을 쉽게 확인할 수 있다. 하지만 ‘동일성의 시론’으로 익
히 알려진 김준오의 논의는 손쉽게 서정시 중심의 환원주의적 태도로 먼
저 받아들여진다.

　정현종의「교감(交感)」이라는 작품을 설명하고 있는 위의『시론(詩論)』
부분에서도 알 수 있듯이 김준오는 기본적으로 위계질서 속에서 주체에

게 일방적인 우위를 부여하고 있다. 따라서 대상을 파악하고 끝내는 '미적인 통일성'을 부여하는 힘으로서의 주체는 고정불변의 것이 된다. 그가 '세계의 자아화'(조동일)나 '회감'(슈타이거) 등을 스스로 파악한 (서정)시의 본질과 등가에 놓을 수 있는 것도 바로 '시적인 것(서정)'을 이끌어내는 주체의 지위를 먼저 확고히 하고 있기 때문이다. 따라서 주체를 중심으로 한 '동일성의 원리'인 그의 시론이 "현대시의 새로운 미학적 경향들"을 도외시하거나 또는 그것마저 동일성의 이론선상에 무리하게 두면서 이론 자체의 내부에 균열을 일으키고 있다는 이광호의 지적은 일견 타당하게 보인다. 하지만 김준오가 분명히 하고 있듯이 그에게 '동일성'이란 "통시적인 면에서 '변화(變化)'를 통하여, 공시적인 면에서 '갈등(葛藤)'을 통하여 가치개념으로 충격된다." 즉 세계(대상)의 변화에 한 발 물러나 있는 주체 안으로의 무차별적 통합을 목표로 하는 동일성이 아니라, '변화와 갈등'을 포함한 역동적 관계로서의 동일성으로 보아야 한다. 따라서 김준오의 논리에서 '균열'을 읽어내는 것은 그 내부의 문제점이라기보다는 오히려 시문학에 특권적 지위를 부여하고자 하는 우리의 무의식과 관련이 있다.

이것은 그가 내세우고 있는 '탈(persona)'의 개념을 살펴보면 보다 명확해진다. 김준오에 의하면 원래 '탈'은 시적 자아와 시인의 경험적 자아, 즉 시의 내부와 외부를 엄격히 구분하는 몰개성론의 현대시관에 의해 형성된 용어이다. 그런데 흥미로운 것은 그러한 '탈'을 '동일성의 시론'을 보완하는 데에 사용하고 있다는 점이다. 김준오에게 시인들이 경험적 자아와 다른 '탈'을 사용한다는 것은 실제 현실의 자아로는 파악할 수 없는 '진실성'을 전달하기 위한 조건이다. 따라서 '탈'은 '비자기(非自己, anti-self)'의 개념과 동일한 것으로서 '되고 싶어 하는 자아, 있어야 하는 자아'라고 정의할 수 있다. 이는 그가 '서정적 자아'를 텍스트 내부에서 텍스트 외부의 실제 시인으로까지 확장하면서 주체 중심의 동일성에 대한 관심을 지속하고 있음을 보여준다. 하지만 여기서 중요한 것은 "시의 중요성이 언어로 만들어진 산문적 주장에 있지 않고 이 주장을 만드는 방법에 있다"(「탈(Persona)의 시론서설(詩論序說)」)고 본 김준오의 말대로, 동일성이 구현된 '탈'의 모습이 아니라 '탈'을 통해 시문학을 만들어내는 조건, 즉 '탈' 뒤에 감추어진 "분열, 갈등, 소외의 비극"과 자아가 벌이는 대결 그 자체라고 할 수 있다. 다시 말하자면 김준오 시론의 궁극적인 모습인 "자아와 세계가 조화를 이루는 일체감"은 자아와 세계가 서로 대조하는 "상상적 관계"가 만들어내는 운동성과 다름 아니다.

이 같은 사실은 김준오가 시의 구성원리로 비유를 주목하고 있을 때에도 마찬가지이다. 그는 자아와 세계의 동일성에 기반하여 "가장 시적인 언어이며 시의 대표적 장치"로 비유적 언어를 들고 있다. 비유의 근거 자체가 "두 사물 사이의 유사성 또는 연속성"에 있기 때문이다. 따라서 비유는 동일성의 원리에 근거하고 있으면서 그 자체로 "동일성의 서술"이다. 하지만 역시 그에게 보다 중요한 것은 시적 언어로서 비유가 일반적 진술을 '시적인 것'으로 만드는 그 역동적인 힘에 있다. 비유에서 동일성 못지않게 중요한 것은 "차이성"이며, 비유는 바로 이런 "차이성 속의 유사성(similarity of difference)을 필요충분의 조건"으로 가진다. 김준오가 휠라이트의 논의를 따라 치환은유(epiphor)와 병치은유(diaphor)로 나누어 설명하는 것도 결국 어원적인 차원에서 은유가 이미 '옮긴다(phora)'는 뜻을 공통으로 가지고 있는 역동적인 개념을 강조하기 위한 것으로 보인다. 이처럼 은유를 통해 시의 구성원리 차원에서 운동성을 강조하는 그의 태도는 단순히 초역사적인 동일성의 추구에서 머물지 않고, 이후 「전이의 시론」에 이르면 시대적 상황과 발맞추어 변화하는 현대시의 사적 생명력에 대한 관심으로 확장된다.

2

 김준오 시론의 동일성을 공시적인 차원과 통시적인 차원의 두 층위로 나누어본다면, 앞에서는 전자의 층위에서 주체와 대상 간, 그리고 주체 내부의 동일성 문제를 완성된 합일의 상태가 아니라 시문학을 만들어내는 보다 역동적인 조건으로 살펴보았다. 이처럼 그의 '동일성'을 '역동성'과 같은 문맥 안에서 살펴보기 위해서는 통시적 차원에 대한 이해 역시 반드시 고려해야 한다. 동일성의 개념은 통시적 차원에서 시간의 흐름을 개입시키면서 필연적으로 '변화'와 '갈등'을 내포한 역동성을 갖게 되는 동시에, 좁은 개념의 '서정시'를 벗어나 산업화 시대의 새로운 양상을 보이는 시문학과도 자연스러운 만남에 이를 수 있기 때문이다.

 이와 같은 통시적 차원의 동일성은 무엇보다도 먼저『한국현대장르비평론』에서 불변하는 것으로서의 보편적 장르와 더불어 사적 전개에 따라 끊임없이 변화하는 하위 장르들에 대한 이해도 포괄할 수 있는 '역사시학'적인 관점으로 드러나고 있다. 여기서 그는 헤르나디에게서 차용한 '화법'과 '제시형식'이라는 새로운 장르 분류의 기준을 통해 '다원적 분류체계'를 내세운다. 이는 '동일성'을 통해 다른 장르와 서정장르를 본질적인 차원에서 구별하고자 했던 이전과 달리 시대적 현실을 보다 반영한 것으로서, 가령 '서술시(narrative poem)'의 가능성도 받아들일 수 있게 된다.

 동일성에 기반한 '서정시'와는 달리 근대 이후의 서사양식을 받아들인 서술시는 근본적인 차원에서 이미 자기동일성의 주체가 분열되어 있을 수밖에 없다. 하지만 김준오는 서술시가 "살아 있는 실제의 인간"을 포괄하고 있다고 보고, 구비문학에서부터 비롯된 전통의 차원에서 대중성을 서술시의 근본으로 파악한다. 따라서 동일성의 차원에서 이를 경시한다는 것은 "서정시만 진징한 시라는, 곧 시정시를 특권화하는 태도의 산물이며 그래서 서술시를 부당하게 서정시와 대립시키거나 비교하려는 태도와 맞물려” 있다는 것이다. 이는 사적 전개 속에서 ‘화법’과 ‘제시형식’을 고려한 장르구분 방식이 특권적 위치의 서정시를 별도로 고려하지 않으면서 장르의 혼합이나, 더 나아가서는 해체까지 다루는 유연함을 보여준다. 이와 같은 통시적 동일성은 결국 「서정, 반(反)서정, 신서정」에 이르면 서정시의 미학적 본질을 다양화한다.

> 도시와 자본주의 소비사회는 신서정의 중요한 진원지이다. 80년대 후반부터 두드러지게 부각되기 시작한 도시시는 일상적 삶 속에서 새로운 서정을 찾았다. (…중략…) 여기서 주목할 만한 것은 현대시가 모순된 이중성의 서정을 지향하고 있는 점이다. 이것은 서정적 자아가 과거와는 달리 탈중심화되는 징후, 좀 더 낯익은 용어로 말하면 인격분열의 징후다. (…중략…) 해체주의적 세계관과 연관된 이 모순의 이중적 서정은 확실히 현대시의 정직성이면서 또한 문제적 인간학이다. (…중략…) 거듭 말하지만 **세계파악의 색인인 서정은 새로운 서정으로 전개되는 동적 개념**이다. (강조―인용자)

현대 서정시의 새로운 면모를 보여주기 위해 새롭게 유형화한 ‘고백시’를 설명하고 있는 위의 글에서 김준오는 서정이 ‘동적 개념’임을 다시 한 번 분명히 하고 있다. 따라서 동일성의 시론으로 불리는 그의 시론은 역설적이게도 고정불변의 주체를 가치판단의 기준으로 내세우지 않는다. 그럼에도 그가 자신의 시론을 통해 ‘동일성’을 지속적인 가치개념으로 제시하고 있는 것은 분열된 현실 위로 현현하는 ‘시적인 것’을 포착하기 위한 방법이기 때문이다.

3

시인들 역시 비평가와 마찬가지로 일종의 관점을 가지고 있음은 물론이다. 하지만 이때 시인의 관점은 비평가의 그것과는 달리 작품들에서 일정한 가치들을 추출해내는 정교한 도구라기보다는, 작품 전체에 미세하게 녹아들어가 있는 원료와 같다. 따라서 시인이 마주한 현실은, 근대적 현실이 아니더라도, 비평가의 그것보다 훨씬 더 균열되어 있음은 물론이다. 따라서 실제 현실의 변화 속도를 반영한 기준으로 비평과 작품에 드러난 각각의 현실을 비교해본다면, 작품이 비평보다 높은 유동성을 가질 수밖에 없게 된다. 이러한 시작품의 유동성은 시인들을 아우르는 그 모든 평가들 앞에서조차 멈추지 않고 자신의 능력을 끝없이 시험하고자 한다. 결국 시문학의 힘은 어떤 것에도 머물지 않고 오히려 그것을 벗어나고자 하는 유동성에서 온다고 할 수 있다.

현대세계의 균열상이 점점 빨라져만 가는 현실 속에서 최근에 등장한 시인들은 좋든 싫든 이 같은 유동성의 힘 속에서 태어났다고 할 수 있다. 따라서 김준오의 동일성의 주체라는 기준을 그대로 시문학에 적용해 말한다면, 시의 운명은 유동성 속에서 단편적으로 인식되는 이미지들을 직조하여 기어이 하나의 이미지로 완성해내는 능력에 달려 있을 것이다. 하지만 앞서 살펴보았듯이 통합적 이미지 구축의 방해 내지는 전면적 거부라는 또 하나의 운명이 동일성의 주체에게 주어져 있다. 더구나 바로 앞서 말한 기준 속의 '세계'가 극적인 변화와 분열들을 거듭한 끝에 변화 그 자체가 의미 획득의 조건으로 기능하는 현실에서 전체성의 강조는 자칫 강제의 개입을 부를 위험을 동반한다. 이전의 시문학이 서정이라는 안정적인 범주 안에서 통합적이고 순정(純晶)의 이미지를 지향하는 데에 치중해왔다면, 변화된 현실은 고정된 서정의 범주 자체에 대한 의심을 불러온 것이다. 당연한 결과로 최근 젊은 시인들의 작품은 통합적 이미지를 구축해나가기 보다는 낯설고 분열된 이미지, 그리고 나아가 이미지들 간의 비인과성에 보다 집중한다. '동적 개념으로서의 서정'이라는 김준오의 시론이 갖는 생명력이 바로 이 지점이다.

공장의 피스톤처럼 여기 왔다
무너지는 벽돌 쓰러지는 연통 넘어
무반주 피스톤처럼 여기에 왔다
쿵, 쾅, 쿵, 쾅
어쩌리, 악보는 새까맣고
새까만 악보는 탄가루로 가득한데
공장의 피스톤처럼 여기에 온다
청신경에 도는 유압

때늦은 도입

슬프네 나는 전체성을
전체성을 얻을 수 없네

바라본 꽃 다 가루 되고
물결은 깨져 가라앉는

그 전체성을 내가
전체성을 얻을 수가 없네

왜 잠망경은 잠수함을

부적절한 예찬

(…중략…)

무관한 예화

벌들이 눈을 뜬다. 노동을 위한 생성. 우윳빛 겹눈 위로 그림자가 지나갈 때 검은 날개는 체제를 지배했다. 꽃과 집 사이를 오가며 지나는 계절. 꿀에 전 작업복을 버리듯 일벌 두셋이 바닥에서 식는다. 개미들의 환영이 파도처럼 밀려오길 바랐지만 실상 가다 막히는 좁은 시냇물에 불과했다.

본격적인 시에 앞서서—메르카토르 도법

(…중략…)

미완결

창문 밖의 사람들은 창문 안을 이해하지 못한다!

아버지는 시계를 고치는 사람이었다!

어제 주운 고무공을 오늘 개가 물고 갔다.

— 박희수, 「전체성」 부분

박희수의 시에는 온통 "전체성"에 대한 조롱과 역설로 가득 차 있다. 5개의 소제목으로 보이는 구절로 구성된 이 작품은 그 구절이 지시하는 의미만으로도 이미 한 편의 시를 만들어내는 힘으로서의 '구성'을 거부하고 있는 듯하다. 이미 1연이 시작된 이후에 등장하는 "때 늦은 도입", 사후평가이어야 할 "예찬"의 "부적절한" 등장, 말 그대로 시와 "무관한 예화"로 이어지는 이 작품은 마무리를 지어야 할 때쯤에서야 "본격적인 시에 앞서서" 또 다른 하나의 이야기를 풀어 놓는다. 그리고는 "미완결"로 완결을 내고 있다. 또한 형태적 측면에서도 마치 행과 연을 구분해보는 시험을 하듯 다양한 방식을 보여준다. 내용적 측면에서는 여섯 개의 독립적인 의미 단위로 나누어볼 수 있는데, 각각의 의미 단위들은 그 부분에서 구성적 의미를 최대한 수행하고 있지만, 말 그대로 "전체성"을 고려한 의미로 기능하지 않는다. 예를 들어 첫 부분의 경우 "쿵, 쾅, 쿵, 쾅"대며 출발선상으로 오는 움직임을 포착함으로써 극단적으로 말한다면 다른 어떤 시의 첫 부분으로 와도 '처음'이라는 '기능'을 수행할 수 있는 내용으로 이루어져 있다. '무관한 예화'에 이어지는 부분은 또한 손쉽게 다른 시 – 이와 같은 성격의 시를 또 만난다면 – 의 '예화'로 쓰일 수 있음은 물론이다.

이 같은 시적 구조는 시인의 등단작 중 하나인 「삼면화(三面畵)」에서도 두드러지는데, 두 작품 모두 일정한 구성방식대로 쓰인 시라는 것을 작품의 전면에 내세우고 있다. 하지만 결국 그것을 그대로 따라 짜인 언어구조물이라는 것이 오히려 얼마나 불안한 지점 위에 놓이게 되는지를 역설하고 있다. 특히 이 작품에서는 이것이 '전체성'이라는 제목 아래 놓임으로써 한 편의 시가 통일된 의미망으로 기능하는 것을 보다 명확하게 부정하고 있다.

이 시의 마지막 구절을 눈여겨보자. 이 구절은 일단 앞선 시 전체의 내용을 불특정한 "어제"와 "오늘"의 사이에 위치시키고 희석시킨다. 또한 그 사이에서 벌어지는 내용이란 것도 실상 "어제 주운 고무공을 오늘 개가 물고 갔다"는 것처럼 인과성을 전혀 필요로 하지 않거나, 그 때문에 역설이게도 모든 의미로 대체 가능한 내용이 된다. 이 때문에 이 시는 제목에서 언급한 "전체성"을 의심케 하는 힘, 언제나 반복될 수 있는 힘 그 자체로 오롯이 변모된다. 이렇게 박희수의 시는 정립된 의미에 대한 의심을 가지고 있으면서도, 의미를 파괴하는 힘의 크기보다는 얼마나 더 오랫동안, 멀리 퍼져나갈 수 있느냐에 보다 몰두한다. 이것은 전통적인 서정의 범주 내에서 안정화를 꾀하던 시들을 통해서는 말할 수 없던 것들, '새로운 서정'인 동시에 '서정'이라는 범주를 뚫고 흘러나온 최근 우리 시의 새로움이다.

이러한 유동성은 박희수 시인을 비롯한 다른 신예 시인들에게서도 쉽게 발견된다. 다만 이것이 구체적인 유형으로 작품에 나타난다거나 공통적으로 드러나는 특정한 이미지를 말하는 것이 아님은 유의해야 할 것이다. 그것은 시를 만들어내는 역동적 움직임에 보다 가까운데, 손미 시인의 경우는 「데칼코마니-르네 마그리트의」에서 주체와 타자 간에 연속적으로 이어지는 자리바꿈의 현장을 보여준다. 이로써 주체와 타자라는 두 항의 관계가 똑같이 찍혀 나온 '데칼코마니'의 두 그림처럼 그 관계 속에 어떤 위계질서도 존재할 수 없음을 확인시켜준다. 게다가 이 작품의 부제를 통해 우리의 연상작용이 다행스럽게도 르네 마그리트의 유명한 그림 〈인간의 조건〉에 가 닿는다면, 작품의 유동성이 의미 위로 흐르는 순간을 포착할 수 있다. 〈인간의 조건〉을 통해서 쉽게 확인된 바, 이 작품을 읽는 순간 재현된 그 어떤 이미지나 내용도 실제 원본—으로 여겨지는 것—과의 관계 맺기는 자의적이라는 것, 나아가 재현 자체는 불가능하다는 사실 말이다.

「들」이나 「외설」, 「너를 내 아이라고 생각한다」 등을 통해 살펴본 김상혁 시인의 시에는 알 수 없는 거대주체의 그림자 속에서 바라보는 눈부신 태양의 이미지와 그에 대한 공포의 기억이 뒤섞여 있다. 따라서 이 같은 표현은 김상혁의 시에 일종의 '언캐니 밸리(uncanny valley)' 효과를 불러일으키는데, 이 같은 효과는 앞서 언급한 박희수나 손미를 비롯하여 박성준, 유계영 등의 시인들의 시에서도 접해볼 수 있다. 이는 전통적인 기법의 낯설게 하기에서 오는 것과는 변별된다. 낯설게 하기는 그 최대의 효과를 거두는 순간까지 원관념과 보조관념 사이에 일종의 유기적이고도 인과적인 관계망 자체를 벗어나지 못하기 때문이다. 따라서 낯설게 하기에 포섭된 이미지는 원관념의 훼손 없이 그 의미가 최대한 부각된다. 하지만 이들의 시가 불러일으키는 '언캐니' 효과는 현실의 이미지를 전용했음에도 불구하고 극도로 인과성을 거부함으로써 원관념이라는 기능 자체에 대한 의문을 증폭시키면서 전혀 다른 의미체계로 전이시키는 데서 온다.

이처럼 어떤 조화도 이루어낼 수 없는 근본적인 분열상태로서의 유동성을 받아들인 시인들을 앞서 살펴보았다. 그리고 이제 이 분열상태 속에서 초월적 의미의 동일성의 주체를 상실하는 대신 변화와 갈등이 반복하는 운동성으로 전환시켜 우리들을 '플라톤의 동굴' 밖으로 끌어내고자 하는 시인들을 만나볼 차례이다.

그러니까 어떤 힘이 염소를 끌고 저 높은 곳으로 올라갔던 것이다 난간에
묶어두고 내려와 사다리를 치웠던 것이다

벼랑에 서서 염소는 우두커니 무슨 생각을 했을까 지금은 다 망가진 뿔로
구름을 들이받으려 했을까 곡선의 시간을 지나오느라 한쪽으로 기운 발굽을
쓰다듬었을까

오후의 햇살 속에서 조그맣게 울먹이기도 했을까

젖은 눈으로 헤매고 다닌 길을 바라볼 때, 아무리 둘러보아도 한 뼘의 초원
이 보이지 않을 때, 자신의 뒷발이 사다리를 밀쳐냈다는 사실에 놀라 흰 털들
이 곤두설 때

뿔은 마지막으로 이 세계를 들이받기로 결심했던 것일까

체온이 빠져나간 몸이 까맣게 변해가듯 흰 털을 가진 세계도 어두워 갈 때,
두고 온 이름들이 염소의 눈동자 속 유적지를 향해 절뚝절뚝 걸어 들어갈 때

마지막 노을빛이 스러질 때

반짝, 발굽이 빛났던 것이다 저무는 오후의 한때를 기억해두려고 곧 제 안
에서 빠져나갈 체온의 질감을 간직해두려고 염소는 빛을 구부려 매듭을 만들
었던 것이다 캄캄한 길 나서기 전에 구두끈을 다시 묶듯이

— 유병록, 「구두」 전문

무엇보다도 먼저 유병록의 시를 통해 우리가 확인할 수 있는 것은 시인
의 시선이 시적 대상들이 의미화 과정을 멈춘 찰나의 순간에 두드러지게
고정되어 있다는 사실이다. 하지만 시인은 이 순간을 그저 충실히 그려내
기보다 순간의 이면에 감추어져 있는 고통과 시간의 결들을 하나하나 확
인하면서 거슬러 올라간다. 우리는 그 여정을 시인과 함께하면서 다양한
고통의 순간들을 끌어들이게 되는데, 이는 시인의 시를 지탱하는 원동력

인 동시에 그 결실이 된다. 이 같은 시인의 관음증적 시선은 일찍이 그의 등단작(「붉은 호수에 흰 병 하나」)에서부터, 「입술」이나 「그것도 집이라고 비는 피할 수 있는 곳에서 한세월을 살다가」 등에서도 쉽게 발견된다. 이를 통해 우리는 일방적인 시선에 갇혀 정지된 순간의 프레임 밖으로 쫓겨나거나 삭제되어온 모든 동인(動因)들이 되살아나는 것을 경험하게 된다.

"저 높은 곳"인 "난간"에 있는 "염소"의 위험한 순간을 그리고 있는 시의 출발을 눈여겨보자. 시인의 시선은 이 순간에 고정되어 있지만, "그러니까"라는 진술로 시작함으로써 시인이 마주한 순간에 드러나지 않은 원인들이나 결과들을 분명한 어조로 여기에 동참시키고 있다. 때문에 시를 둘러싼 수용자들의 다양한 조건들을 끌어들이게 되고 필연적으로 이 시는 고스란히 우리의 삶 위로 겹쳐진다.

그렇다면 대체 우리의 삶에는 어떤 일들이 일어나고 있는 걸까. 지금 우리가 살아내고 있는 이곳이 사실 "어떤 힘"에 의해 강제적으로 "올라"가게 된 것은 아닐까. 우리에게 주어지고 또 수행해야만 하는 일들이 사실 소명과 책임이라는 말로 포장되었을 뿐 "난간에 묶"여 있는 우리들에게 던져진 것은 아닐까. "염소"처럼 "한 뼘의 초원"을 목표 삼아 온 길을 "헤매고 다"녀 보지만 사실 그것은 신기루가 아니었을까. 따라서 지나온 삶의 궤적이란 것도 사실 이곳을 벗어날 수 있는 유일한 수단인 "사다리를 밀쳐"내면서 지나온 흔적은 아니었을까. 뒤늦게나마 "뿔"로 "이 세계를 들이받기로 결심"을 해보지만 너무 늦어버린 건 아닐까……. 평범한 거리의 모습을 찍은 아제(Eugene Atget)의 사진이 초현실주의 논의를 이끌어낸 것처럼, 유병록의 시는 이전의 시문학들이 말해왔던 것을 고정된 순간의 프레임 안에서 다시 끝없이 반복해서 말하고 있다. 이를 통해 우리의 삶과 관련된 수많은 질문들이 그의 시세계 안으로 끌려들어간다.

김승일 시인은 특유의 냉소적이고도 장난기 어린 어조로 섬세하게 현실을 반복함으로써 현실을 강제하는 힘들을 놀이로 재현해낸다. 그리고 그 '놀이'의 끝에서 우리가 마주하게 되는 것은 현실 구성력이 보여주는 "끔찍한 생각"이다.

> 군대에서 세례를 받은 우리들. 첫 고해성사를 마치고 나서 운동장에 앉아 수다를 떨었다.
> 난 이런 죄를 고백했는데. 넌 무슨 죄를 고백했니? 너한텐 신부님이 뭐라 그랬어? 서로에게 고백을 하고 놀았다.
>
> (…중략…)
>
> 나는 생각으로 지은 죄도 고백하거든. 대부분 끔찍한 것들이라서. 알려줄 수는 없을 것 같아.
> 팔다리를 잡고 간지럼을 태웠는데도. 너는 절대 고백을 하지 않았고. 그래서 우리는 겁이 났다. 저 독실한 신자 녀석이. 끔찍한 생각을 하고 있어서.
> — 김승일, 「같은 부대 동기들」 부분

이처럼 분열적 현실의 속도를 반영하면서도 그 흐름의 뒤로 지나간 것들을 반복 가능한 현실로 다시 위치시키는 모습은 이외에도 민구, 박소란, 박준의 시에서도 발견할 수 있다. 그러나 이것들이 같은 의미의 층위로 단순히 재호출되는 것은 아니다. 대답 없이 지나간 것들에 대한 때늦은 응답은 더욱 아니다. 우리가 끝없이 이어지는 반복과 질문으로 이어지는 이들의 시를 통해 느끼게 되는 것은 이른바 시적 진실(poetic truth)이 여러 갈래로 얽혀 있는 '매듭'을 발견하는 즐거움이다. 수많은 씨실과 날실이 만나 얽힘과 풀림이 자유롭게 벌어지는 이 '매듭'이야말로 오랜 시간동안 자신의 시론을 다듬으면서 동일성과 비동일성이 얽혀들어 반복하는 운동성을 통해 김준오가 도달하고자 했던 시문학의 깊숙한 곳에 다름 아니다.

(딩아돌하, 여름호)

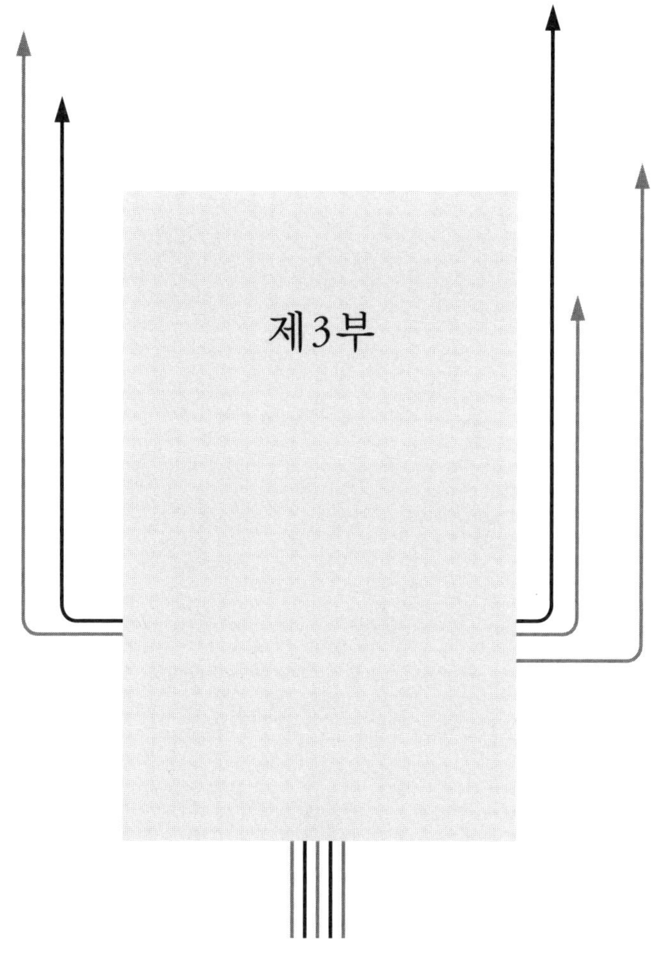

제3부

서발턴을 위한 문학은 없다

소영현

『작가세계』에 최윤론을 발표하면서 평론 활동 시작. 저서로 『문학청년의 탄생』 『부랑청년 전성시대』, 비평집으로 『분열하는 감각들』이 있음. 현재 연세대학교 국학연구원 HK연구교수.

서발턴을 위한 문학은 없다[1]

소영현

1. 문학 바깥에 무엇이 있었는가

다져진 인터넷 네트워크를 기반으로 한 포털 사이트의 위력이 막강해
진 탓인지 양질의 콘텐츠 덕분이라고 말하기에는 뭔가 부족해보이는 불
황을 모르는 한류 탓인지, 폭력적 남성성을 공공연한 비밀로 가진 한국
사회의 뿌리 깊은 가부장성 탓인지는 정확하지 않다. 2000년대 이후로 황
색 저널에서나 통용될 수 있던 '여성—몸'에 대한 말과 시선이 전 사회에
서 노골화되었으며 부끄러움을 모르고 널리 유통되고 있다. 영상 이미지
를 접할 수 있는 곳에서라면 어디서나 '섹시한—어린' 여자들을 만날 수
있는 게 현실이다. 세상이 더 좋아졌다고 말해야 하는가. S라인, '꿀벅
지', '청순글래머' 등 섹슈얼한 뉘앙스만을 담고 있는 말의 쓰레기를 피

---

1) 이 글에서 다루어진 김이설의 작품은 다음과 같다. 김이설, 『나쁜 피』(민음사,
   2009); 『아무도 말하지 않는 것들』(문학과지성사, 2010); 『환영』(자음과모음, 2011);
   「미끼」(『자음과모음』 2011년 겨울호). 인용할 때에는 작품명과 쪽수를 명기한다.

하기란 여간 어려운 게 아니다. '여성-몸'을 성욕 해소의 대상으로 또는 돈으로 환산되는 가치로 치환하는 물신화가 극심하다. 무엇보다 '한류' 만세다. 한류면 무엇이든 다 용인된다. 민족주의 이데올로기를 뒤집어 쓴 자본이 문화수출이라는 논리로 접두어 '한류'에 무소불위의 힘을 양도했다.[2]

매일 벌어지는 일이라 충격도 무뎌진지 오래이지만, 오늘은 또 '8등신 송혜교, 정가은'이라는 표제어에 눈이 가 닿자 멈칫한다. '얼굴은 예쁘지만 몸매는 그저 그런 여자와 기껏해야 예쁜 여자의 닮은꼴에 불과하지만 몸매가 8등신인 그런 여자'라는 뉘앙스를 담고 있는 그 말은 사실 여성 연예인 둘 다를 모욕한다. 그녀들은 서열화되지만 위계에서 누구도 일방적 우위에 설 수 없다. '8등신 송혜교, 정가은'이라는 말은 그녀들을 '비교하는' 폭력적 시선을 지운 채 그녀들 사이의 차이에만 집중하게 한다. (여성을) 훔쳐보는 (남성의) 시선은 이제 공공연하게 일상적인 심지어 보편을 대변하는 그런 시선이 되고 있다. AV에나 요구할 법한 여성의 '얼굴-몸'에 대한 성적 판타지를 여성 다수를 향해 발설하면서도 누구도 아무런 거리낌도 없다. 하루에도 몇 번씩 멈칫하게 하는 그런 말들이 허공을 가르며 멀리 빠르게 퍼져나가고 있다.

성녀인 엄마와 창녀인 여자라는 구분법, 성적 코드 바깥의 여자는 없다고 여기는 여성관의 바탕에는 인간이 결국 동물일 뿐이라는 인식이 깔려 있다. 우리를 살게 하는 힘이 (동물적) 욕구일 뿐이라는 판단이 전제되어

---

2) 여성이 물건이 아니라는 비판은 '화장기 없이 단화 신은' 여자들의 질시 정도로 치부되기 일쑤다. 전 세계적 열광의 대상이자 심지어 국가적 위상을 높여주고 있는 아이돌을 '섹시한-어린-여자'로 보는 이들은 되레 '성적 매력을 상실한-늙은-여자'들이라고, 그들의 눈이 불순하다고 손가락질 당하기 십상이다.

있는 것이다. 인간에 대한 이해가 여기에 이르면 여성을 바라보는 시선에 끈적거림 말고는 남는 게 없어진다. 여자의 몸이 제공할 수 있는 모든 것을 사거나 팔 수 있으며 소유 가능한 물건으로 다루게 되는 것도 이런 여성관의 결과물이다. 가령, 대리모의 가치는 "26세, L대 법대생. 165cm, 54kg. 술, 담배 안함. 유전적 질병, 정신적 결함 없음. 남자 친구 없음."(「엄마들」, 41쪽)이라는 '여성―몸'의 정보로 압축된다. 생명을 품을 수 있는 몸이 곧 돈이다. 당연하게도 이런 여성관에는 소유의 여부를 둘러싼 폭력의 역사가 새겨져 있다. 소유가 자동사적 행위가 아니기도 하거니와, 친밀한 관계 안에는 언제나 치명적 폭력이 결부되어 있기 때문이다. '친밀한' 관계의 대표격인 가족을 떠올려보라. 우리의 상상과 달리 관계의 평등은 친밀성의 구도 속에서도 좀체 획득되기 어려운 관계형식이다. 알다시피 '여성―몸'에 가해지는 폭력은 대개 소유물에 대한 권한 행사라는 문맥에서 정당성을 얻곤 한다.

'가정폭력'이 사적 영역에서 일어나는 갈등이자 당사자들이 조정과 합의를 거쳐 해결해야 할 문제로 다루어지는 것은 '가정폭력'이 친밀한 관계로부터 발생한 '우발적' 사건이라는 오해에서 비롯된다. '가정폭력'은 가정 내의 위계구도가 야기한 갈등의 표출이다. 보다 근본적인 차원에서 가정 내의 위계구조는 한국 사회 전반에 유포되어 있는 폭력적 위계구조의 압축판이다.[3] '가정폭력'의 가해자가 주로 가부장의 위치를 점하고

---

3) 경찰과 검찰에 만연해 있는 가해자 온정주의가 가부장적 사회의 야만성을 보여주는 단면이라면, 가정폭력에 의한 이주여성의 죽음의 행렬은 한국 사회가 내지르고 있는 비명이라 해야 한다. 가정폭력의 심각성이 이주여성 중심의 다문화가족으로 집중되는 경향은 가정폭력이 사회적으로 관리되어야 할 범죄임을 재확인시키는 것이다. 가정폭력에 관해서는 사단법인 한국 여성의 전화 홈페이지(http://www.hotline.or.kr) 참조.

있는 남성이며 그것도 대개 (전)남편이거나 애인이라는 사실[4]은 '가정폭력'이 한국 사회의 폭력적 위계구조를 노출하는 약한 고리임을 말해준다. 당연하게도 소유를 위한 폭력을 작동시키는 시작버튼은 남성과 여성 사이에 놓인 성별 차이만이 아니다. 성차에 새겨진 위계들, 가령 국가적이고 인종적인 위계와 같은 것들이 그때그때 가장 약한 고리로 깊게 파고든다.

'여성—몸'을 두고 사회의 환부를 들여다보자면 피해가기 어려운 문제들이다. 김이설의 소설은 이러한 문제에 대한 관심을 촉구한다. 자연주의 도래라 불러도 좋을 차가운 시선을 유지한 채 집요하게 여자의 몸에 관심을 기울인다. 물론 김이설의 소설 안에서 여성의 몸에 관한 문제적 지점들 전부가 다루어지는 것은 아니다. 여성의 몸, 그것도 대개는 '몸 파는 엄마들'의 절박한 사정이 집중적으로 다루어진다. 사회의 최하층 여성들이 '고백하는 화자—나'로 등장해서 몸을 팔게 된 사연을 건조하게 풀어놓는다. 가족의 빚을 갚기 위해 대리모를 하고, 아이를 키우기 위해 몸을 팔고, 생계를 유지하기 위해 몸을 내주면서 그렇게 사노라고, 그래도 더 나은 삶이 기다린다는 희망에 지우고 싶은 하루를 다시 견딘다고, 그러니 당장은 몸을 팔 수밖에 없다고 소설 속의 그녀들이 입을 모아 말한다. 따지자면 '몸 파는 엄마들'이 소유와 폭력의 악무한에서 벗어날 수 있는 가능성이 탐색되지 않으며, 이른바 각성을 통해 저항하는 주체로서의 정체성을 획득하는 과정이 다루어지지도 않는다. 그런데 '그녀—나'의 진술

---

4) 언론에 보도된 사건만을 대상으로 '한국 여성의 전화'가 가정폭력의 가해자를 조사한 결과이다. 전홍기혜, 「2009년 남편·애인에게 살해된 여성 최소 70명」, 『프레시안(http://www.pressian.com)』, 2010. 1. 19.

로 이루어진 김이설의 소설은 소설 바깥에 놓인 현실을 적극적으로 환기한다. 빈곤과 폭력에 무방비로 방치되어 있는 여성의 몸을 통해 '여성－몸'의 자본화와 물신화가, 그 밑그림인 사회의 동물화가 강력한 환기력을 얻는다. 왜 그러한가. 어떻게 그러한가.

2. 사회적 상상력의 재발견

김이설이 단편 「열세 살」(『서울신문』 신춘문예, 2006)과 「엄마들」(『대전일보』 신춘문예, 2006)로 '공식적인' 작가임을 승인받던 때에 사실 김이설의 등장은 문단의 관심을 끄는 센세이션은 아니었다. 상상치 못했던 새로움을 예감케 하지도 않았다. 김이설은 그때나 지금이나 피하고 싶은 현실을 온기 없이 보여주고 외면하고 싶은 여자들의 운명을 물기 없이 서술한다. 그 이야기들이 얼어붙는 공포를 불러오지도 않는다. 다큐멘터리나 텔레비전 고발 프로그램을 통해 볼 만큼 보고 알 만큼 아는 이야기들을 다룬 때문이다. 그럼에도 그 이야기가 당혹스럽다면 신선하지 않은 사건사고가 뉴스 보도에서 배제되듯 '익숙해진' 공포의 현장에는 소설조차 더 이상 관심을 기울이지 않게 된 사정 탓이리라.

사회적 상상력을 통해 현실의 문학화에 관심을 두었던 리얼리즘 소설이 현실과의 연관성을 상실한 채 관습적 영향력만을 행사하고 있는 것은 아닌가 하는 비판의 소리가 컸던 때였다. 사회를 통어할 수 있는 시선이 허락되지 않은 채 복잡성과 기괴함이 고조되고 있었고 섣부른 진단과 어설픈 대안이 미래에 대한 비관의식 앞에서 힘을 발휘하지 못하고 있었다. 당대 사회가 안고 있는 문제에 대한 적실한 포착에 실패한 채로 '다른' 세상에 대한 상상을 가능하게 할 수 있는 사회적 상상력이 문학적 관습의 틀 주변을 맴돌고 있다는 풍문이 힘을 얻고 있었다. 사회에 대한 관심을 표명한 소설들조차 사회를 이루는 인자들의 개별적 고통을 회피하는 것은 아닌가, 배제된 자들이나 가시권을 벗어난 이들을 발견하지도 그들에게 공감하지도 않고 있는 것은 아닌가 하는 문학적 의구심도 커지고 있었다.

각도를 달리 해서 바라보면, 하락하는 문학의 위상을 회복하기 위한 시도들, 문학적 몸 바꾸기 노력이 한창이던 시절이었다. 김이설이 등단하던 때에 윤이형, 황정은, 김태용, 박상 등 관습화된 서사로 명맥을 유지하고 있는 리얼리티와 거리를 두고자 하는 작가들이 문단에 출사표를 던지고 있었다. 현실과 사회에 대한 문학적 관심이 다른 출구와 접근법을 찾아야 한다는 요구가 거세지던 때였다. 차가운 고발의 가치를 낮게 평가할 수 없지만, 문학에 대한 '폭넓은/새로운' 정의를 요청하는 흐름이 압도적인 힘을 발휘하고 있었던 때였던 것이다.

그간 저평가되었던 김이설의 소설이 블루오션으로서의 가치를 재평가 받고 있는 사정의 일면은 바로 여기에서 찾아진다. 인간임을 부끄럽게 하는 사회 부조리가 단발성 고발 뉴스로 해결되지는 않는다. 사회현실에 대한 문학의 일회성 개입으로 자연화된 구조적 폭력의 전체 윤곽이 드러나지도 모순의 핵이 파헤쳐지지도 않는다. 김이설의 사회적 상상력은 이러한 인식에 지반을 두고 시작된다. 김이설은 이미 문학적 개입이 이루어진 후 더 이상 문학적 관심을 끌지 못하는 지점들, 그러나 여전히 문학적 개입을 요청하는 지점들을 돌아본다. '여성-몸'을 둘러싼 자연화된 사회 인식을 우리 앞에 들이밀면서 "사람대접"(『환영』, 148쪽)을 받고자 하는 소망이 좀체 이루어지기 힘든 현실을 살고 있음을, 희망의 말을 떠들 수 있던 시절로부터 사회현실 자체는 조금도 나아지지 않았음을 새삼 일깨운다. 요컨대, 김이설의 소설은 같은 자리에서 같은 이야기로 다른 현실을 환기한다. 문학의 건망증을 질책하듯이 문학을 통해 문학 바깥에 무엇

이 있었는지 돌아보게 한다. 전부는 아니라 해도 꽤 중요한 문학의 가치
는 그로부터 생겨나는 것임을 문득 상기시킨다. 돌이켜보건대, 사회적 상
상력의 재발견이라 할 만하다.

이것이 다가 아니다. 김이설의 소설은 문학 바깥의 현실을 환기하면서
소설과 사회(현실/정치)의 거리와 관계에 대한 재규정의 필요성을 제기한
다. 한국 문학에서 문학과 사회(현실/정치)의 거리는 문학의 정의—재정
의를 추동하는 동력으로 작용해왔다. 문학과 사회에 관계에 대한 질문을
두고 김현은 헤겔을 설명하면서 원용했던 코제브의 금반지 비유를 가져
온 바 있다. '인간의 삶(금반지)은 사회(금)에 의존해 있는 것만도 아니며
문학(구멍)에 의존해 있는 것만도 아니다. 금반지는 구멍과 금에 의해 존
재한다.' 금반지 비유를 통해 김현은 문학과 사회의 관계에 대한 질문이
결국 인간이 어떻게 행복하게 그러면서도 의미 있게 살 수 있는가를 되묻
는 것임을 강조했다.[5] 김이설은 김현의 질문에 대한 소설적 답변을 통해
짱짱한 목소리로 다시 한 번 사회적 상상력을 소환한다. 매크로적, 마이
크로적 시선이 지웠던 현실에 눈을 두면서 다시 소설과 사회의 관계에 대
한 질문을 문단 한복판으로 이끌고 들어온다.

3. 몸이 생계인 여자들

김이설의 소설에서는 임신이 가능한 여자라서, 임신이 불가능한 여자
라서, 원치 않는 임신을 하게 된 몸이라서 운명처럼 불운한 그녀들과의
만남을 피할 수 없다. 초경이 상징적 의미를 갖게 되는 것은 그래서이다.
소설에서 초경은 지독한 불쾌함과 함께 시작된다. 초조(初潮)는 자궁이라

---

5) 김현, 「문학사회학: 序章을 대신하여」, 『문학사회학』, 민음사, 1983, 14쪽.

는 저주를 품은 여자들에게 저주의 봉인이 풀리는 주문인 때문이다. 오정 희의 「중국인 거리」에서 우리는 지독한 난산 끝에 여덟 번째 아이를 밀어 내고 있는 엄마의 몸을 두고 '이해할 수 없는 절망감과 막막함'을 예감한 어린 소녀를 만난 바 있다.[6] 소녀의 예감은 지워지지 않는 핏자국처럼 불 길한 여자의 몸이라는 운명에 관한 것이리라. 작가는 여성의 몸이라는 운 명이 오늘날에도 여전히 구원 없이 반복되고 있음을 확인한다. 말하자면 초경은 '아랫도리가 벗겨진 채 서 있는 죽은 엄마를 만나는 일이며'(「나쁜 피」) '더 이상 치마가 허락되지 않은 금기가 시작되는 일이다'(「열세 살」). 그녀들이 원하지 않는 임신을 하게 될지도 모르는 몸이 되었음을 알리는 흉서이며, 몸의 감옥에 갇히게 되었음을 알리는 불길한 전언인 것이다.

'여성―몸'이 야기하는 불운은 여기서 그치지 않는다. 김이설의 소설 은 친밀성의 구조가 자본의 힘에 의한 변동을 겪으면서 가족이 법―형식 으로만 남게 된 과정을 담담하게 술회한다. 미래를 예측할 수 없는 불가 해의 현실이 인간을 동물화한다는 것을, 증오, 분노, 체념할 여력도 없이, "살아 있으면 어떻게든 살게 돼 있"다는 논리를 내면화하게 하며 "문제는 현실"이라는 명제에서 한 치도 벗어나지 못하게 한다는(「엄마들」, 43쪽) 것을 밝힌다. 그러니 가장을 잃고 빚을 떠안은 생계수단 없는 그녀는 구 걸과 노숙으로 생명을 이어갈 수밖에 없으며(「열세 살」), 고속도로 휴게 소에 버려진 어린 그녀는 고속도로 갓길에서 만난 남자에게 버림받을 것 을 두려워해야 하는 것이다(「순애보」). 이혼을 하고 혼자 애를 키우는 그 녀는 매일 생활고와 마주하는 극한의 일상(「오늘도 고요히」)을 살아야 하 고, 아이를 가질 수 없게 된 그녀는 결국 가족도 꾸리지 못하게 되는 현실 (「환상통」)과 대면해야 한다.

6) 오정희, 「중국인 거리」, 『유년의 뜰』, 문학과지성사, 1981, 81쪽.

여성의 몸이 생계수단이 된다는 말은 여성이 생존의 최전선에 놓이게 된다는 것을 뜻한다. 기껏해야 폭력적 위계구조 위에 세워진 형식적인 것임에도 폭력적 울타리마저 열망하게 되는 것은 생존의 최전선에 놓인 삶이 너무 참혹하기 때문이다. 몸이 생계수단인 여자들은 매 순간 인간임을 포기해야 하는 어떤 문턱에 직면하게 된다. 그래서 그녀들은 종종 아이를 버리고 새로운 가족을 꾸리기도 한다(「순애보」). 기껏해야 트럭을 타고 길 위를 떠도는 남자들일지라도 끝이 안 보이는 길 위에 희망이 있다고 믿기도 한다. 하지만 그것은 새로운 가족에 대한 열망이 아니다. 오히려 그것은 인간으로 살고자 하는 절박한 몸짓이다.

가족이 법－형식으로만 남게 되었다는 것은 그만큼 가족의 와해도, 구축도 쉬워졌음을 말해준다(「엄마들」, 『환영』).[7] 물론 『환영』을 통해 확인할 수 있듯이, 새로운 가족이 그녀들의 삶을 밝은 미래로 덧칠해주지는 않는다. 오히려 가족에 대한 미망이 그녀들을 더 깊은 수렁으로 빠져들게 한다. 공장에 나갔던 남편이 허리를 다쳐 수술을 해야 하며, 거처를 모르고 사는 엄마가 새로 만난 남자에게 쫓겨날 처지이지만, 『환영』의 그녀는 남편이나 엄마의 죽음을 상상하며 그들의 죽음이 최악의 상황이 아님에 안도하고야 만다. 서로에게 죽어 없어지는 게 도와주는 일이 될 지경을 사는 것이다. 어떻게 해 보아도 그녀들은 자신을 품었던 엄마의 몸의 불운과 조금도 다르지 않은 불운을 한 치도 벗어나지 못한 바로 그 자리에

---

7) "남편을 만난 건 고시원이었다. 저녁 한 끼 해결하던 고시원 주방에서 곧잘 마주치던 남자였다. 조심스럽게 비켜서다가, 목례를 하게 되고, 김치를 나눠 먹고, 계란프라이를 두 개씩 하게 되었다. 고개를 맞대고 한 냄비에 라면을 끓여 먹고, 그 국물에 찬밥도 같이 말아 먹었다. 냄비 속에 두 개의 숟가락이 들락거리는 것이 아무렇지도 않게 되었을 때, 우리는 방을 합치기로 했다. 엄마에게는 연락을 하지 못했다. 이미 배가 불룩했다"(『환영』, 38쪽). 『환영』에서 살림을 합치는 것일 뿐인 가족의 탄생은 이처럼 긴 설명 없이 간략하게 정리된다.

서 그대로 되―살게 될 뿐이다.

그녀들의 불운이 어디로부터 온다고 해야 하는가. 그녀들이 '여성―몸'을 가진 존재이기 때문인가. '여성―몸'을 요구하는 남자들 때문인가. 무능한 가장들 때문인가. 젖―얼룩과 피―얼룩을 남기는 유체로서의 '여성―몸'을 통해 김이설의 소설은 '엄마―몸'을 가진 그녀들의 불운의 심층 원인으로 진입한다. 아주 조금만 더 나은 삶을 살아보자는 노력이 몸 파는 일을 익숙하게 만들고 심지어 무감각하게 할 수도 있다. 그러나 "따지면 나쁜 사람은 없다. 세상에 사연 없는 사람도 없고, 상처 없는 사람도 없다. 다만 이기는 사람과 지는 사람이 있을 뿐"(『나쁜 피』, 108쪽)이다. 그러니 생계에 허덕이며 그녀들이 다리를 벌려야 한다고 해도 그것은 결코 그녀들의 악덕 때문이 아니다. 빈곤과 무지 때문은 더더욱 아니다. 그녀들이 몸을 팔아야만 하는 이곳 현실에서는 윤리적인 옳고 그름의 논리가 통하지 않으며 그런 논리가 중요하지도 않다. 그것이 자본의 논리이고 세상의 이치일 뿐이다. 김이설은 우리의 시선을 가부장제의 부조리가 자본의 논리와 만나 더 매끈한 현실원리로 자연화한 바로 그곳에까지 이르게 한다. 단단하고 견고해 보이는 매끈한 표면 위로 지워지지 않는 얼룩을 남기는 '엄마―몸'을 통해 자연화된 구조적 폭력의 역설적 조감을 가능하게 한다.

4. 친밀한 폭력, 구성된 몸

김이설의 소설에서 그녀들이 왜 몸을 팔 수밖에 없는가를 설명하기는 어렵지 않다. 그녀들을 점점 더 비―인간의 수준으로 떠미는 현실의 구조적 모순에 대해서도 파악할 수 있다. 그러나 그렇다고 그녀들의 삶의 내용이 온전히 이해되는 것은 아니다. 그녀들은 발목을 잡는 덫을 끊어내려

시도하지 않으며 매번 새로운 미혹에 사로잡힌다. 무책임하거나 무능할 뿐임에도 아버지로부터 야기된 불운이 남편에 의해 해소되기를 기대한다. 더구나 노동을 통해 스스로 밥벌이를 하면서도 그녀들은 조금도 각성되지 않는다. 몸을 팔아 가족의 생계를 책임지고 병든 아이의 치료를 떠맡고 있으면서도 자신의 노동이 그저 밥벌이를 위한 '임시적' 돈벌이에 불과하다고 생각할 뿐이다. "꼬박꼬박 받아오는 월급, 생활비를 주는 남편", "번듯한 벌이가 있는 가장"(『환영』, 41쪽)에 대한 열망이 깨질 수 없는 강철 꿈처럼 그녀들의 삶을 지탱하는 버팀목이 된다. 남편이 벌어다주는 돈으로 먹고 살고 싶어서, 아이를 위해 최선을 다하는 엄마가 되기 위해, 빚만 남기는 가족을 그래도 버리지 못해 그녀들은 몸을 판다.

　그녀들은 그저 "어떻게든 버는 것이 옳은 길"(「오늘처럼 고요히」, 133쪽)이라 믿으며 부끄러움도 죄의식도 없이 삶에 익숙해져갈 뿐이다. 죽지 않을 바에야 살아야 하고, 살아야 한다면 둔감해지지 않을 수 없겠으나, 김이설의 소설에서 인간대접을 받으려는 안간힘 끝에 감각 없는 여성―물체인 비―인간이 되어버리는 일이 드문 일이 아니다. 게다가 물화, 동물화는 살기 위해 되도록 빨리 체득해야 할 과정으로 받아들여지기까지 한다.[8] 성장 발달에 문제가 있는 아이를 두고 "평생 몸을 팔아서라도"(『환영』, 164쪽) 다리를 고쳐주겠다고 다짐하는 '엄마―그녀'의 인생 앞

---

8) "언제나 처음만 힘들었다. 처음만 견디면 그 다음은 참을 만하고, 견딜 만해지다가, 종국에는 아무렇지 않게 되었다. 처음 받은 만 원짜리가, 처음 따른 소주 한 잔이, 그리고 처음 별채에 들어가, 처음 손님 옆에 앉기까지가 힘들 뿐이었다. 따지면 세상의 모든 것이 그랬다. 버티다 보면 버티지 못할 것은 없었다. 그릇을 나르다가 삶은 닭고기의 살을 찢고, 닭고기를 먹여주다가 가슴을 허락하고, 가슴을 보여주다 보면 다리를 벌리는 일도 어려운 일이 못 되었다. 일당 사만 원짜리가 한 시간에 십만 원도 벌 수 있었다. 세상은 나만 모르게 진작부터 그랬다."(『환영』, 58~59쪽)

에서 우리가 보탤 말은 많지 않다.

그렇게 사는 것 외에 다른 삶을 알지 못하는 그녀들을 어떻게 이해해야 하는가. '몸 파는 엄마'로 대표되는 '엄마-몸'의 상품화는 '엄마-몸'이 여성 서발턴의 생존과 윤리의 최전선임을 확인하게 한다. '여성 서발턴'을 이해하는 일이 난제로 다가오는 것은 이 '엄마-몸'과의 대면이 불편함을 야기하기 때문이다. '여성 서발턴'의 대한 이해는 '엄마-몸'의 상품화를 어떻게 이해할 것인가와 연동한다. 사실 '엄마-몸'의 상품화의 의미를 비판적으로 통찰하기는 어렵지 않다. 그녀들이 '가부장-자본'의 구조에 의해 착취되고 있음을 분석하는 것은 그리 어려운 일이 아니다. '길들여졌으며, 으레 맞아왔으며' 참고 참으면서, "이겨낼 수 없다는 오래된 좌절이 사태를 극복하려는 의지를 없"(『환영』, 108쪽)애 버렸음을 밝히는 것도 가능하다.

그런데 그것으로 불편함이 처리된다고 말할 수 있을까. 김이설은 '엄마-몸'과의 불편한 대면을 위해 각도 다른 거울을 들이댄다.

> 남편의 얼굴은 부옇게 살이 올라 있었다. 아이는 자고 있다. 책상 위는 아침과 그대로였다. 무슨 수를 써야 한다면 그게 오늘이어야 했다. 나는 냅다 밥상을 뒤집었다. 남편의 벌린 입에서 밥풀이 후둑 떨어졌다.
>
> ─『환영』, 46쪽

> 방 안은 바깥보다 조금 더 어둑했다. 남편은 낮게 코를 골고 있었다. 나는 우두커니 서서 남편을 내려다보았다. 내가 들어오지 않았는데도 불을 끄고 잤단 말이지. 방 안을 두리번거렸다. 구석의 화분이 보였다. 나는 화분 하나를 옴팡 뒤집었다. 흙은 한 주먹 쥐고 남편의 얼굴에 좌악 뿌렸다. 기겁을 한 남편이 벌떡 일어났다. 남은 화분을 바깥으로 옮겨 골목에 하나씩 내던졌다. 사층 옥상에서 떨어진 화분은 요란한 소리를 내며 박살이 났다.
>
> ─『환영』, 104쪽

김이설은 몸 파는 어미들의 비극적 삶에 대한 보고에서 나아가 무능한 남편들과 여자에게 기생하는 남성들을 향한 폭력적 감정분출을 보여주고, 그로부터 뒤틀린 모성—가부장의 면모를 포착한다. 밥상을 뒤엎고 물건을 부수면서 원망의 주먹질과 화풀이를 반복하는 어미들을 통해 내면화된 가부장제 이데올로기와 강요된 모성의 부조리를 폭로한다.[9] 물론 김이설은 착취의 메커니즘을 폭로한다고 '엄마—몸'이 처한 문제가 전부 해결되리라 낙관하는 것은 아니다. 오히려 김이설은 '엄마—몸'을 어떻게 이해해야 하는가, 이해는 과연 가능한가를 묻는 편에 가깝다. '엄마—몸'과의 대면이 야기하는 불편함의 실체에 보다 근접해보고자 하는 것이다.

엄마가 외삼촌에게 맞은 날이면, 나는 수연에게 달려갔다. 다짜고짜 있는 힘껏 뺨을 올려쳤다. 주먹으로 머리통을 때리고 가슴이나 배를 후려쳤다. 팔뚝을 깨물고, 발길질을 해 댔다. 외삼촌이 엄마에게 한 그대로 따라 했다.

"네 아버지 때문에 네가 맞는 거야. 알겠어?"

수연은 고개를 끄덕였다. 알긴 뭘 알아. 나는 주먹으로 수연의 이마를 몇 대 더 쥐어박았다. 다 때린 다음에는 수연의 숙제 공책을 뺏어 오거나, 교과서를 찢어 놓고 돌아왔다.

(…중략…)

수연은 내가 나타나면 주춤주춤 뒤로 물러섰다. 어느새 손을 머리 위로 올려 제 머리카락을 뽑기 시작했다. 안채 마당은 눅눅하고 나쁜 냄새가 났다. 수연은 늘 거기에 쪼그려 앉아 있었다. 나는 흙바닥에 그림을 그리고 있던 수연을 발로 힘껏 밀쳤다. 수연이 벌렁 넘어졌다. 치마 속 팬티가 보였다. 수연의 팬티엔 노란 얼룩이 묻어 있곤 했다. 나는 수연의 잠지에 흙을 집어넣었다. 소리 내면 죽어. 수연은 정말로 소리를 내지 않았다. 나는 수연의 목을 두

---

9) 모성—가부장의 면모와 폭력의 상관성에 관해서는 「여성의 몸을 말하는, 21세기형 사회소설」(『문장 웹진』, 2011년 12월호)에서 이미 다룬 바 있다.

손으로 감싸고 속삭였다. 할머니나 외삼촌한테 말하면 죽일 거다. 수연이 고
개를 계속 끄덕였다.

— 『나쁜 피』, 46~48쪽

『환영』의 '서윤영'이 동정의 대상만은 아닌 불편한 존재이듯이, 『나쁜
피』의 '곽화숙' 역시 공감할 수만은 없는 불편한 캐릭터이다. 발가벗은
'엄마−몸'과의 대면이 불편하다면 '엄마−몸'을 향해 가해지는 폭력과
의 대면 역시 불편하다. '곽화숙'의 결핍은 종종 보다 약한 자인 '엄마−
몸'에 대한 제어되지 않는 폭력으로 분출된다. '곽화숙'을 통해 김이설은
폭력에 대한 분노가 자신의 몸을 지킬 수 없었던 엄마나 저항 없이 고스
란히 폭력을 받아낸 수연의 몸, 약자의 몸에 대한 자학적 분노로서 반복
되고 있음을 포착한다. 동시에 폭력적 현실에 대한 저주가 비−폭력 세계
에 대한 열망이 아니라 폭력의 모방을 통해 분출될 수 있음을 말한다. 이
중적으로 구현되는 친밀한 폭력의 발현구조를 통해 김이설은 가부장제적
폭력의 유전적 속성을 드러낸다. 여기에 그녀들에 대한 깊은 공감과 이해
를 가로막는 불편함의 원인이 있음을 누설한다.

친밀성의 구조가 은폐한 폭력은 약자의 몸을 멍들게 하지만 결코 사라
지지 않으며, 보다 격렬한 형태로 유전되며 반복된다. 『환영』과 『나쁜
피』는 낮은 곳으로 흘러내리는 폭력의 순환법칙을 가시화하는 동시에 친
밀한 폭력의 기원을 밝힌다. 가족을 먹여 살리는 일, 생계가 모든 것에 우
선하는 동물화한 세계에서 생계를 책임지는 자리가 제왕적 폭력의 원천
임을 보여준다. '서윤영'과 '곽화숙'의 폭력은 그들의 성정으로부터 연
원하지 않는다. 가족을 대상으로 한 폭력은 '가장'이라는 자리가 그들에
게 부여한 것으로 자본의 힘과 가부장제의 결합이 불러온 구조적 결과물
이다. 아버지로부터 아들로 제왕적 권력이 유전/찬탈되는 과정을 보여주

는「미끼」를 통해 확인할 수 있듯이 폭력의 유전은 남녀의 차이를 넘어선 곳에서 일어난다. 김이설은 친밀한 폭력의 참혹함을 가시화하는 동시에 그것이 구조적인 것이자 구성된 것임을 폭로한다. 물론 자본과 결합한 '친밀한 폭력'을 낱낱이 해체하기는 결코 쉽지 않다. 김이설이 '몸이 생계인 여성들'에게서 쉽게 눈을 뗄 수 없는 이유이다.

5. 그녀들의 침묵, '스스로 말하기'와 '대신 말하기'

그러나 따지면 사회의 모순을 파헤치거나 객관적으로 제시하는 날카로운 비판의 시선은 김이설의 특장이 아니다. 김이설의 관심은 이전부터 쭉 있어 왔고 어쩌면 앞으로도 오랫동안 계속될지도 모를 운명들, 사회적 이슈가 되어 단박에 해결되지도 않으며 끊임없이 반복될 참혹한 삶들, 문학적 표상 논리에 의거하면 포착되기 어렵거나 재현의 가치가 높지 않은 비−존재들, 재현의 시선이 스치고 간 '존재하지 않는 존재들'을 불러오는 일에 집중되어 있다. 요컨대 불편함의 실체에 다가가는 한편으로 김이설은 끊임없이 되묻고자 한다. 존재하지 않는 존재들을 불러오는 것은 가능한가. 어떻게 가능한가. 그녀들의 이야기를 들을 수 있는가. 어떻게 들을 수 있는가.

다섯 장에 걸쳐 나와 엄마의 이야기가 적혀 있었다. 대부분은 내가 흰얼굴에게 말해준 것들이었다. 그러나 내용처럼 나는 술이나 담배, 약을 하던 소녀는 아니었다. 또한 돈을 훔친 적도 없었다. 또래 남자애들과 어울려 쪽방을 전전했다는 것도 틀렸다. 거긴 흰얼굴을 따라간 적 외에는 없었으니까. 그래서 나는 이것이 정말 나의 이야기가 맞는지 몇 번이나 다시 읽어야 했다. 하지만 사진의 주인공은 내가 분명했다. 담요를 말고 웅크려 자는 내 뒷모습, 삼촌들과 어울리고 있는 풍경과 먼발치에서 찍은 공사장에서 뒤엉켜 있는 나

와 담요 아저씨까지. 구걸하고 있는 엄마를 기둥 뒤에 숨어 훔쳐보는 나의 굳
은 입술, 심지어 배가 솟은 내 옆모습도 찍혀 있었다. 그건 모두 거짓말이 아
닌 진짜 내 모습이었다. 맨 끝에는 넥타이를 매고 있는 흰얼굴의 사진과 이름
이 실려 있었다.

—「열세 살」, 33쪽

　「열세 살」이 우선적으로 보여주는 것은 '존재하지 않는 존재들'을 말
하는 일의 지난함이다. '낡은 옷차림을 제외하면 또래의 아이들과 다를
바 없는 아이'(「열세 살」, 21쪽)가 '흰얼굴'로 상징되는 '말하는 입'을 가
진 이들에 의해 '엄마와 함께 노숙하는 십대 여자'로, 노숙하는 여자애라
는 규정이 이끄는 메타포들이 덧씌워진 채로 표상된다. 침묵하라는 엄마
의 가르침을 어긴 채 자신의 이야기를 들어주던 '흰얼굴'에게 재잘대던
그녀는 결국 "세상에 공짜는 없다는 것을"(「순애보」, 72쪽), 호의를 베푸
는 어른들이 더 무섭다는 것을(『나쁜 피』, 67쪽) 다시 깨닫게 될 뿐이다.
그녀들의 침묵에는 이유가 있다. 대리모로 빚을 갚으면서 가족들 앞에 나
서지 못하는「엄마들」의 그녀 역시 '아기를 파는 여자'라는 사회적 시선
으로부터 자유롭지 못하다. 남편과 젖 먹는 아이를 두고 몸을 팔아야 했
던 『환영』의 왕백숙집 왕사장의 아내가 결국 왕사장에게 외면당하고 자
살로 생을 마감하게 되는 것은 그녀들에게 가해지는 이중 잣대가 불러온
여성잔혹사의 대표적 사례이다.

　우회 없이 말하면 여기서 김이설의 소설은 몸 파는 엄마들에게 가해지
는 사회적 이중 잣대를 피할 수 있는 문학적 재현의 가능성을 질문하는
것이다. 사회의 가장 낮은 곳에 놓여 있는 문제적 지점에 대한 고찰은 비
판적 탐구자가 원하는 바로 그런 형태로 이루어지지 않는다. 「열세 살」이
나 「순애보」의 소녀들이 그러하듯이 『환영』이나 『나쁜 피』의 그녀들은 자
본과 결합한 가부장제를 철저하게 내면화한 존재들이다. 삶에 임하는 태

도로서의 진정성에도 불구하고 그녀들의 삶은 온전히 긍정적 의미를 담지 못한다. 자본의 원리에 깊이 침윤되어 있으며 가부장제의 구조적 폭력성을 몸으로 체현하는 존재들인 때문이다. 사회(현실)의 모순을 체현하는 동시에 만들어내며 동조하고 공모하는 존재들이라 말하는 것도 가능하다. 그녀들을 어떻게 다루어야 하는가라는 질문이 어려워지는 것은 이 대목에서이다. 자신을 지킬 수 있는 '자기—말'을 가지지 못한 그녀들의 복합적 정체성은 '말하는 입'을 가진 이들에 의해 과연 온전히 포착될 수 있는가.

김이설의 방법론적 고민은 그녀들의 삶을 재현하는 방식에 대한 거부로 압축된다. 그녀들 스스로 말하게 하면서 비가시적 영역에 은폐되어 있는 빈곤과 폭력 그리고 그녀들의 처참한 삶을 복원한다. 그 복원의 결과는 객관적 거리로부터 도출되는 리얼리티와는 다른 어떤 것이다. 가령, 김이설은 사회적 안전망 바깥의 존재들에 대한 관심으로 '노숙자'를 불러들이지만, '배제된 자'를 포착하는 재현적 룰에서 최대한 멀어지고자 한다. '노숙자'가 환기하는 대표적 표상을 뒤로 한 채로 노숙하는 십대 소녀의 일상을 다루고자 하며, '스스로 말하기' 방식을 취하고자 한다. 존재하지 않는 존재들, 특정한 표상으로 환원되지 않는 이들을 불러들이고 '스스로 말하기'라는 우회를 통해 '대신 말하기'의 가능성을 가늠하는 것이다. '몸 파는 엄마'를 계속 양산하는 사회의 구조적 원인에 대한 환기는 '몸 파는 엄마'를 다루었다는 사실에 있지 않으며 "누구보다 참는 건 잘했다. 누구보다도 질길 수 있었"(『환영』, 193쪽)다는 그녀들의 고백을 포착했다는 데 있는 것이다.

요컨대, 김이설 소설의 미덕은 망령처럼 떠도는 사회적 상상력을 재소환한 것에 있지 않다. 문학적 표상의 기준에 대한 질문을 통해, 대표/표상(re—presentation)에 기대는 사회적 상상력의 한계를 짚는다는 데 있다. 김이설은 문학과 사회(현실)에 관한 한국 문학의 질문을 한 차원 더 끌어올린다. 1990년대 중반 이후로 지속되어 온 문학적 관심, 즉 타자와 배제된 자에 대한 한국 문학의 관심이 타자를 만들어내는 구조 자체에 대한 비판적 환기로 진전되는 장면이라 말해도 좋다. 서발턴의 재현 불가능성에 관한 스피박의 문제제기가 시사하듯 위계적인 하위그룹을 다시 배제하는 순환고리에서 벗어나려는 노력 속에서 서발턴을 복원하려는 작업은 부단한 실패로 귀결될 수밖에 없을 것이다.[10] 김이설이 '몸 파는 엄마들'을 복원했는가의 여부보다 중요한 것은 '엄마-몸'을 관통하는 위계적 차이들을 가시화했다는 사실 자체이다. 김이설의 소설은 서발턴을 위한 문학이 가능한가를 질문함으로써 사회(현실)의 구조적 문제틀이 서사화될 수 있는 한계를 환기하고 작가와 문학 자체에 대한 성찰의 시선을 요청한다. 김이설의 소설이 던지는 질문들을 통과하면서 한국 문학의 사회와 윤리에 대한 고민은 다시 깊어지기 시작했다.

(자음과모음, 봄호)

---

10) Gayatri Spivak, "Can the subaltern Speak?", *Marxism and the Interpretation of Culture*, Cary Nelson and Lawrence Grossberg(eds.), Urbana and Chicago: Univ. of Illinois Press, 1988. pp.271~313.

21세기를 담아내는 세 가지 방식
― 김사과의 '분노의 정념 3부작'(『미나』, 『풀이 눕는다』, 『테러의 시』)을 중심으로

이경재

2006년 『문화일보』 신춘문예로 등단. 저서 『단독성의 박물관, 한설야와 이데올로기의 서사학』 『한국현대소설의 환상과 욕망, 끝에서 바라본 문학의 미래』 『한국 프로소설 연구』. 현재 숭실대학교 국어국문학과 교수.

21세기를 담아내는 세 가지 방식
— 김사과의 '분노의 정념 3부작'(『미나』, 『풀이 눕는다』, 『테러의 시』)을 중심으로

이경재

1. 아직도 소설을 읽어야 한다면……

　2000년대 작가들은 '세계에 대한 대결의 자의식'[1]이 부족하다고 지적받아 왔다. 그들의 소설에는, 시대를 제대로 응시하거나 저항할 줄 모르는 '왜소하고 체념적인 주체'가 웅크리고 있다는 것이다. 이것은 IMF가 가져온 사회정치적 변화에 대응하는 소설의 가장 주류적 반응으로 이해되어 왔다. 그러나 이러한 선입관으로는 도저히 이해할 수 없는 1984년생 작가가 있다. 바로 김사과이다. 이미 장편소설 『미나』(창비, 2008), 『풀이 눕는다』(문학동네, 2009), 『나b책』(창비, 2011), 『테러의 시』(민음사, 2012)와 소설집 『02』(창비, 2010)를 출판한 김사과는 여러 편의 의미 있는 산문도 발표하였다. 그중에서도 「하루키와 나」라는 산문에는 2000년대 일반적인 소설 경향과는 다른 김사과의 의식이 명료하게 펼쳐져 있다.

---

1) 김영찬, 「문학 뒤에 오는 것」, 『비평의 우울』, 문예중앙, 2011, 39쪽.

현 단계 문학에서 김사과처럼 뚜렷한 정치적 자의식을 가진 젊은 작가는 찾아보기 힘들다. 그녀는 「하루키와 나」라는 작가산문에서, 고진이 『근대문학의 종언』에서 말한 입장과 자신이 문학에 대해 가지고 있는 생각이 일치한다고 주장한다. 자신이 소설에 입문하게 된 계기가 된 작가는 하루키이지만, 처음 소설을 쓰기 시작했을 때 의식적으로 했던 훈련은 하루키적 세계관과 스타일로부터 벗어나는 것이었다고 고백한다. "이미 해결되었다고 생각되는, 역사와 함께 사라졌다고 생각되는 그런 구식의 문제들ー전쟁과 가난, 근본주의와 테러리즘과 인종주의 따위는 오히려 점점 더 우리의 일상생활을 뒤흔들고 있었"으며, 그렇기에 "하루키적 태도는 시대에 뒤떨어진 나이브한 것으로 느껴졌다"[2]는 설명이다.

나아가 요즘 쓰이는 소설들이 '하찮다'고 일갈한다. 이때의 '하찮음'이란 미학적 완성도와는 무관한 "야망이 없다"(115)는 의미이다. "거기엔 세계에 대한 관심도, 변화에 대한 의지도 없다. 내용과 스타일 모두에서 과거의 것을 답습"(115)하고만 있다고 비판한다. 더 이상 예술은 세계의 문제를 떠맡으려 하지 않으며, 의미를 놓아준 대가로 자유를 얻은 다음 거침없이 하찮아졌다는 것이다. 대신 이제 예술은 "즐겁고 신나는 자기들만의 원더랜드"(117)에서 짜릿한 유사 환각체험이나, 자기치유, 유머, 완성도, 기발한 재미, 발랄함, 늦은 오후의 여유 따위를 추구한다고 주장한다.

김사과는 "세계를 가득 채운 진부한 문제들, 빈부격차, 철거민의 죽음, 민주주의의 위기, 다국적 기업의 횡포, 농민문제, 테러리즘, 세계화의 부작용 따위가 소설과 만나 가능성과 아름다움, 다른 세계에 대한 상상 따

---

2) 김사과, 「하루키와 나」, 오늘의 문예비평 엮음, 『불가능한 대화들』, 산지니, 2011, 114쪽. 앞으로의 인용 시 본문 중에 쪽수만 기록하기로 한다.

위를 만들어내는 걸 상상할 수가 없"(119)음에도, "변화를 기다리는 게 아니라 만들어내야 한다"(119)는 전의를 다진다. 그리고 "상상력의 힘을 믿"(119)기 때문에 가능하다면 그 '비전'을 소설을 통해서 만들어내고 싶어 한다. "세상을 변화시키는 건 더 큰 폭력이나 절망이 아닌 다른 이미지를 꿈꿀 수 있는 힘에서 온다고 믿기 때문"(120)이다. 결론적으로 김사과는 "상상해내야 한다. 세계와 소설 양쪽 모두에서, 가능한 미래를 발견해야 한다"(120)고 선언한다.

자신의 소설은 가라타니 고진이 근대문학의 종언을 증명하는 근거로 삼은 하루키와는 다르다는 것, 지금의 문학은 세계에 대한 관심과 변화에 대한 의지가 없어 하찮아졌다는 것, 자신은 상상력의 힘으로 새로운 세상의 문제를 드러내고 새로운 비전을 만들어내고 싶다는 것 등이 김사과의 문학적 자의식을 떠받치는 핵심이라고 할 수 있다. 김사과의 소설은 이러한 당찬 전의와 포부를 바탕으로 해서 창작된 것으로 보인다. 이 글에서는 '분노의 정념 3부작'이라 부를 수 있는 『미나』(창비, 2008), 『풀이 눕는다』(문학동네, 2009), 『테러의 시』(민음사, 2012)를 대상으로 하여, 한국문학의 새로운 미래를 조금 더듬어보고자 한다.3) 『미나』, 『풀이 눕는다』, 『테러의 시』는 조금 과장하자면, '소설－에세이－시'에 대응된다고 말할 수 있다.

2. 신체에 새겨진 계급을 재현하는 소설

『미나』는 '한 여고생이 친구 여고생을 죽였다'는 실제 사건에서 모티브를 얻어 창작된 작품으로서, 우리 시대의 여러 가지 문제를 산문적인

---

3) 『나b책』(창비, 2011)은 청소년소설로서 이번 논의에서는 생략하기로 한다.

진지함으로 다루고 있다. 이 작품의 P시는 한국의 모든 도시가 그러하듯이 사교육 열풍이 대단하다. 386세대이며 고상한 취향을 가진 부모를 둔 미나와 미나의 단짝 친구인 수정이 핵심 인물이다. 『미나』는 단짝 친구인 수정이 미나를 끔찍하게 살해하기까지의 과정을 기본 서사로 삼고 있다.

이러한 살해에는 세 가지 의미가 있다. 첫 번째는 모든 인간관계가 지닌 불가해성이라는 실존의 위기가 있으며, 두 번째는 경쟁만을 가르치는 우리의 교육 환경이 있으며, 세 번째는 빈부를 가르는 새로운 적대의 기준에 대한 문제제기가 있다. 수정이 미나를 살해하는 계기가 된 사건은 또 한 명의 친구인 지예의 자살이며, 지예의 자살로 인해 위에서 말한 세 가지 문제는 표면화된다. 『미나』에서 관심을 두는 것은 세 가지 살해의 의미 중에서 특히 두 번째와 세 번째이다.

두 번째로 이 살인은 전세계적으로 유명한 한국의 입시 스트레스와 그것을 만들어내는 사회의 문제로 연결된다. 작품 속에서 학생들의 삶은 "학원. 집. 학교. 시험. 학교. 학원. 숙제. 과외. 학원. 집. 과외. 학원. 집. 학교. 다시 학원. 다시 과외. 다시 시험……"(157)으로 끝없이 이어지는 거대한 감옥이다. 이 사회는 학생들에게 너무도 폭력적인 비유를 가슴속에 새기며 살게 하는 지옥인 것이다. 수정의 말을 들어보자.

> 예를 들어서. 모두가 말하는 것. 예를 들어서. 친구를 짓밟고 올라서라. 숨이 막혀온다. 이런 건 다 비유잖아? 아무런 힘도 없이. 나는 진짜가 필요했어. 예를 들어서. 나는 니 손을 밟아 으스러뜨렸어. 비유가 아니라 진짜로. 그렇게 하면 어떻게 될까? 어떤 일이 일어날까. 진짜 밟는 거랑 비유적으로 밟는 거랑은 어떤 차이가 있을까? 그리고 이제 나는 알았어. 차이가 없어.
>
> ─『미나』, 308쪽

우리는 이 사회에서 성공하기 위해서는 '친구를 짓밟고 올라서라'는 정언명령에 충실해야만 한다고 주입받는다. 그러나 이 정언명령 자체를 폭력이라고 생각하지는 않는다. 그런데 누군가가 실제로 친구를 짓밟고 올라선다면, 그는 법의 처벌을 받을 것이다. 그러나 위의 인용문에서 수정은 그러한 비유가 사실은 실제의 폭력과 아무런 차이가 없다는 것을, 어떤 의미에서는 더욱 폭력적일 수 있다는 것을 힘주어 말하고 있다.

세 번째로 이 살인이 제시하는 것은 육신에 새겨진 빈부의 대립이라는 문제이다. 그것은 취향의 문제일 수도 있지만, 보다 중요하게는 우리의 삶 전반을 관장하는 구분의 감각과 관련된다. 미나는 "좋은 교육을 받고 자란 부모 밑에서 역시 좋은 교육을 받고 자란 아이 특유의 균형감각으로 자유롭게 행동하여도 절대 선을 넘지 않는"(50) 아이이다. 논술선생은 "문법구조가 완벽한 박력있는 글을 쓰는"(270) 수정이가 아닌 수많은 책이 있는 서재가 갖춰진 집에서 자란 미나를 칭찬한다. 이러한 상황에서는 "노력하면 할수록 미나는 높아졌고 수정 자신은 낮아"(271)질 수밖에 없다. 이러한 상황에서 들뢰즈, 데리다, 마르크스를 아는, 나아가 "절대로 순결하며 절대로 완벽"(59)한 수정이 설령 지예를 죽음으로 내몬 경쟁에서 이겨 일류대학을 가고 번듯한 직장을 얻더라도, 수정이 미나를 이기는 것은 불가능하다. 미나 아버지의 공식적인 직업이 번역가 겸 소설가이며, 미나가 지금 누리는 경제적 부가 복권에 당첨된 것에서 비롯된 것으로 설정한 것은, 이 작품에서 보다 중요한 빈부의 격차를 정신적이고 문화적인 것에서 찾고자 한 의도에서 비롯된 것으로 보인다.

수정이 직접적으로 미나를 살해하게 된 계기 역시도 이러한 문화적 습속의 차이에서 비롯된다. 미나는 지예가 투신자살하자 수업도 안 받고 시험지도 백지로 내고는, 자퇴한 후 대안학교로 전학한다. 지옥 같은 경쟁을 뚫고 어떻게든 사회의 상층부로 진입하려는 수정에게 이러한 미나의 행동은 자신이 흉내도 낼 수 없는 행위로서, 미나의 우월성을 증명하는 절대적인 행위이다. 이러한 사정을 가장 잘 아는 것은 미나이다. 미나는 수정에게 "너는 니 머리로 다 해결할 수 있다고 생각하지?"(286)에 이어 "그건 노력한다고 생기는 게 아냐."(286)라고 말한다. 그러면서 단 하나의 해결책으로 "착하게 살아."(287)라고 말한다. 수정의 말처럼, 미나는 스스로가 "개선의 여지가 없"는 "악마"(288)인 것이다.

『미나』는 전통적인 소설 문법에 여전히 충실한 면모를 보인다. 이 작품에서도 짧은 대화가 빈번하게 등장하여 희곡이나 시나리오 같은 분위기를 주지만, 그것이 작품의 장르적 성격을 결정적으로 규정하는 것은 아니다. 오히려 욕설이 간간이 섞인 이 짧은 대화는 고등학생이라는 주인공들의 실제 생활에 밀착한 리얼리티를 창출하는 효과를 발휘한다. 『미나』는 친구의 살해라는 충격적인 모티프를 통하여, 입시지옥이라는 문제 그리고 육체와 습속의 차원에서 작동하는 빈부의 문제를 다루고 있는 작품이다.

3. 자본을 향해 대공포를 쏘아 대는 에세이

『풀이 눕는다』의 주인공 '나'는 등단한 지 3년 된 소설가이다. '나'는 자신이 "결국 아무것도 쓰지 못할 것"(23)이라는 비관에 빠져 있다. 거리에서 '나'는 풀을 발견하고 곧바로 사랑에 빠진다. '나'와 풀은 삼 층짜리 벽돌집의 옥상에 있는 작은 옥탑방에서 동거를 시작한다.

'나'는 "어디에도 무엇에도 누구에도 적응하지 못하"(13~14)는 사람이다. "근면하고 쾌활한 워킹클래스"(15)인 가족들과도 전혀 어울리지 못한다. 가족은 책을 읽지 않고, 쾌활하고, 잘 자고, 사람 만나는 걸 좋아하고, 하루하루가 즐겁기 짝이 없는 평범한 사람들이다. 주변 사람들도 마찬가지인데, 그런 사람들을 대표하는 것이 바로 동생이다. 더군다나 그녀는 옷을 파는 쇼핑몰을 하여 큰 부자이다. "그녀가 더 많은 돈을 벌수록 우리 가족은 그녀 앞에서 비굴해지기 시작"(19)했다.

'나'는 자본주의 질서의 완벽한 타자가 되고자 한다. "돈을 하찮게 여"(56)기고 "돈은 똑같지. 누구한테나 완전히. 하지만 사랑은 유일해."(56)라며, 오직 자신과 흡사한 풀에게 집착한다. 돈은 "있는 사람들한테 뜯어내면 되는 거야."(56)라고 생각하는 주인공이나 "고등학교를 졸업한 뒤 누구한테도 손을 벌린 적이 없었"(56)다는 풀이나 돈을 중요시 않는다는 점에서는 유사하다.[4]

현재의 문단은 강력한 비판의 대상이 된다. 문인들이 '문학의 밤' 따위의 제목을 달고 있는 화려한 파티에서 하는 이야기는 부동산이나 펀드 같은 것들에 불과하다. "문학의, 문학에 대한, 문학을 위한 이야기만을 끝도 없이 나눌 것이며 그것이 상상조차 할 수 없을 정도로 아름다울 것"이라는 생각은 "근거 없는 망상"(17)일 뿐이다. '나'에게 "문학상 시상식 따위 좆도 아"(70)닐 뿐이다. 시상식 뒤풀이가 이루어지는 프렌치 레스토랑을 보고 "거대한 저금통"(75)이라고 말하며, 레스토랑의 많은 문인들을 보며 "난 영원히 저 안에 속할 수 없을 것이다."(79)라고 단언한다. 문인들이란 '나'와 같은 꿈을 가지고 있지 않으며, 그들에겐 생활이 있고, 예절이 있는 평범한 사람들이다. 심지어 이 작품에서 가장 자본주의적인 인

---

4) 『테러의 시』에도 풀과 같은 주인공의 상상적 타자가 등장한다. 그것은 정박사의 아들인 재준의 영어 과외선생인 토니이다. 토니는 제니를 처음 본 순간부터 "너랑 내가 같은 종류의 사람이라는 걸"(95) 느낀다. 제니는 자신을 강간하는 아버지 밑에서 돼지처럼, 정확히 말하자면 돼지로 자랐다. 리 역시 마약 딜러인 아버지 밑에서 개처럼, 역시나 개로 자랐다. "동물로 키워진 적이 있는 인간들은 서로를 알아보"(167)는 법이다. 둘 다 모두 불법 체류 외국인들이라는 공통점을 지니고 있다. 타인의 눈에도 "제니와 리는 샴쌍둥이처럼 보"(130)일 정도이다.

간으로 소개되는 "동생과 같은 부류의 사람들"(80)로 그려진다.

풀이 관여하는 미술계도 마찬가지이다. "그림을 그리는 것만으로도 너무 행복"(109)한 풀은 공모전에서 번번이 떨어진다. '나'는 풀이 홍대 미대는 물론이고 뉴욕이나 베를린으로 유학을 갔다 오지 않은 공고 출신이기 때문이라고 생각한다. 풀의 전시회 오프닝 날 '나'는 저항의 의미로 미술관에 가서 담배를 피우는 등의 난동을 부린다.

이 세상은 자본의 논리, 자본의 욕망으로 움직이는 곳이다. 거대한 주상복합빌딩들을 보며 '나'는 "누구도 저 빌딩들을 거절할 수는 없을 거라고. 누구도 그럴 힘을 가지고 있지 않을 거라고. 여기에 사는 그 누구도 저 빌딩들이 가리키는 미래에서 벗어날 수가 없을 거라고"(140) 생각한다. 빌딩들이야말로 "욕망이란 관념 그 자체"(146)인 것이다. '나'는 도시의 백화점을 보며 "저런 옷 입고 다니는 사람들, 저런 차 타고 다니는 사람들 죽이고 싶다는 생각한 적 없니?"(129)라고 풀에게 질문할 정도로 자본의 논리와 욕망을 강력하게 부정한다. 이러한 부정의 정신이 '나'와 풀을 보통 사람들이 이해하기 힘든 극단적인 모습으로 살아가게 하는 힘이 된다.

주인공이 풀을 좋아하는 이유 중의 하나는 "저런 데(주상복합빌딩—필자)서 살고 싶어 하지 않기 때문"(145)이다. 작품의 마지막 부분에서 '나'와 풀은 거리의 시위대를 보며 "우리들의 심장은 같은 박자로 두근거리고 있"(282)으며, "우리가 가려는 곳은 같은 곳"(283)이라고 생각한다. '나'와 풀이 지니는 예술가로서의 행태는 바로 시위대의 정치적 행위와 유사한 의미를 갖는 것이다. 그들은 배고픔, 불편함, 불투명한 미래 따위에 항복하는 대신, "삶을 불확실성 속으로 완전히 밀어 넣"(161)는 것을 선택한 존재들이다.

"더러움의 밑바닥에서 더욱 필사적으로 아름다움을 찾아 헤매는 가엾

은 사람들"(168)이야말로 김사과가 『풀이 눕는다』에서 찾고 있는 이상적
인 주체들이다. 부랑자들은 자본의 질서 밖에 서 있는 존재들이기에, 동
생처럼 물신에 찌든 존재들보다는 아름답게 그려진다. '나' 는 LA에 갔을
때, 길을 잃어버려서 "부랑자 같은 사람들로 가득한"(142) 거리에 이른다.
'나' 에게는 그 사람들이 "어려서부터 저렇게 되면 끝장이라고 배운 바로
그런 사람들인데. 근데 너무 아름답다는 느낌"(142)이 든다. '나' 는 모든
게 끝장나버리면, "엘에이로 가서 거지가 될"(144) 계획이다.

　이 점에서 김사과의 전략은 전위적인 구석이 있다. 오늘날의 자본은 부
권적 권력이 아니라 모권적 권력에 가깝다. 그것은 힘과 폭력에 바탕한
강제적이며 외적인 지배가 아니라 우리 내부에 깊이 침투하여 마치 우리
자신이 그것을 바라는 것과 같은 모습으로 우리를 지배하는 것이다. 부성
적 지배는 규범과 법을 통해 이루어지며, 그 과정은 오히려 아버지 살해
를 충분히 가능하게 한다. 그러나 모성적 지배는 어머니와의 신체적 동일
화에 의해 이루어지기 때문에 모친 살해는 불가능하다. 따라서 자기 안에
스며든 자본의 논리로부터 벗어날 때 진정한 시대의 아침은 가능한 것일
수도 있다. 이러한 김사과의 발본적인 상상력과 전략은 다음의 인용문에
도 선명하게 드러나 있다.

　　만약 사람들이 더 이상 원하지 않게 되면 저것들은 순식간에 무너져버리고
말거야. 그게 유일한 목적이었으니까. 하지만 절대 그런 일은 없을 거야. 저
건 이 도시를 만든 사람들의 욕망 그 자체니까. 저걸 원한 건 우리들이야. 그
래서 이 도시가 이따위로 생겨먹은 거야. 우리가 이런 모습의 도시를 원했으
니까 이런 모양이 된 거라고. (…중략…)
　　세상은 너 혼자 아름답게 살도록 내버려두지 않아. 그렇게 되면 자기들이
무너져내리고 마니까. 그러니까 막으려고 들 거야. 무슨 짓을 해서라도. 무슨
수를 씨서라도 네가 저것들을 사랑하게 만들려고 할 거야. 그런데도 니가 말
을 듣지 않으면?

　　너는 파괴당할 거야. 짓밟힐 거야. 너는 절대로 못 이겨. 절대로. 그리고,
그러니까, 풀.
　　너는 절대로 지면 안 돼.

— 『풀이 눕는다』, 146~147쪽

　　지금의 세상에 대한 적개심이 강렬할수록 ‘나’의 진정성에 대한 집착
은 강박적인 것이 된다. ‘나’는 자기화된 타자인 풀을 세상에 내놓는 데
주저하며, 풀과 자기만으로 이루어진 공동체를 원하는 것이다. 둘만의 상
상적 이자관계에 제3자가 개입하는 것도 용납할 수 없는 일이다. 풀은 전
시회 오프닝을 하게 되고, 그것을 계기로 풀은 서울대 미대에 다니는 김
권을 알게 된다. ‘나’는 “부르주아 학교에 다니는 인간하고 어울려서는
안 돼.”(193)라고 말한다. 부자인 데다가 잘생기고 사교적인 데다가 재능
까지 있는 김권을 보며 ‘나’는 “동생이랑 닮은 데가 있”(200)다고 생각한
다. 나중에 풀과 김권이 “한마디로 말해 완벽한 친구”(234)가 되자 ‘나’는
절망한다. 김권을 만나지 말라는 ‘나’의 말에 풀은 “싫어”(236)라고 말하
고 ‘나’는 “그가 내 말에 거절할 수 있을 거라고는 단 한 번도 생각해본
적이 없었다”(236)며 당황스러워한다. 이 순간 ‘나’는 풀과 단둘이서만
지내던 “그때의 나는 완벽하게 행복했던 것”처럼, 풀과 자기 사이에 김권
이 끼어든 “지금의 나는 완벽하게 불행한 것만 같았다”(247)고 생각한다.
‘나’는 풀의 그림을 찢고, 풀은 떠나버린다.

　　그러나 자본주의 질서에 대한 절대화된 부정을 통해 자신을 정립한 풀
에게 세상은 결코 적응 가능한 곳일 수 없다. 작은아버지의 죽음을 계기
로 ‘나’와 풀은 다시 만난다. 풀은 고시원에서 살며 그림도 그리지 못하
기에 이전과는 달리 “뾰족한 데가 있”(264)다. 풀은 “일을 하러 가면 다들
나를 말이 통하는 청소기나 생각할 능력 같은 거 없는 병신 취급해”(274)

라며, "이건 사는 게 아니야"(273)라고 말한다.[5]

따라서 진정한 가치를 추구하는 '나'와 풀이 이토록 타락한 세상에서 살아간다는 것은 불가능하다. 더군다나 둘만의 이상적인 무중력의 공동체는 더더욱 지속되기 힘들다. 이제 가능한 둘만의 공동체를 위해서는 현실의 가능성을 초월한 새로운 방식이 필요하다. 그것은 풀이 스스로의 몸에 불을 지르고 뛰어내리는 것이다. 풀은 그것을 단행하고, 이제 꿈은 이루어진다. '나'는 "벌써 그곳으로 가고 있"(294)으며, "우리는 함께할 것이다."(294)라고 말하는데, 작품은 "우리는 그곳에서 돌아오지 않을 것이다."(294)라는 문장으로 끝난다.

『풀이 눕는다』는 소설가인 '나'가 화가인 풀과 지낸 1년여의 시간을 기본적인 스토리 시간으로 삼고 있다. 세상과 불화하는 예술가인 '나'가 대공포처럼 쏘아대는 기존 사회에 대한 분노의 정념이 이 소설을 채운다. 관점인물을 주인공이자 화자로 내세운 『풀이 눕는다』는 자신의 내면을 직접적으로 드러낸 에세이의 성격을 지니고 있다.

4. Reality가 아닌 Real을 위한 시

김사과의 『테러의 시』가 담고 있는 동시대 현실의 진폭은 매우 넓다. 제니는 '막장의 오디세이아'라 불릴 만큼 고통으로 가득한 이 시대의 문제적인 지점들을 전전한다. 그 여정을 통해 우리 사회의 핵심적인 문제가 다양하게 다루어진다. 별다른 희망 없이 자격지심만으로 자기를 갉아먹

---

5) 이러한 상황은 꼭 지금의 상황에만 국한되는 것은 아니다. '나'와 풀에게 세상은 IMF 이전에도 "똑같이 개같았"(277)을 뿐이다. 부자에게 필요한 건 더 많은 거지이고, 그러한 거지를 양산하는 것은 위기이다. 그래서 "부자들은 위기를 사랑"(278)하는 것이다.

는 젊은 세대의 모습, 껍데기만 남은 중년의 고달픈 삶, 불법 이민자들이 겪는 차별과 고통, 공산주의는 악마의 사상이라고 설교하며 물질적 성공을 위해서라면 어떤 일도 가리지 않는 세속화된 종교, 남성중심주의와 기존 사회에의 적응만을 강조하는 보통 사람들의 의식, 입주민의 삶과는 무관한 차원에서 이루어지는 철거문제, 우리 안에 깊이 잠재되어 있는 식민주의,[6) 사회적 약자를 향해 가해지는 가공할 폭력 등이 빼곡하게 드러나는 것이다.

이러한 현실의 문제를 다루는 방식은 제목에 드러난 '시'라는 말에서도 알 수 있듯이, 전통적인 장편소설의 그것과는 매우 다르다. 김사과는 전통적인 장편소설의 재현방식, 즉 사건들의 짜임새 있는 인과관계에 바탕해 한 사회를 전체적으로 조망하는 방식에 대하여 지극히 부정적이다. 이것은 제니와 리가 매주 서울 시내의 교회를 돌며 돈을 받고 자신들이 살아온 삶을 이야기하는 부분에서 잘 나타난다. 제니와 리는 매주 서울 시내의 교회를 돌며 돈을 받고 자신들이 살아온 삶을 이야기한다. 이야기는 거듭될수록 그럴듯해진다. 더욱 비참해지고, 더욱 슬퍼지고, 더욱더 사람들의 마음을 사로잡게 된다. 흥미로운 것은 이야기를 반복할수록 다음의 인용문에서처럼 자신들이 이야기를 점점 더 믿을 수 없게 된다는 것이다. 사람들이 쉽게 공감할 수 있도록 잘 짜인 이야기 속에서 삶의 진실은 어느새 사라져버리는 것이다.

---

6) 정박사 가족의 아침은 우리 안에 깊이 뿌리박힌 일상의 식민주의를 드러내기에 모자람이 없다. 그 식탁은 미국식 아침 인사, 미국산 버터, 미국산 오렌지 주스, 미국산 시리얼, 미국식 샐러드, 미국식 샐러드 드레싱, 미국산 유리잔, 미국식 키친 테이블, 미국산 에스프레소 머신, 미국식 커피, 미국산 토스터, 미국식 흰 빵, 미국산 소설, 미국산 나이프, 미국식 오믈렛, 미국산 접시, 미국산 포크, 미국산 커피잔, 미국산 베이컨으로 채워져 있다. 그것들을 정박사의 가족은 미국식으로 구워지고, 잡고, 자르고, 꼬고, 떨고, 씹고, 덮고, 닦고, 익어간다.

    이제 그들의 과거는 대형 교회의 거대한 스크린 속, 그리고 에이치디 카메라의 메모리 안에서만 존재한다. 하지만 어쨌거나 그들의 이야기는 부유한 신자들의 마음을 흔들어 놓는 데 성공한다. 제니와 리는 바로 그것을 위해서 자신들의 과거를 헐값에 팔아 치우고 있는 것이다. 그것을 그들도 잘 알고 있다.

— 『테러의 시』, 177쪽

이러한 인식은 『테러의 시』보다 먼저 발표된 단편 「더 나쁜 쪽으로」(『작가세계』, 2011년 봄호)에서 나타난 바 있다. 이 작품은 김사과가 최근에 생각하는 미학적 자의식이 잘 드러나는 작품이다. 예술가인 ‘나’는 거리에서의 삶을 살고 있다. 그 거리에서의 “모든 것은 단 하나의 평범하고 밋밋한 회색의 거리로 요약”(41)된다. 이것은 꿈도 희망도 잃어버린 김사과 소설의 기본 전제인 역사 이후의 현실에 대한 상징으로서 기능한다. 작품의 배경은 유럽의 한 도시인데, 굳이 그것의 시공을 특정할 필요는 없다. 작가의 의도는 현대사회의 일반을 지칭하는 모호한 공간으로 남겨 두고 싶은 것으로 보인다. ‘나’는 왕년에 현대사회에 대한 모호한 적의와 혐오를 담은 노래로 인기를 끌었던 예술가의 연인이다. 이 연인을 대하는 ‘나’의 태도는 그야말로 애증이 병존하는데, 그것은 거리를 떠나고 싶어 몸부림치지만, 끝내 “벗어나는 것은 불가능”(41)한 상황과 유사하다. 여전히 해결할 수 없으면서 ‘나’를 부끄럽게 만드는 궁금증은 “왜 나는 그를 떠나지 못하는가?”(54)이다. 회색의 거리를 떠나고 싶어 몸부림치지만, “벗어나는 것은 불가능”(41)하다. 결론적으로 말하자면 작품은 화자가 예술가와 그가 속한 거리를 비판적으로 성찰하는 형태로 진행된다.[7]

---

7) “그는 이 거리의 모든 사람들을 알고 이 거리에서 일어난 모든 일을 했고 마침내 이 거리의 전문가가 되었다. 멀지 않아 그는 이 거리의 대가로 칭송될 것”(50)이다. 그는 “가치 있는, 그러나 이미 끝나버린 역사의 영역에 속해”(51) 있으며, 그런 그에게 ‘나’는 “역겨움”(51)과 애정을 동시에 느낀다.

끝내 그에게서 '불면과 외로움' 밖에 발견하지 못한 '나'는 새벽에 맨발로 '더 나쁜 쪽을 향해' 걸어간다.

「더 나쁜 쪽으로」에서 매끈하고 아름답게 재현된 현실의 모습은 상품화의 사례로서 받아들여진다. 먹이를 구하지 못해 아사하는 북극곰들의 희고 깨끗한 죽음이 극도로 세련된 방식으로 화면을 통해 전시되는 순간, '나'는 "내 삶이 완전히 잘못되었다는, 아주 빌어먹게도 잘못되었다는 느낌에 사로잡힌"(48)다. 세련된 재현의 기술 속에서는 죄 없는 백곰의 죽음조차도 '희고 깨끗한 죽음'으로 포장될 수 있는 것이다. 이러한 포장 속에서 진실은 어느새 자취를 감추게 된다. 이러한 재현의 문화적 제도 안에 자신도 일부라는 뼈저린 자책이야말로 '나'를 계속해서 어딘가로 떠나가도록 만드는 근본적인 힘이다.

무엇보다 가장 큰 문제는 지금의 가장 본질적인 사회적 문제마저도 지금의 미학체계는 돈벌이의 수단으로 만들어버릴 수 있다는 것이다. '나'가 교류하는 "높은 수준의 교육을 받은 취향 좋은"(55) 예술가들은 "저 진짜 노동자들, 험한 말을 입에 달고 살며 좋지 않은 냄새가 나고 싸구려 술과 담배를 즐기고 음악을 모르며 책을 멀리하는 그런 종족들과 아무 멀리 떨어져 있"(56)다. 사람들은 더 이상 공장에서 노동운동이나 자본가의 착취를 연상하지 않는다. 도시의 공장은 모두 텅 비어버렸으며, 실제로 가동되는 공장은 "우리들의 눈에 보이지 않"(58)기 때문이다. "죽어 있는 공장에서 사람들이 보는 건 미학적 가능성"(58)이다. 좋은 교육을 받고 취향 좋은 젊은 예술가들은 "세상은 미학적 가능성으로 차고 넘치고 그걸 잘만 이용하면 누구나 부자가 될 수 있"(58)다는 것을 너무나 잘 알고 있다. 과거처럼 노동자들을 착취하지 않아도, 버려진 공장, 버려진 아파트, 버려진 발전소, 버려진 성, 소비에트산 군복과 배지를 미학적 질서로 잘만 전유한다면, 얼마든지 사람들의 사랑을 얻고 부자가 되는 수단으로 활용할 수 있다.

　이러한 인식의 바탕 위에서 환상적이며 시적인 장편소설 『테러의 시』가 창작된 것이다. 『테러의 시』는 사건들의 연쇄를 통하여 유기적인 플롯을 만들어내는 전통적인 소설과는 다른 실험적인 기법이 다양하게 사용되고 있다. 무엇보다도 이미지와 분위기를 통하여 객관화된 해석 이전에 작가의 내면에 존재하는 표상으로서의 현실을 직접적으로 전달하는 데 애쓰고 있다. 이외에도 단문으로만 일관하는 문장, 외국어의 무자각적인 사용, 시와 같은 행갈이 기법, 희곡과 같은 대사 차용 등을 적극적으로 사용한다. 또한 띄어쓰기를 자의적으로 구사하여 낯선 효과를 내고, 몇몇 어구의 반복을 통하여 리듬을 창출하기도 한다. 현재시제로 일관하는 것도 눈여겨볼 만하다. 이러한 특징은 대부분 산문보다는 시적인 것과 관련된다. 특히 1부와 3부에서 이러한 특징은 강화된다. 이를 통해 김사과는 기존의 재현체계와는 다른 방식으로 시대현실을 문학적으로 담아내고자 시도한 것이다.

　이와 관련하여 『테러의 시』는 적지 않은 성과를 내고 있다. 한 가지 안타까운 점은 기존의 미학체계를 벗어나고자 하는 격렬한 시도가 키치화된 대중문화의 논리로 포섭되는 장면이 존재한다는 점이다. 섹스클럽에서 제니가 겪는 일과 페스카마 15호가 있는 빈민촌이 철거되는 장면은 어떠한 가치 판단이나 감정도 배제된 채 카메라적 아이 수법으로 묘사되고 있다. 총체적 조망의 시선을 확보하기 힘든 지금의 상황에서는 이러한 고통에의 정밀한 투시 자체가 적지 않은 현실 재현적 의미를 지닌다. "건물 앞은 이미 쫓겨난 사람들로 가득하다. 어둠 속에서, 반쯤 벗거나 입은 채로, 울부짖거나, 서성이거나, 멍하니 주저앉아 있는 사람들은 주인을 잃은 가축들 같다"(149)고 할 때, "그건 그들이 살아온 삶 자체가 무너져 내리는 느낌"(149)을 직접적으로 전달해주는 것이다. 그러나 이러한 묘사가 어딘지 하나의 상투화된 의장으로서 격하될 가능성은 충분하다. 섹스클럽에서 제니의 매춘 장면을 적나라하게 장시간 묘사할 때, 그것이 하드코어 포르노의 장면과 겹쳐지는 것이 대표적이다.

5. 성장의 의미

이상으로 살펴본 김사과의 장편소설은 모두 세계에 대한 분노와 적개심으로 똘똘 뭉쳐 있다. 이때의 세계는 전 인류를 살뜰하게 통제 관리하는 자본의 거대한 성을 의미하기도 하지만, 동시에 그러한 거대한 성을 형상화하는 기존의 미학적 체계를 향한 것이기도 하다. 세상 전체에 대한 적개심은 반대로 자기들의 순수성에 대한 강박적인 집착으로 이루어지고 그것은 결국 자기 파괴로 귀결되었다. 자살이나 상상적 자아에 대한 타살이 그것이다. 최근에 올수록 분노의 대상은 자본이라는 거대한 성보다는 기존의 미학적 체계를 향하고 있다. 그리고 그러한 분노가 직접적으로 발화되기보다는 그러한 분노에 걸맞는 새로운 형상으로 나타나는 중이다. 김사과는 감히 성장이라는 말을 붙여도 부끄럽지 않은 우리 시대의 흔치 않은 작가이다.

(오늘의 문학, 가을호)

'계모 찾기', 버림받은 세대와 냉혹한 모성의 세계

— 최진영론

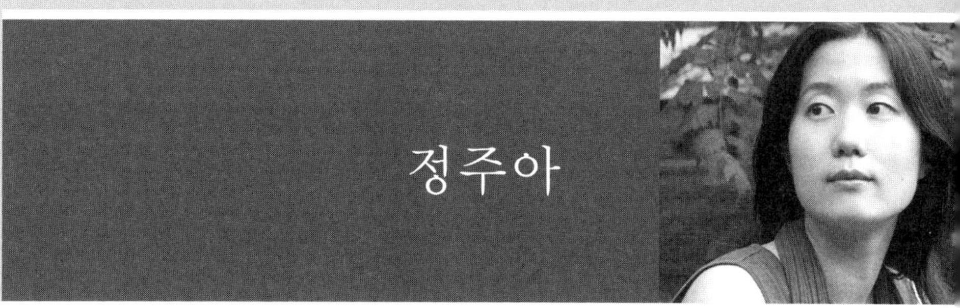

정주아

2005년 『문학수첩』 평론 부문 신인상으로 등단. 현재 서울대학교 기초교육원 전임대우 강사.

'계모 찾기', 버림받은 세대와 냉혹한 모성의 세계

— 최진영론

정주아

1. 퇴행적 성장서사의 끝에서 만난 모성(母性)

빈곤의 대물림에 의해 출생부터 그 운명이 정해지는 마당에야 불행한 주인공이 성인기로 이행하면서 디스토피아로 진입하게 된다는 단절의 계기를 강조하는 성장소설이란 이미 구세대의 유물이 됐다. 천진난만한 유년을 일별하고 만나는 새로운 도전은 비록 실패가 자명하다 하더라도 그 자체로 아름다운 절망이라는 식의, 삶에 대한 호의가 들어설 여지가 없다. 그러나 아무튼 시간은 흐르고 소년은 나이를 먹는다. 인류학적인 혹은 역사철학적인 관점의 완고함만 좀 덜어놓고 본다면 얼핏 사건성이 결여된 것처럼 보이는 이와 같은 생물학적 성장도 특정 세대가 세계와 조우하는 방식을 보여주기엔 모자람이 없다.

2006년 등단해서 꾸준히 단편을 발표하는 가운데 2010년과 2011년 연달아 두 편의 장편을 써낸 최진영은 이미 신예 작가는 아니다.[1] 그럼에도

---

1) 이 글에서 소개하는 최진영의 소설과 그 출처는 다음과 같다. 「팽이」(『실천문학』

이 작가에게 젊다, 어리다는 이미지가 겹쳐 보이는 것은 아마도 그녀의 소설에서 일정하게 반복되곤 하는 주제 때문인 듯싶다. 대개 최진영 소설의 화자는 아직 세상물정에 어두워야 할 나이의 소녀나 소년, 아직 생계를 책임질 만한 준비가 되어 있지 않은 청소년이다. 사회적 안전망의 부실함 앞에 이들이 얼마나 지난한 유년기와 청소년기를 보내고 있는지는 각종 폭력과 살인사건으로 넘쳐나는 인터넷 포털의 사건·사고 뉴스를 잠시만 지켜보아도 알 수 있다. 부모는 제 한 몸에 닥친 불행을 감당하기만도 벅차고, 가출하여 '알바' 자리를 전전하는 누군가의 자녀들은 그야말로 사회의 추상성과 맨몸으로 부딪치며 구체적 생존의 지침을 배운다.

우리 문단의 젊은 작가군을 이루는 '포스트IMF세대'의 한 명으로서,[2] 최진영의 소설에 등장하는 주인공의 위기감은 그 자체로 세계의 불모성과 고아의식의 재현을 다루고 있다고 보아도 좋을 것이다. 자폐적인 청년이 홀로 집안에 머무는 동안 주변 주택이 모두 철거되는 상황을 그린 「월드빌 401호」, 아버지가 그려준 지도를 들고 심부름에 나선 청년이 미로로 변해버린 도시를 헤매다 갇혀버리는 「어디쯤」 등의 단편은 출구가 보이지 않는 절망상태를 오로지 홀로 감당하고 있다는 공통점을 보인다. 누구의 도움이나 보호를 바라기엔 생물학적으로 너무 성장해버렸지만, 세계를 감당할 전투를 벌이기엔 뾰족한 수단이나 방법이 없다. 그 도저한 절망은 유년기의 유토피아에 대한 상상으로 이어지지만, 그나마 우리 세대

2006년 가을호), 「월드빌 401호」(『한겨레문학상 수상작가 작품집』, 한겨레출판, 2010), 『당신 옆을 스쳐간 그 소녀의 이름은』(한겨레출판, 2010), 『끝나지 않는 노래』(한겨레출판, 2011), 「어디쯤」(『현대문학』, 2012년 3월호), 「창」(『작가세계』 2011년 봄호). 본문에서는 작품의 제목만 적고, 인용하는 경우엔 쪽수를 함께 적었다.

2) 박진, 「포스트IMF시대─문학의 욕망과 욕망의 윤리」, 『작가세계』 2011년 봄호, 257~258쪽.

에겐 유년기를 보낼 만한 최소한의 시공간도 없었다는 분노가 터져 나온
다. 철거 위기에 놓인 방이나, 간신히 몸을 뉘었지만 빚더미 생각에 숨쉬
기조차 버거운 어두운 고시원 쪽방(『끝나지 않는 노래』)에서 보듯 사방이
막혔으되 보호의 기능을 하지 못하는 공간이란, 어머니의 뱃속에서 나오
자마자 곧장 세계에 던져졌다는 인식의 반영이다. 현실 시간은 미래로 나
아가되 잃어버린 유년에 대한 맹렬한 보상의식을 안고서만 전진할 수 있
다. 왕따와 자살사건이 빈번한 학교와 직장에서(『창』), 부모의 싸움에 겁
을 먹고 웅크린 방 안에서(『당신 옆을 스쳐간 그 소녀의 이름은』) 주인공
들은 절망을 안고 더디게 앞으로 나아가는 시간에 겁을 먹는다. 그리곤
시간을 거슬러 모든 일이 시작된 원점으로 되돌아간다. 모든 사태의 근원
이자, 탯줄로 연결된 유일한 원인인 엄마를 만나 물어볼 심산이다.

엄마, 엄마는 왜 날 낳았나요? 제대로 키워줄 것도 아니면서.

2. 친모, 계모, '진짜 엄마'

최진영의 첫 장편 『당신 옆을 스쳐간 그 소녀의 이름은』은 흡사 소설판
〈엄마 찾아 삼만리〉를 연상시킨다. 하루가 멀다 하고 맞고 때리길 반복하
는 형편없는 부모 대신, 어딘가에 있을 '진짜 엄마'를 찾아 가출하는 소
녀 '언니'가 주인공이다. 소설은 소녀가 꿈꾸던 모성의 판타지가 몇 개의
불완전한 가짜 엄마의 품을 통과하며 진짜 엄마의 형상을 완성해나가는
과정을 그린다. 평범한 가정을 꾸미는 것이 소원인 장미 다방의 여종업원,
태백 식당을 홀로 운영하며 조용히 늙어가는 할머니, 자신을 인생의 낙오
자라 여기고 세상과 단절된 채 낡은 방에 머무르는 청년, 자신을 버린 부
모를 찾아 복수하겠다는 일념으로 전국을 떠도는 각설이패 대장까지. 잠

시나마 아무 대가 없이 자신에게 안식처를 제공한 이들과 생활하면서 소녀는 그들의 단점은 빼고 장점만 갖춘 진짜 엄마와의 해후를 꿈꾼다.

아이에게 모성은 곧 생존과 동의어이다. 굶주림과 위험을 피해 절대적인 보호를 제공받는 원천이다. 현대문학에서 모성을 호출한다는 것은 일반적으로 피터팬 증후군, 그러니까 삶의 무게에 지쳐버린 나머지 성인이라면 누구든 한 번쯤 꿈꾸곤 하는 유년기 유토피아로의 회귀에 대한 갈망으로 설명이 가능하다. 하지만 최진영이 그린 불행한 소녀 '언나'는 어떠한가. 그녀는 "엄마의 구멍을 찢고 바깥으로 나왔던 그때 그 순간, 나는 이미 끝을 경험"(19)했다고, 열 살짜리 어린아이라곤 믿을 수 없는 섬뜩한 어조로 유토피아란 없다고 말하고 있다. 최진영의 소설에 자주 등장하는 엄마의 부재라는 상황은 이렇듯 공백, 아니 차라리 상처로 남아 있는 유년기의 소설적 재현이다. '엄마는 이제 할 만큼 했으니 이제 너 혼자 가라'는 것이 입사 단계를 상정한 성장소설의 전형적인 구도라면, 최진영의 소설에는 '엄마는 원래 없었고 나는 처음부터 혼자였다'는 억울함과 분노가 기저에 깔려있다. 이것이 『당신 옆을 스쳐간 그 소녀의 이름은』이 유년기를 보상받기 위해 세계로 나아간다는 역전된 성장소설의 형식을 갖게 되는 이유이다.

그러나 최진영의 소설에 나타나는 강력한 모성에 대한 갈망이란, 진짜 엄마를 찾아 잃어버린 유년기 유토피아의 형상을 채워 넣겠다는 보상심리의 발로가 전부라기엔 석연찮은 구석이 있다. 소설의 결말에 가서야 밝혀지지만, 언나의 친모는 부부싸움 과정에서 아버지를 살해하고 자식을 버리고 도망쳤다. 그러니까 언나가 찾아가는 '진짜 엄마'는, 동화의 '엄마 찾기'가 그려내는 친모 찾기 여정은 아닌 셈이다. 엄밀히 말하면 언나는 계모를 찾는다. '계모(繼母)'라는 이름은 그 한자가 보여주듯 철저히 자식의 양육을 염두에 두고 만들어졌다. 친모에게 버림을 받은 아이, 아니 엄밀히 말하자면 형편없는 친모를 '가짜 엄마'라며 스스로 버린 아이는 이제 자신을 받아줄 계모를 구하러 떠나는 것이다. 그러니 이제 묻자. 주인공 소녀가 '진짜 엄마'를 찾아 떠난다고 했을 때, '진짜'란 무슨 뜻인가.

모성이 대체 가능하다고 생각한 순간에 친모의 권위는 이미 붕괴된 것이다. 「장화홍련전」으로 대표되는 계모의 서사는 혈연으로 연결된 친모의 절대적 권위를 바탕으로 성립된다. 아내와 남편이라는 관계의 연결과는 달리, 어머니와 자식이라는 혈연의 연결은 변하지 않는다. 이 공고한 연결을 위협하는 계모는 근본적으로 천륜을 위협하는 침입자이며 때문에 언제나 악역을 맡는다. 그런데 문제는 계모 역시 모성을 대체 불가능한 것이라 생각한다는 사실이다. 계모는 계모대로 자신의 자식을 낳으려 노력하고 새롭게 가족 구성원을 짜는 데 방해만 되는 전처의 소생을 몰아낼 계획을 세운다. 이것이 악행을 저지를 수밖에 없는 이유이다.[3] 그러니까 '내 자식'에 집착하는 모성의 이기적인 세계가 무너지지 않는 이상, 친모를 버린다고 해서 계모의 자식이 될 리는 만무한 것이다. 그런데 지금 '진짜 엄마'를 찾겠다는 소녀는 계모를 찾아다니는 중이다.

실상 최근 우리 사회의 가족 붕괴 양상을 고려한다면 모성을 향한 판타지는 사치에 가깝다. 페미니즘적 시각에서 보았을 때 모성이란 계륵과도 같다. 출산과 양육에 기꺼이 자신의 모든 것을 바치고, 이러한 헌신은 말할 것도 없이 가부장적 사회체제를 유지하는 근간이 된다. 그렇다고 비판만 하기도 어렵다. 분명 출산이란 여성의 고유한 체험이고 아울러 자신의

---

3) 고전소설에 등장하는 계모의 모성담론에 대해서는 강유리, 「계모이야기: 모성 이데올로기의 비극」(서강여성문학연구회 편, 『한국문학과 모성성』, 태학사, 1998, 65~90쪽)을 참고했다.

몸을 통해 태어난 생명을 기른다는 것 역시 여성이 그 자신을 특별한 존재로 인식하는 계기임엔 틀림없기 때문이다. 말하자면, 모성은 여성담론 속에서도 뭐라 딱 잘라 이야기하기 힘든 주제에 속한다. 그러나 출산과 양육에 헌신하고 희생할 기회조차 주지 못하는 사회라면 이 모든 논의는 무화된다. 종일 노동하면서 생계 걱정에 시달리는 어머니 '들'에게 출산과 양육에 헌신하라는 사회의 요구는 아무리 그것이 본능적으로 체화된 요구라 해도 이미 감당할 수 없는 것이다. 절대적 빈곤, 가정폭력, 가족의 해체로 이어져, 열 살짜리 소녀가 "뿔뿔이 흩어져서 완전해진 우리 가족"(160)이라며 역설적으로 안도하는 지경에 이르렀을 때에야 꼭 친모에게 집착할 필요는 없는 것이다. 계모가 필요하다, 그것도 강하고 멋진, 그것이 '진짜 엄마'이다.

소녀가 그토록 갈망하는 '진짜'란 무엇일까. '진짜'는 어린 나이에 도무지 살아야 할 이유를 모를 만큼 절망해버린 이 소녀가 살아가는 유일한 이유, 다시 말해 생의 목적이라 이를 만한 것이다. 언나가 설정한 삶의 목적이란 것이 어떤 실체와 연결되는지는 소설의 결말에 등장하는 '진짜 엄마'와의 해후 장면에서 드러난다. 또래 가출 청소년과 어울리던 언나는 의붓아버지의 성폭행을 피해 자살한 친구 나리의 가련한 운명을 자신과 동일시한다. 사고 후 경찰서를 뒤늦게 찾아와 무심한 목소리로 조용히 뒤처리를 해달라고 부탁하는 나리의 엄마에게서 언나는 진짜 엄마의 정체를 본다. '진짜'는 결국 껍데기이자 환상에 불과하다.

"거리를 떠돌며 내가 정했던 진짜 엄마의 조건은 모두 껍데기고 포장이며 환상이고 거짓말이다. 나의 진짜 엄마는 어떤 얼굴이라도 가질 수 있으며 그래서 결국, 어떤 얼굴이라도 상관없는 그런 사람이다. 맞는 대신 때리는 자이고 때리는 게 번거로우면 죽여 없앨 수도 있다. 그 모든 게 귀찮을 땐 외면한다. 상관없는 척한다. 그뿐이다. 오직 중요한 건 자신의 생존이다. 불행이나 행복 따위엔 관심도 없다. 이제야 알겠다. 그런 사람을 찾기는 너무 쉽고, 너무 쉽기 때문에 나는 여태 못 찾고 있었다. 너무 흔하니까, 어디에나 있으니까. 거울을 보면 그 속에도 있다."

—『당신 옆을 스쳐간 그 소녀의 이름은』, 274쪽

소녀가 찾는 '진짜'란 결국 간단하다. 그녀의 생의 목적은 자신을 돌봐주고 외면하지 않을 장소에 도달하는 데 있다. 친모의 나약함을 상쇄할 강력한 조건을 갖춘 계모를 찾아 그녀는 긴 여행을 했다. 그리고 그 여행의 끝에서 자신을 받아줄 곳은 없다는 것을 확인한 셈이다. 계모 찾기의 실패라는 관점에서 본다면, 자신을 의탁할 곳이 없다는 절망은 모성을 향한, 또한 세계를 향한 절망이 된다.

군림하던 부성이 무너진 시대를 살아가는 세대에게, 일방적으로 순종하고 복종을 요구하는 체계와 시스템이 진짜냐 가짜냐 하는 문제는 이미 중요한 사안이 아니다. 생존이 최고의 미덕이 된 이상 이미 순종하고 복종하려는 자세는 기본적인 것이다. 그러나 그들의 연약한 탯줄의 끝이 닿아 있는 세계, 생사여탈권을 쥔 세계는 강력하고 변덕스러운 모성을 닮아 있다. 무능하고 연약한 모성을 버리고 강력한 계모의 세계를 향해 끊임없이 진입을 시도하는 소녀의 모성 판타지는 보다 안전하고 강력한 세계에 편입하고자 하는 세대가 그려낸 유토피아의 형상이다. 그러나 이 세계는 본질적으로 냉혹하기 짝이 없다. 당초 저항과 반역을 꿈꾼 일조차 없건만 그 세계는 이미 태어날 때부터 진입이 봉쇄되어 있다. 모성의 부엌에서는 생존의 절박함이 모든 논리를 대신한다. 어떤 생명이 살기 위해서 어떤 생명은 사라져야 한다. 생존 위기에 몰릴수록 모성의 은총은 제 자식, 그 중에서 적자를 가려내고 그 나머지는 희생양으로 돌린다. 이것이 모성의 세계가 보여주는 잔혹함이고, '진짜 엄마'의 얼굴이다.

3. '계모 되기'의 이중성

'엄마 찾기'라는 주제를 놓고 보았을 때 최진영의 소설이 궁극적으로 '적자'를 향한 모성의 맹목성을 그 적으로 삼게 되리라는 점은 예측 가능한 일이다. 모성의 위대한 사랑은 특정한 개별자에게 구현될 때는 은혜롭겠지만, 그 범주를 벗어난 이들에게는 차라리 재앙이다. 그러나 이 전투는 기존 세계의 공고한 체계에 진입을 거부당한 세대가 토해놓는 울분의 형식이기도 하다. 여성 삼대의 수난사라는 고전적인 형식을 도입한 장편 『끝나지 않는 노래』가 던지는 메시지 역시 이 지점에서 그리 멀지 않다. 『끝나지 않는 노래』는 크게 두 부분으로 나뉜다. 첫 이야기는 일제시대부터 4·19까지 근현대사를 겪어낸 인물인 두자의 이야기이다. 그녀는 아들 귀한 집안의 흔한 딸로 태어나 친정에서든 시집에서든 노예처럼 일하고, 남편의 외도로 쫓겨난다. 씨받이 노릇을 하던 그녀는 결국 홀아비로 남은 남편의 배다른 아들을 키우게 된다. 그녀에겐 몸을 의탁할 곳을 찾아 전전하는 사이 외간 남자와의 사이에서 낳은 쌍둥이 딸 수선과 봉선이 있다. 이들 쌍둥이가 살아가는 1970년대부터 현재까지의 시공간이 두 번째 이야기를 이룬다. 작가는 이 두 이야기의 막간에 수선의 딸인 대학생 은하의 죽음에 관한 삽화를 짧게 잘라 삽입해서 기존 두 이야기의 연대기적 진행에 비극적인 감정을 더한다. 자취하던 고시원에 살인방화범이 침입하는 바람에 건물 안에 갇혀 질식사하게 되는 약 40분 남짓한 시간의 긴박한 정황이 은하의 일인칭 내레이션으로 전달된다.

두자와 쌍둥이 딸 수선과 봉선, 은하로 이어지는 여인 삼대의 구도를 통해 작가가 일차적으로 그려내는 것은 여성이자 어머니로서 감내해야 하는 지난한 삶의 형상과 그 반복의 역사이다.

"열녀와 효부와 절부에 대한 칭송. 강요되는 희생과 인내. 어머니는 억척
스럽고, 강하고, 안 먹어도 배부르고, 자식과 남편을 위해 무슨 짓이든 할 수
있으며, 자식은 많이 낳아야 하지만 성욕 따윈 몰라야 했다."
—『끝나지 않는 노래』, 90쪽

축복받지 못한 출생, 남성의 성적 욕구 해소와 출산에 동원되는 기계적
인 몸, 쉼 없는 가사노동, 정신적 학대, 가정폭력 등 작가는 일제시대에서
현대에 이르는 시간의 스펙트럼 위에 두자와 두 딸의 삶을 그리면서 가히
여성문제 전반을 문제 삼았다고 해도 과언이 아니다. 이들의 순탄치 못한
삶을 물려받은 대학생 은하 역시 불행하게 살다 짧은 생을 마감한다. 죽
어서 남길 것이라곤 은행 빚이라 중얼거리면서 말이다. 작가는 이들 여성
의 일대기에 맞추어 한국 근현대정치사를 엮어 놓았는데, 이는 시간이 흘
렀지만 아무것도 변하거나 해결되지 않았다는 절망적 메시지를 부각시키
는 역할을 한다.

그러나 지금은 2000년대. 주제의 당위성을 잠시 보류하고 생각한다면,
한국 문학에서 별로 새로울 것 없는 소재인데다 심심치 않게 '역차별'에
관한 논의까지 나오곤 하는 시대에 이러한 고전적 여성수난사가 어떤 의
미를 가질 수 있을지 물어보는 것이 옳은 수순이 아닐까. 사실 이 작품은
최진영 소설 전체의 구도 속에 놓았을 때 보다 흥미롭게 읽을 수 있다.
『끝나지 않는 노래』에 앞서 그녀의 등단작 「팽이」를 먼저 살펴보자. 부모
없이 오빠와 단둘이 남은 소녀의 성장기를 그린 이 소설이 '엄마 찾기'라
는 주제의 출발점에 해당하기 때문이다. 「팽이」에는 재혼하여 미국에서
두 아이의 생활비를 보내오는 엄마가 등장한다. 작가는 엄마의 부재를 질
문하는 방식을 독특하게 그렸다. 엄마가 곧 돌아올 것이라 변명하던 오빠
는 어느 날 소녀가 비로소 글을 읽을 수 있게 되자, 엄마가 보내온 편지를

내놓으며 "엄마는 집을 찾았대. 아주 멀리에서"(89)라고 진실을 털어놓는다. 이어지는 소녀의 궁금증은 단순하지만 자연스러운 것이다. 엄마가 '집'을 찾아갔다면, 오빠와 자신이 머무는 '이곳'은 과연 무엇이며 어디란 말인가. 그러므로 이 소설은 자식을 버리고 어딘가에 자신만의 집을 지어버린 엄마를 찾아 떠나는 엄마 찾기 여정의 출발점에 놓인다. 엄마에겐 대체 무슨 일이 있었던 것일까. 「팽이」를 연결고리로 하여, 엄마를 찾아 떠난 소녀는 어떻게 되었나를 이야기하는 후일담 격의 이야기가 『당신 옆을 스쳐간 그 소녀의 이름은』이라면, 집을 떠난 엄마에겐 무슨 일이 있었나를 이야기하는 전사 격의 이야기가 바로 『끝나지 않는 노래』이다.

『끝나지 않는 노래』에는 여성 차별의 누적된 역사나 그 차별의 불합리함을 폭로하는 장면 못지않게 인상적인 대목이 있다. 젊은 시절 여성에게 강요되는 억압에 진저리를 치던 두자가 그녀의 딸에게도 똑같은 방식의 삶을 강요하는 부분이다. 그녀는 이미 자신의 불행이 어디에서 비롯되었는지 알고 있다. 모성의 이름으로 합리화되곤 하는 맹목적인 배타성이다.

> "그들은 제 자식이 너무 아깝고 소중해서, 제 자식 아닌 것들은 모두 도둑놈에 잡것에 막 대해도 되는 물건 취급했으니까. 무언가가 너무 소중하고 대단해 보이면 그 외 다른 것은 모두 하찮게 보이나 보다. 나도 아이가 생기면 그리 될까. 장마로 불어난 개울을 보며 두자는 생각했다. 내 자식이 태어나면 오직 그놈만을 위해 내 평생을 몽땅 바치고, 누군가에겐 무뢰한에 마귀가 되어버릴까."
>
> ― 『끝나지 않는 노래』, 72~73쪽

자기 자식에게는 사랑의 원천이면서 그 사랑의 절대성 때문에 남의 자식을 희생시킬 수 있는 것이 엄마다. 아울러 부엌의 질서에 따라 먹이를 분배하는 순서를 만들고 먼저 살릴 것을 결정하는 것이 엄마다. 이러한

모성의 냉혹성과 잔혹성이 『당신 옆을 스쳐간 그 소녀의 이름은』의 소녀
나, 『끝나지 않은 노래』의 여성인물들의 소외감과 애정 결핍의 원인이 된
다. 문제는 이러한 모성을 소환하고 응답하는 방식에 따르는 희생과 헌신
의 강요가 다름 아니라, 여성 내부에서 오히려 더 강력하게 강화되면서
전승된다는 아이러니이다. 이미 그리스 신화에 등장하는 대모신 데메테
르도 혼자서는 꽃을 피우지도 곡식을 여물게 하지도 못했다. 딸 페르세포
네와 함께 있을 때에만 데메테르는 만물의 어머니 노릇을 할 수 있었다.
단순히 딸을 사랑하는 모성 때문이었을까. 이 딸과 운명적으로 함께 해야
만 모성의 구현을 완성할 수 있는 어머니는 모성공포의 원형이다. 신화는
해독하기 나름이니, 최진영의 페르세포네는 데메테르에게 몸서리를 쳤을
지도 모른다. 어머니가 곧 자신이라는 어쩔 수 없는 동일성을 확인하면
서, 그리하여 자신의 운명을 알면서도 어머니의 세계로 끌려갈 수밖에 없
다는 공포에 떨면서 말이다.

　어머니의 역할을 수용하는 두자의 행보에는 흥미로운 면이 있다. 하나
는 '제 자식'에 대한 집착을 버리고 두자가 쌍둥이 자매를 방기했다는 것
이며, 다른 하나는 그녀가 '제 자식'을 버리는 대신 전남편의 배다른 아
들들에게 괜찮은 계모가 되기 위해 사력을 다했다는 것이다. 그러니까 두
자가 앞서 '제 자식'이 전부다 운운했을 때 그녀 역시 가부장제 사회에서
혈통의 보존을 담당할 아들에게만 그 이름을 붙였다는 점을 알 수 있다.
전통사회에서 남아에 대한 광적인 집착은 이미 잘 알려져 있는 사실이고,
이 장면은 두 가지 이유에서 눈여겨 볼 만하다. 하나는 근본적으로 모성
의 세계, 즉 부엌의 생존전략은 윤리보다는 효율성을 기준으로 움직인다
는 사실이다. 생존에 가장 유리한 개체를 골라 그 개체에게 모든 혜택을
몰아주고 그로부터 투자의 효용을 극대화하는 것이다. 가부장제 사회에
서 장남에 대한 지원은 공정하진 않아도 나름대로 합리적인 것이다. 다른

하나는 쌍둥이를 포기하면서 배다른 두 아들의 계모 되기에 심혈을 기울이는 두자의 선택이란 결국 친모를 버리고 다른 세계에 안정적 삶의 탯줄을 대려 했던 『당신 옆을 스쳐간 그 소녀의 이름은』의 주인공 언나의 선택과 동일한 양상을 보인다는 것이다. 이러한 두자의 선택에는 떠돌이 생활을 청산하고 자신만의 안정된 세계를 구축하고 싶다는 것, 그리하여 남들의 비호의적인 시선과 손가락질에서 해방되고 싶다는, 집단에서 소외된 자의 불안감이 자리 잡고 있다.

소설의 결말에서 작가는 효율성과 안정감을 동시에 취하는 방식으로 수선과 봉선이 '두 명의 엄마'가 되어 자식을 양육하는 방법을 택했다. 이는 모성의 자기모순을 극복하는 방식으로 제안되어 온 '자매애'의 재현일 수도 있을 것이다. 그러나 다른 누구와 나눠 가지지 않는 독점적인 애정을 갈구해온 소녀의 엄마 찾기라는 시선에서 본다면, 이 두 명의 엄마는 친모와 계모의 차이를 없애버린 모성의 세계를 만든 것과도 같다. 같은 엄마, 같은 방식의 사랑이라면 나 혼자 배제될 염려는 없으니 말이다.

4. '계모 찾기'와 소설가의 자리

생존 전쟁에서 이미 지쳐버린 청년들이 바라보는 현실이란 자식을 방기한 채 떠나버린 친모의 세계이고, 오직 '제 자식'만 찾기에 '남의 자식'은 진입조차 불가능한 계모의 세계이다. 최진영의 소설은 단편 혹은 장편을 막론하고 가독성이 높은 편인데, 이렇듯 출구도 입구도 보이지 않는 모성의 세계의 무심함을 향한 분노가 서사 전체를 관통하기 때문이다. 즉 분절되지 않은 분노의 파토스가 서사를 통째로 꿰어버리는 형국이다. 한편 모성을 향한 갈망은 생존을 위한 안전과 보호에의 욕구인 동시에 자신을 외면한 기성세계를 향한 진입의 욕망이기도 하다. 어쨌든 든든한 엄마의 부엌 속에서만 안전할 수 있기 때문이다. 때문에 그 분노의 형태는 '제 자식'에 제한되는 이기적 사랑에 대한 공격으로 나타난다. 그러나 이는 뒤집어보면 모성의 보호구역에서 배제된 자의 분노이며, 자신도 역시 사랑받는 아이가 되고 싶다는 맹렬한 요청이기도 하다. 그러나 생존을 위해 엄마의 부엌문을 두드리는 자신의 모습이 얼마나 긍정적인 자아상으로 다가올 것인지는 미지수이다. '진짜 엄마'를 찾는 소녀가 거울에서 발견한 '나', 그러니까 엄마와 구분되지 않는 자신을 보고 좌절하는 장면의 여운이 오래 남는 이유이다.

극단으로 치닫는 분노의 감정을 주조로 하지만 가끔 최진영의 소설에서는 인물의 비극적 운명을 놓고 머뭇거리는 작가의 고민이 전해지곤 한다. 『끝나지 않는 노래』에 등장하는 소년 동하가 그 사례인데, 작가는 그 운명을 감히 결정하지 못하고 주저하고 있다. 물론 단편과 장편을 막론하고 무고한 소녀들이 인정사정 볼 것 없이 죽어가는 것을 감안한다면, 유독 동하의 운명만이 어렴풋이 처리되어 있는 것은 좀 의아하긴 하다. 동하가 아들이 아니라 딸이었다면 과연 끝까지 살아남을 수 있었을까. 작가는 유독 여성인물에게 가혹하게 굴고 있는 것은 아닐까. 따돌림을 받으며 폭행에 시달리는 어리고 순수한 영혼 동하에게 그 어떤 사건도 덧붙이지 못하는 작가의 마음이란 아이러니하게도 작가가 그토록 경멸했던 모성의 본능을 꼭 닮아 있다. 그러나 이것은 어떤 한계라 볼 수는 없으며, 오히려 아직 모든 문제는 진행 중이라는 사실을 보여줄 따름이다. 범박하게 보아 아이의 엄마 찾기, 그러니까 사회적 안전망에서 추락한 소외된 집단의 보호와 안전에 관한 문제가 이 작가에겐 여전히 중요한 주제인 것이다. 또한 이 어린 영혼 앞에서의 머뭇거림은 아동, 청소년, 여성 등과 같은 사회적 약자의 문제에 접근할 때 맹렬한 분노와 참혹한 죽음의 현장을 재현하는 과정에서 생겨난 작가적 회의의 결과일 수도 있겠다. 참혹한 죽음의 재현이 작가로서 할 수 있는 전부라는 지점에서 오는 회의 말이다. 아무리 현실에 가깝게 모사한다고 하더라도 소설 텍스트에는 결국 그 모사의 완벽함으로는 채울 수 없는 이상(理想)의 자리가 남아 있다. 이를 일컬어 미메시스의 갈증이라 부를 수 있을까. 사회문제에 예민한 작가, 그리고 고통스러운 삶의 현장에 놓여 있을 독자의 시선을 의식하는 사려 깊은 작가일수록 이런 회의에서 자유로울 수 없다. 최진영의 소설을 끌고 가는 도저한 분노의 강도가 결국은 책임감을 수반한 슬픔의 일종이라는 것이 이러한 머뭇거림에서 전해진다.

다음의 장면은 미메시스의 갈증이랄까 소설가의 존재방식이랄까, 작가 최진영의 글쓰기를 축약한 대목이라 생각한다. 익명의 별에서 자신을 보아내고 이름을 붙여주려 하지만 정작 주변의 별 근처를 서성이며 자위할 수밖에 없는 미메시스의 공허함 말이다. 아름다워서 기억해두고 싶은 장면이기에, 편견이자 사족일 수도 있지만 적어둔다.

> "해에게는 해라는 이름이 있고 달에겐 달이라는 이름이 있는데 반짝이는 저 별들은 다 그냥 별이니, 어쩜 나와 비슷하다. 저마다 이름이 있고 나이가 있는데 내겐 그런 것이 없으니. 나는 반짝이는 별들 중 가장 밝은 별 하나를 오랫동안 쳐다봤다. 그것에 이름을 붙여주고 싶어서 여러 가지 이름을 생각했지만 딱히 맘에 드는 게 없었다. 그냥 별이라는 이름이 가장 어울리는 것 같았다. 그래서 나는 마음을 바꿔 먹었다. 저 별은 그냥 별로 두고, 다른 별에게 모조리 이름을 붙여주기로. 그럼 저 별만 특별해질 거다… 나는 내 맘에 드는 별을 제외한 다른 별들에게 오만 가지 이름을 다 붙이기로 했다. 장미. 찬수. 마담. 해자. 태백. 강릉…"
> ─『내 옆을 스쳐간 그 소녀의 이름은』, 195쪽

(실천문학, 겨울호)

경험 없는 세대와
파토스의 영도(零度)

— 김성중과 박솔뫼의 소설 읽기

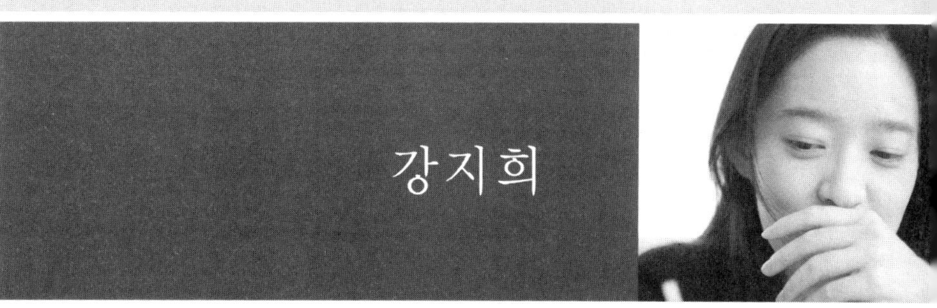

이화여자대학교 국어국문학과 및 같은 대학원 박사 과정 수료. 2008년 『조선일보』 신춘
문예로 등단.

경험 없는 세대와 파토스의 영도(零度)

— 김성중과 박솔뫼의 소설 읽기

강지희

폭주하는 나르시시스트 메시아

머리부터 발끝까지 무시무시하게 온몸을 짓눌러오는 이 피로는 실재하는 것인가. '피로사회'라는 말이 지금 현 사회를 설명하는 데 있어 어마어마한 설득력을 지니고 호출되고 있으며, '멘붕'(멘탈붕괴)이라는 신조어가 도처에 출몰하는 것은 그 표면적인 현상으로도 우리의 정신이 초조와 불안 속에서 아슬아슬하게 살아가고 있음을 여실히 증명해낸다. 입속 울림의 경쾌함을 안겨주는 '멘붕'은 손쓸 수 없는 어떤 절망적인 상황을 어떻게든 가볍게 툭 던져 올리는 듯한 어조를 내포하고 있지만, 이와 반대로 최근 한국 소설에 우세종은 폭력과 분노를 담지한 어떤 것이다. 소설 속 인물들의 폭력과 그 아래 깔려 있는 분노는 얄팍한 생존에 대한 관심과 쓸데없는 가벼운 짜증 등에 점령당한 정신이 자유로워질 수 있는 하나의 길로 읽힌다. 우리의 정신이 수동적으로 '멘붕' 당하는 것이 아니라 능동적으로 깨지고 붕괴할 때, 이는 의미 없는 분주함으로 점철된 지리멸

렬한 일상에 급박한 단절을 기입할 수 있는 어떤 힘이 될 수 있다. 분노하는 주체들은 냉소와 무감각에서의 탈피를 가장 명백하게 보여주며 세계의 고통을 근본적으로 단절시킨다는 점에서, 그들의 파토스는 새로운 윤리를 열어낸다. 그런데 이 폭력이 메시아적 인물과 함께할 때, 어떤 소설은 위험한 경계를 걷는 것처럼 보인다.

> "우리가 사는 이 지구에는 특별한 목적을 가진 기계들이 있어. 바로 센서야. 감각을 하는 게 그것들의 목적이야. 지구 곳곳의 센서들은 기온과 습도와 바람을 측정하지. 어떤 센서는 전나무 가지에 매달려 있다가 시베리아 호랑이가 지나가면 반응을 하고 사진을 찍어. 센서는 너무나도 많아. CD의 홈을 읽기도 하고 적외선으로 피사체와 렌즈 사이의 거리를 재기도 하고. 그런데 고통을 감지하는 센서는 없어."
>
> "그게 너라는 거야?"
>
> "그래, 나는 그렇게 만들어진 것 같아. 아침에 출근하는 사람들이 지나가면 그들의 고통이 내 영혼을 짓눌러. 그들이 지고 가는 삶의 무게로 가슴이 터질 것 같아."
>
> —『너의 목소리가 들려』, 133쪽

우리는 이 장면에서 '나'를 '그'로 대체할 수 있었을 때 문학에 들어섰다고 말했던 카프카를 떠올려볼 수도 있을 것이다. 블랑쇼는 카프카의 이 말에서 '있음'의 순수한 수동성에 헌신하는 문학의 말을 읽어냈으나, 여기에는 타인의 고통에 개입하는 능력에 대한 강한 지각 역시 자리하고 있다. 『너의 목소리가 들려』에서 타인이 지고 가는 삶의 무게와 고통은 어느 날부터 '제이'에게 추상적인 어떤 것이 아니라, 그의 영혼을 짓누르고 가슴이 터질 것 같이 만들어버리는 구체적인 것으로 다가온다. 여기서 시각보다 청각이 강조되는 제목("너의 목소리가 들려")은 타인의 고통을 지각할 때 자칫 빠져들기 쉬운 시각의 관음증적인 향락에 대한 강한 거부로

읽힌다. 눈은 거리를 둠으로써 관조할 수 있고 눈을 감음으로써 그 인식
조차 중단시킬 수 있지만, 귀는 어떤 관조도 외면도 불가능하게 열려 있
는 신체 부위이기 때문이다.

그런데 타인에 대한 고통을 누구보다 생생하게 자각하는 '제이'는 소
설 중반부가 되면 돌연 오토바이를 타고 폭주하기 시작한다. '제이'는 자
신의 폭주를 이렇게 설명한다. "그래, 우리는 열받아서 폭주를 하는 거
야. 뭐에 대해서? 이 좆같은 세상 전체에 대해서. 폭주의 폭자가 뭐야? 폭
력의 폭자야. 얌전하면 폭주가 아니라는 거지. 엄청난 소리를 내고, 입간
판을 부수고, 교통을 마비시킬 때, 그제야 세상이 우리를 보게 되는 거야.
폭주는 우리가 화가 나 있다는 걸 알리는 거야. 어떻게? 졸라 폭력적으
로. 말로 하면 안 되냐고? 안 돼. 왜? 우리는 말을 못 하니까. 말은 어른들
거니까. 하면 자기들이 이기는 거니까 자꾸 우리보고 대화를 하자고 하는
거야." 그는 자신을 비롯해 세상에서 외면받는 10대들을 스스로의 고통
을 표현할 수 있는 언어를 박탈당한 '하위주체'로 인지한다. 그리고 이렇
게 약자로 자신들을 규정하는 순간부터, 그들의 폭주는 약자들이 즉각적
인 정의를 요구하는 데 있어 필연적인 폭력으로 읽힐 가능성을 갖는다.
무엇보다 광복절 대폭주 진압 과정에서 폭주족 리더인 '제이'가 합법적
폭력의 상징물인 경찰과 대립하는 상황은, 벤야민의 법 정립적인 '신화
적 폭력'과 법 파괴적인 '신적 폭력' 중 후자와 연결시키도록 적극적으로
요청하는 것처럼 느껴진다. 그런데 우리가 이 둘을 현실세계 속에서 구분
하는 것은 과연 가능한가. 지젝은 신적 성격을 보증해주는 대타자는 없으
며 무언가를 신적 폭력으로 읽고 떠맡는 위험은 순전히 주체의 몫이라고
강조한 바 있다.

이와 관련해 소설에서 흥미로운 지점은 제이에게 외경심을 품으며 따
르는 아이들이 아니라, 이를 관찰하는 화자 '동규'의 시선이다. 그는 제

이에 대한 반발심이나 찜찜한 무언가를 계속해서 느끼며, 제이가 사용하는 비유의 상투성을 꿰뚫어본다. 제이의 말은 "자기계발서에서 건진 듯한 잠언이 종교적 교훈과 뒤섞였고 싸구려 대중소설의 잔뜩 힘을 준 비장한 문체가 로맨스의 극적인 구성으로 스며"든 천박한 혼종성의 말이었고, 무엇보다 동규의 삶에 대해서 말하기 시작하자 "그의 말이 얼마나 텅 비어 있는지" 깨닫게 된다. 자신에게 도취된 듯한 제이는 스스로를 퇴화된 날개의 흔적을 가진 메시아와 같은 특별한 존재로 규정함으로써, 그의 죽음 이후 목격자들에 의해 '승천' 했다고 주장됨으로써 소설 속에서 스스로의 부정적 파괴를 통어하는 초월적 주체로 거듭나게 된다. 그의 메시아적 행보는 타자의 고통과 직면하는 데서 시작되었다는 점에서 혁명적 주체로의 전환 가능성을 품고 있었으나, 자신의 광기 자체를 지각하는 메타의식을 내재하고 있음에도 타자를 경유하지 않음으로써 존재론적으로 우월한 자리를 차지하는 데 그치고 만다. 여기에는 끝없는 자아의 분열과 소거의 악무한(惡無限) 속에서 벌어지는 투쟁 대신, 자아의 우월성을 정초하고 있는 나르시시즘만이 남아있다.

이 소설이 비명을 지르며 폭주하는 인물들이 출몰하는 김사과의 소설과 유사해 보이기도 하지만, 아주 다른 지점에 있는 것처럼 느껴지는 것은 외부현실에 대한 강렬한 대타의식에서 비롯하는 것처럼 보인다. 이는 1990년대 작가들이 보유하고 있었던, 그리고 지금까지도 지니고 있는 대결해야 하는 대상에 대한 끊임없는 인식이다. 김사과 소설의 인물들이 타인을 향해 욕설을 내뱉고 목을 조르고 칼을 휘두를 때, 이는 때때로 세상을 부수는 것이 아니라 슬픔과 고통으로 자신이 무너지는 것처럼 보인다. 부수려는/부서지는 무서운/무서워하는 아이는 구별 불가능하게 분열된 하나의 자아다. 그러나 김영하의 소설은 '세계' 달리면서도 위반하고 교란시켜야 할 바깥에 대한 인지가 뚜렷하게 존재한다.

김성중과 박솔뫼는 이런 분노와 폭력에서 벗어나 파토스의 영도(零度)에서 시작하는 작가들로 보인다. 이는 그들이 폭력을 불편해함으로써 사회의 구조적 폭력에 눈감으려는 것과는 아무런 관련이 없다. 이들은 기본적으로 위반하고 전복시켜야 할 타율적인 대타항을 설정하고 있는 것처럼 보이지 않는다는 말이며, 이를 설정할 수 있는 어떤 '경험(Erfahrung)'이 부재하는 것을 스스로 재인식하는 세대라는 말이다. 그런데 언뜻 수동적으로 보이는 거부하는 몸짓이나 공상은 새로운 저항성을 발생시키는 것처럼 보인다. 자신을 재생산하는 체계의 항상성은 많은 에너지를 필요로 하기에, 체계 내에서 변화를 일으키기 위한 첫 번째 제스처는 활동을 철회하는 것일 수 있다. 지금 우리에게 필요한 것은 경악을 부르는 스펙터클한 폭력의 과잉도, 즉각적인 구원도 아니다. 근본적인 구조의 마비를 가져오는 소멸, 구축과 재생에 기대지 않는 더 철저한 피로와 공허와 붕괴만이 갈급하다. 파괴된 경험이 남겨놓은 폐허를 가만히 응시하며, 여기 파토스의 영도(零度)에서 다시 시작하는 작가들이 있다.

트라우마가 없다는 트라우마

2011년에 가장 충격적이었던 단편은 박솔뫼의 「그럼 무얼 부르지」였다. 이 작품을 가지고 미학적인 완성도나 파격적인 문학적 실험에 대해 말하기는 다소 성급할 것 같다. 박솔뫼는 이 작품에 5·18이라는 아직 식지 않은 감자를 들고 와, 그 자리를 비명이나 눈물이 아니라 "계속되는 끝나지 않을 것 같은 떡과 죽과 국수의 이야기"로 채우고 있었다. 나는 그것이 우리 세대가 할 수 있는 최대의 커밍아웃처럼 느껴졌고, 세대의 바깥에서 바라볼 때 이는 아마도 어떤 뻔뻔함으로까지 느껴졌을 거라 추측해본다. 여기에는 위선적인 해탈의 포즈도, 위악적인 자폐의 방백도 없었다. 공통된 역사적 경험의 고갈, 명명 가능한 언어의 고갈이라는 우리 세대의 난감한 이중의 고갈만이 어쩔 줄 모르는 얼굴을 하고 자리하고 있었다.

한국 문학 속에서 1980년 5월 광주에서의 비극적 항거는 홍희담의 「깃발」, 임철우의 『봄날』, 최윤의 「저기 소리없이 한점 꽃잎이 지고」 등의 작품들을 통해 꾸준히 형상화되어 왔으나, 이제는 다소 낡고 진부한 역사적 소재로 치부되고 있음을 부인할 수 없다. 이제 더 이상 고발하고 폭로해야 할 역사적 외상이 아니라, 공식적 역사로 제도화된 광주에 대한 문학적 진상 규명의 작업은 그 유효성을 상실한 듯 보인다. 이전의 광주에 관한 문학들이 대개 목격자로서의 고통이나, 그 당시 광주에 있지 않았으나 간접적으로 사건을 접하며 살아남은 자로서의 강한 죄책감과 부채감을 토로하는 데 집중되어 있었다면, 박솔뫼의 「그럼 무얼 부르지」에서 광주는 더 이상 뜨거운 응답을 요구하며 고통으로 육박해 들어오는 사건이 아니라, 어느 정도 가치평가가 완료되어 보편적 역사로 차갑게 응결된 어떤 것에 가깝다. 1985년생인 작가에게 광주라는 거대한 기표는 여전히 무겁고 부채감을 불러일으키는 것이지만, 그 부채감의 무게는 세계사에 기록된 다른 폭력적 사건들이 갖는 무게 그 이상도 이하도 아닌 것으로 추상적이며 건조하게 다가온다.

「그럼 무얼 부르지」의 화자인 '나'는 자신이 '광주'가 의미화되는 것을 경험했던 세 번의 순간에 대해 담담하게 써내려간다. 첫 번째는 샌프란시스코 버클리 대학 인근의 카페 모임에서 'May, 18th'라고 써 있는 유인물을 봤을 때고, 두 번째 경험은 교토 신조에 있던 바에서 우연히 만난 남자가 자신의 친구는 〈코슈 시티〉라는 노래도 만들었다고 말하며, 티슈 한 장에 '光州 City'라고 썼던 순간이다. 그리고 세 번째는 이듬해 봄, 5월 광주 30주년을 기념해 도청 앞에서 열리기로 한 광주 시향의 말러 교향곡 2

번 5악장 〈부활〉의 연주를 들으러 갔을 때다. 연주는 비로 인해 취소되고, 들어간 술집에서 해나와 나는 김정환의 「오월곡」을 검지로 한 줄 한 줄 읽어나가다가 바 주인에게서 떡과 죽과 국수에 대한 끝없는 이야기를 듣는다.

이 과정에서 광주는 ‘May 18th’로, 때론 ‘코슈 시티’로 계속 다른 외국어로 번역되며 이질적인 기표로 나타난다. 이는 더 이상 광주가 한국 내에서만 재생산되고 기억되는 역사가 아니라, 세계사의 보편적 지평 속에 ‘집단적’인 정치적 사건으로 놓여 있음을 실감케 하는 동시에, 이 사건의 정치적 명명 작업이 여전히 완료되지 않았음을 느끼게 한다. 광주의 술집에서 한 남자는 그해 서울에 있는 광장에서 금지곡이 된 노래를 요구하고 거절당하자 “그럼 무얼 듣지? 무얼 불러야 하지?”라고 묻는다. 차라리 탄식의 중얼거림에 가까운 그의 질문은 곧 지금 우리 앞에 놓여진 질문이다. 목적어가 휘발되어 있는 이 문장에는 어떤 막막함이 쓸쓸하게 배어 있다. “그럼”이라는 말은 미래로 열려 있으나, “무얼”은 여전히 공백으로 남아 있는 역사적 기표를 드러내고, 마지막 “부르지”는 이를 어떻게 ‘노래’ 또는 ‘호명’ 할지를 알 수 없는 상태에서 침묵만을 소환한다.

소설은 다른 이들이 이 공백을 덮어내는 방식들을 슬쩍 보여주고 있다. 어학연수를 온 한 대학생은 massacre의 뜻을 묻고 각주를 달듯 그 단어 밑에 ‘학살하다’ 라고 무심하게 적으며 객관화하는 학습의 방식을 보여주고, 교토의 말끔한 중년 남자는 “우리는 나이가 많은 사람이니까. 그때 살아 있던 사람이니까. 광주에서 사람들이 많이 죽은 거 알지, 제주도에서도 사람들이 많이 죽었다 그것도 알지.”라며 확신하는 방식을 보여준다. ‘나’가 만나는 많은 사람들은 자신이 광주에 대해 명확한 무언가를 알거나 그 사건에 대해 객관적으로 이야기를 나누고 학습할 수 있다고 믿는다. 그러나 화자는 이 믿음에서 살짝 비껴서 있다.

<blockquote>
나는 그런 명확한 세계에 없었다. 마치 아주 복잡한 지도를 보고 있는 것처럼 거기는 어디지? 하고 들여다보아야만 했는데 그렇다고 무언가가 보이는 것도 아니었다. 나는 그렇게 들여다보는 사람이었으므로 당사자는 아니며 또한 명확한 세계의 시민도 아니었다. 내 앞에는 장막이 있고 나는 장막을 걷을 수 없으므로.

—「그럼 무얼 부르지」, 204쪽
</blockquote>

'나'는 그저 복잡한 지도를 보듯 "들여다보는 사람"일 뿐이며, 이는 "당사자"와 "명확한 세계의 시민" 사이에서 불안하게 흔들린다. '당사자'라면 자신의 경험에 의거해 그 사건을 재현할 수 있으며, '명확한 세계의 시민'이라면 완벽한 제3자로써 사건에 대해 충분한 거리를 두고 객관화해 발화할 수 있다. 하지만 광주 출신임에도 그 사건을 오직 사후적으로 말과 글을 통해 추상적으로 배워야 했던 '나'는 자신 앞에 드리워진 "장막"의 존재를 거듭 확인하며 끝없이 미끄러질 뿐이다. 이 지점에서 김정환의 「오월곡」이라는 시를 '해나'와 함께 "검지로 한 줄 한 줄 읽"어나가기 시작하는 것은 소설 속에서 서술자가 능동적으로 보여주는 거의 유일한 행위라는 점에서 독특한 위상을 갖는다. 낭시는 접촉 속에는 "접촉의 불가능성"이 내포되어 있다고 하면서, 접촉을 "하나의 상태가 아니라 한계"로 보았다.[1] 접촉은 시각과는 달리 오직 부분적인 방식으로만 체험됨으로써 감각주체의 주체성을 순간적으로 허물어뜨리도록 만든다.[2] 그녀

---

1) 장 뤽 낭시, 「숭고한 봉헌」, 『숭고에 대하여』, 김예령 옮김, 문학과지성사, 2005, 87쪽.
2) 박솔뫼에게 감각은 단순히 체험하지 못한 경험을 지각하고 현시할 때뿐만 아니라, 타자를 지각할 때도 중요하게 작용한다. 「차가운 혀」에서 '누나'를 애무하던 '나'는 "누나에게는 아무것도 없고 신음소리와 웃음소리만이 남아 있다. 그렇다면 나에게는 차가운 혀 밖에 남은 것이 없다"고 느낀다. 이는 서로가 접촉하는 순간에 자신의 주체성이 소거될 뿐만 아니라, 상대방 역시 명확하게 규정될 수 없는 하나의 공백으로 나타난다는 점에서 전적인 타자성을 인정하는 하나의 윤리적 체험이 된다.

는 경험하지 않은 역사적 트라우마를 무심하게 학습하거나 안다고 말하는 대신, "단지 손바닥을 허공에 내미는 사람"이자, "저기 누가 서 있어 하고 뒤돌아 걸으며 혼잣말을 내뱉는 사람"이다. 여기에는 보이지 않는 공백을, 잠재되어 있는 존재의 양태를 어떻게든 환기하고 감각하려는 노력이 있다. 어떤 역사적 사건을 직접 경험하지 않은 서술자가 쉽게 기존의 의미에 포섭되는 것을 경계하며 행할 수 있는 최대치가 있다면 바로 이런 것이 아닐까. 공통된 역사적 경험의 고갈, 명명 가능한 언어의 고갈을 안고 박솔뫼는 여기까지 온다. 그녀가 광주를 말하는 감각은 '세대적으로' 정직하고, 또 '시대적으로' 정확하여 어딘가 감동을 불러일으킨다.

박솔뫼가 「그럼 무얼 부르지」에서 구체적인 역사적 경험을 중심에 두고 역사적 트라우마의 부재에 대해 말하고 있다면, 김성중이 '경험(Erfahrung)'의 부재를 토로하는 방식은 다소 우회적이다. 세계가 무너져 내리는 가운데 허공 위에 뜬 빈집에서 조용히 소멸을 기다리는 소년과 소녀의 이야기를 다룬 「허공의 아이들」은 빈곤한 경험 혹은 파괴된 경험 속에서 살아가야 하는 세대의 알레고리처럼 보인다. 여기에는 자신들의 경험이나 교훈을 젊은 사람들에게 전해줄 수 있는 어떤 어른도 존재하지 않으며, 그들은 즉자적으로 순간순간 자신의 미래를 선택해야 하는 상황에 놓여 있다. 소녀가 마지막으로 조금씩 사라지는 몸 대신 3천 피스짜리 퍼즐을 맞추는 데 몰두하는 것은 그 자체로 총체적인 질서가 파편화된 파국 상태를 은유하는 것처럼 느껴진다.

경험이 소거된 삶의 고통에 대해 세대적인 이야기를 겹쳐 한 번 꼬아놓는 방식으로 이야기하고 있는 소설이 바로 「간」이다. 「별주부전」을 현대적인 버전으로 새롭게 쓰면서 작가는 재기발랄한 설정을 마련해놓았다. 치유와 재생의 장기인 '간'에 사람들이 "무의식 속에서 끝내 녹지 않는 상처"를 넣어두었으며, 용왕에게 필요한 간은 가장 큰 상처를 공급해줄 수 있는 간이라는 것이다. 이런 용왕의 선택이 생방송 토크쇼를 통해 진행되는 것은 특이한 지점이다. 벤야민은 이야기라는 것은 사건을 바로 그 이야기를 하고 있는 보고자의 생애 속에 하나의 '경험'으로 침투시키는 데 반해, 신문으로 대표되는 매체의 발달은 센세이션만을 추구하게 됨에 따라 이런 경험의 위축을 가져온다고 말한 바 있다. 카메라가 "현미경이 달린 메스처럼 능숙하게 출연자들의 인생을 해부"하는 동안, 관중들이 감탄사를 연발하며 출연자들의 상처와 불행을 즐거움이자 활력소로 소모하는 것은 타인의 고통을 깊숙이 받아들여 '경험'으로 인지하는 대신 하나의 스펙터클로 소비하는 데 익숙해진 현대사회의 단면을 적나라하게 보여준다. 그런데 더 근본적인 문제는 귀가 아주 짧아서 큰 트라우마를 가지고 있을 것이라고 예측했던 '나'에게 상처받은 기억이 없다는 사실이다.

> 스크린에는 아무것도 없어 맹랑하기까지 한 내 간이 비쳐졌다. 박수 소리가 뚝 끊겼다. '방송 실수인가?' '자료 화면이 잘못 나간 거겠지?' 다들 이런 생각을 하는 듯했다. (…중략…)
> "……그게 내 잘못은 아니잖아요."
> 마이크를 쥔 나는 기어들어가는 목소리로 항의해보았다. 그 순간처럼 내 인생을 정면으로 바라본 적이 없었다. 하필이면 이 이상한 세계에서, 눈이 약간 튀어나온 사람들 앞에서 나라는 책이 텅 빈 백지임을 자백해야 하다니.
> ―「간」, 257~258쪽

상처가 드러나야 할 간에는 아무것도 없으며 '나'가 "텅 빈 백지"와도 같은 상태라는 것이 만천하에 드러난다. 하지만 용왕은 '나'의 '상처 없는 간'을 선택하고, 여기에서 어떤 아이러니가 발생한다. 말해질 수 있는 상처를 지닌 어떤 간의 고통보다도 상처가 부재하기 때문에 어떤 것도 말해질 수 없는 치부를 지닌 간의 고통이 더 클 수 있다는 것이다. "부재하는 상처가 가져온 또 하나의 거대한 상처", '트라우마가 없는 트라우마'

라는 역설이 이렇게 성립한다.

이 두 작가는 빈곤한 경험의 세대이면서도, 이를 통해 어린 시절의 무지를 흉내 내거나 자신의 불행을 내세우며 책임을 회피하는 '순진함의 유혹'에 빠지지는 않는다. 그들은 자신의 빈곤한 경험을 메타적으로 인지하기를 그치지 않음으로써 거리를 두고 있기 때문이다. 그들은 경험한 바 없는 역사적 트라우마에 대해 말할 수 없다는 것, 나눌 수 있는 사적인 고통 역시 없다는 사실을 직시하며, 부정적인 것들과 함께 머무는 중이다.

사물화의 추구와 일상—파국에서의 성장

파괴된 경험 속에서 일종의 '허공'을 딛고 살아가는 두 작가에게 반복되는 세계에 대한 환멸이 빈번하게 나타나는 것은 지극히 당연한 귀결로 보인다. 이들의 시간은 헛되고 헛되며 헛되고 헛되니 모든 것이 헛된,「전도서」에서 설파하는 영원회귀의 시간과 유사하다. 박솔뫼나 김성중에게 근본적인 정조는 파토스의 분출이 아니라, 비애와 공허, 무심과 권태 같은 것들이다. 이는 근대의 비극을 "비극적 파토스의 불가능"에서 찾았던 니체를 상기시킨다. 아감벤은 오늘날 경험의 파괴에 관해서라면 파국까지 갈 것도 없이 대도시에서의 평화로운 일상생활만으로도 충분하다고 말했다. 현대인은 경험을 만들고 전달할 수 있는 능력이 사라져버렸기 때문에, 오늘날의 인간은 '경험'이 될 수 없는 수많은 '체험'들만을 겪고 저녁 무렵에 완전히 녹초가 되어 집으로 돌아온다. 일상생활을 견딜 수 없게 만드는 것은 과거의 삶과의 비교 속에서 이야기되는 열악한 삶의 질이나 무의미 따위가 아니라 바로 저 경험의 번역 불가능성에 있는 것이다.[3]

---

3) 조르조 아감벤,『유아기와 역사』, 조효원 옮김, 새물결, 2010, 27~30쪽.

박솔뫼의 소설이 어딘가 '연극적'이라고 느껴진다면, 그것은 아마도 그녀의 많은 소설이 폐쇄적 공간에서 소수의 인물을 데리고 사건을 구상하기 때문일 것이다. 여기서 사건은 기승전결의 곡선을 밟으며 긴장감을 높이거나 넓어지는 것이 아니라, 일상이든 충격적인 사건이든 집요하게 같은 양상이 반복되는 것으로 드러난다. 그것은 시간이 아무리 흘러도, 결국에 변하는 것은 아무것도 없으리라는 어딘가 체념적인 전망과도 관련되어 이어진다. "결국엔 모든 것이 같다. 추운 겨울이든 따뜻한 봄이든 결국에는 말이다."(「차가운 혀」)라는 말에는 시간에 대한 기대가 거세되어 있고, 이는 "생각해보려고 해도 의외로 앞일에 대한 생각은 잘 되지 않아 관두"어버리는 사태를 초래하며(「해만」), "남자가 노래 노래 노래를 불러도 세상은 그대로"(「안 해」)기에 그가 강요하는 세계를 철저하게 거부하는 데 이르도록 이끈다.

최근에 발표된 「너무의 극장」은 "계속 빠르고도 빠르게 할 수 있는 가장 너무한 것을 향해. 동시에 가장 너무하지 않아서 너무 너무하지 않은 것을 향해" 무대와 객석이 구분되지 않는 피로 뒤범벅된 잔혹극의 향연을 이례적으로 보여주고 있지만, 박솔뫼의 작품에서 대개 중요하게 여겨지는 것은 최대한 수동적인 자세를 취함으로써 기존 체계의 움직임을 멈추는 데 있다. 그의 소설에는 어김없이 계몽적 입장을 가진 '어른'들이 나오며, 그 어른들은 무언가를 하도록 충고하거나 명령한다. 그리고 이런 어른들의 똑부러진 말투는 중얼거리는 구어체적 혼잣말을 구사하는 인물들과 변별된다. 말수가 적은 편인 박솔뫼의 인물들이 가장 많이 하는 말은 "아니요, 네, 잘 모르겠는데요, 그냥요"와 같은 언뜻 무성의해 보이고 뜻이 불분명한 부정(不定)의 말이다. 이는 즉자적인 상태로 놓여진 언어, 어떤 욕망이나 의지도 제거된 상태의 언어다. 여기에는 저항해야 한다는 의식마저도 완전히 소거해버림으로써 어떤 메타적인 자기의식도 구성하지 않는 자아가 있고, 이런 발화는 대립하는 인물들로 하여금 근본적인 무력화를 이끌어냄으로써 하나의 전략이 된다.

「안 해」에서 '구름새 노래방'이라는 몽환적인 이름의 노래방에 별 생각 없이 들어간 아이들은 검은 옷 남자에게 갇혀 그의 진지한 노래 철학을 강요당한다. 그는 '열심히'라는 부사를 수없이 반복하며, 이에 대한 '생각'와 '깨달음'과 '완성'과 '승화'를 요구한다. 흥미로운 것은 그가 말하는 "열심히의 세계"로 향하는 길에는 적당한 수위의 폭력에 대한 필요성이 이미 포함되어 있다는 것이다.

> 너는 새로운 자신으로 나아가야 해. 열심히의 세계로. 아름다움과 정신과 정열의 세계로 새로운 세계로 가야 해. 이러면 안 돼. 테이블이 부서질 때까지 자신을 부수고 테이블이 부서짐과 동시에 자신도 부수고 태어나야 해 새롭게. (…중략…) 얼른 테이블을 부숴야지. 우리가 세상을 뒤흔들어야지.
> —「안 해」, 281쪽

'새로운 자신'을 위해서 네가 자리하고 있는 테이블을 부수라는 요구, 세상을 뒤흔들라는 요청에는 세상을 위한 착취를 자기 계발이나 혁명으로 위장하는 '거짓 급박함'이 자리하고 있다. '열심히'를 요구하는 어른들의 체계에는 이미 어느 정도의 폭력까지는 정상적인 것/설명 가능한 삶의 서사로 통합할 수 있는 어떤 여유까지 내재되어 있는 것이다. 이럴 때 폭력으로 열심히의 세계와 맞서는 것은 그 체계 내에 가장 쉽게 포섭되는 하나의 길일 수 있다. 그래서 화자는 어떤 생각도, 움직임도 거부하고 피곤 속에서 계속 잠을 자고자 한다. 여기서 '잠'은 생각이라는 것까지도 이미 열심히의 세계에 포섭되어 있기에 이를 적극적으로 거부하고자 하는 데서 필수불가결해지는 하나의 행위다. 여기에서 무념무상이라는 비합리적 상태는 "느리게 호흡하는 가운데 중요한 뭔가를 찾을 수 있"

(「해만」)다는 식의 또 다른 생산을 위한 것이 아니다. 이는 오직 생각이 없는 비합리적 상태에 스스로를 놓아둠으로써 합리적으로 왜곡된 외부세계로부터 스스로를 방어하고 차단하는 하나의 전략이다. 인간은 생각하기에 존재하는 것이 아니라, 존재하기 위해 생각을 중지해야만 하는 존재가 되는 것이다.

이런 생각의 거부와 행동의 중지를 끝까지 밀고 나간 것이 「안나의 테이블」에서 '테이블'이 되어버리는 '안나'의 모습이다. 소설 속의 극장에서 화면과 실재의 경계는 존재하지 않는다. 화면 저편의 나비 떼는 객석으로 날아들어 혼자 앉아 있는 여자의 머리에 머리핀처럼 내려앉기도 하고, 웅크리고 있던 곰은 천천히 화면 밖으로 걸어 나와 테이블처럼 몸을 구부리고 있기도 한다. 그리고 등장한 서커스 단장은 연설하는 자세를 한 채, "누군가는 다른 누군가가 되어야 하니까" "여러분들을 어떤 식으로 단련시키고 그리하여 여러분들은 어떤 연기를 하게 될까"를 진지하게 고민 중이라고 말한다. 이후 영화관에서 나와 집에 와 자고난 후에 나는 안나가 침대 밑에서 거미 자세를 하고 있는 것을 발견한다.

> "나는 테이블이야. 테이블이 된 곰을 보고 그 테이블에 고개를 묻고 이제 꿈까지 꾸어버렸으니 나도 테이블이 되어버렸어."
>
> —「안나의 테이블」

무엇이 되려고 하는 것들을 보는 것은 지겹거나 위협적이기에, 안나는 이제 아예 더 이상 변형 불가능한 '사물'이 되기를 선택한다. 우리는 이미 한국 작가의 다른 소설에서 인물들이 돌연 '모자'가 되거나 '오뚝이'가 되는 것을 목도해왔으므로, 새삼스럽게 이 변신 자체가 놀라운 환상성을 가지고 있다고 말할 이유는 없을 것이다. 다만 당황하는 나와 달리 왜 안나가 아무렇지도 않게 하루가 다르게 '테이블'이 되어가고 있는지 물어봐야 할 것이다. 여기에는 어떤 쓸쓸함이나 무력함의 정조도 자리하고 있지 않다. 다만 테이블이 된 '안나'는 '나'가 "무엇이 되려고 하는 것들"에게 느끼는 못마땅함이나 지겨움이나 조롱의 감정에서 완전히 벗어나고, 결국에는 사물 그 자체로서 덤덤하게 받아들여진다. 이는 신체기관을 유기체 이전으로 되돌려 '기관 없는 신체'로 나아가려는 의지이자, 호명에 응답하며 상징계로 훌륭히 진입해 활기찬 노동으로 사회를 원활하게 굴러가게 하는 하나의 동력이 되는 것에 대한 거부로 보인다. 박솔뫼 소설의 인물들은 사고와 감정을 모두 탈각시키는 행위를 끝까지 밀어붙임으로써 급진적인 무(無)를 창출해내고 있는 것이다.

김성중의 소설을 두고 '공통점을 찾기 어려울 만큼 다채로운 상상력으로 분별'(서희원)되며, '상상계적 논리를 품고 유쾌하게' 만들어져 있고 (양윤의), '놀라운 것, 황홀한 것, 아름다운 것을 낳는 허공의 상상력'(백지은)을 지니고 있다는 것은 이미 지적된 바 있다. 그의 소설은 다양한 상상력의 측면에서 타의 추종을 불허한다. 그런데 이 화려한 이면에는 무한 순환하는 2호선처럼 "지겨운 여행" 같은 일상이 자리하고 있다. 「순환선」에서 한강 풍경을 보고 이 순환선에서 탈출하기 위해 유리창을 깼을 때, 박살 난 유리 너머에 "콘크리트 터널만 펼쳐져 있"었다는 사실은 작가가 현실을 하나의 거대한 스펙터클로 보고 있다는 사실을 알려준다. "고통도 경험도 순환되는 이 세계가 증오스럽"기만 한 이곳에서 파국은 이를 단절시키며 희망처럼 도래하는 어떤 것이다.

이런 반복 속에서 박솔뫼가 정지를, 차라리 사물이 되기를 택하며 어떤 축소의 전략을 사용한다면, 김성중은 마치 '게발선인장'처럼 위로 자라는 대신 옆으로 확장해나가는 전략을 사용한다. 그것은 비일상적인 사태, 즉 파국이 파문이 번져나가듯 개별적인 인물들의 일상 하나하나에 개입하는 방식을 세밀하게 그려나가는 것이다. 「그림자」에서 사람들의 그림자가 바뀌었을 때, "자전거를 타고 가는 쌀집 아저씨에겐 만삭 임산부의 그림자가, 미니스커트를 입은 대학생 언니에겐 서류 가방을 든 남자의 그림자가, 쌀집 할아버지에겐 보행기에 탄 아기의 그림자가 각각 붙어 있는 것이 아닌가." 하고 따라가는 이런 디테일이 바로 그것이다. 「머리의 꽃을」에서도 갑자기 사람들의 머리통에 꽃들이 피어나는데, '머리에 페요테 선인장이 솟아난 판사', '소담스러운 수국을 예쁜 모자처럼 달고 있는 아일라', '자신의 나리꽃과 사랑에 빠진 무라트' 등 그 사연 하나하나를 그려내는 방식은 김성중의 소설에 아기자기한 동화적 색채를 부여하는 스타일을 잘 보여준다. 문제는 닥쳐온 파국이 무엇이든, 그 재난의 고통이 휘발되어버리며 사태의 특수성을 지워가는 데 있다. 「머리에 꽃을」에서 사람들은 "꽃이 일종의 환부이기를, 그래서 병과 치료라는 정상적인 배열이 이루어지기를 은근히 기대"한다. 그러나 그들의 꽃은 피고 지는 그저 자연(自然)일 뿐이고, 파국은 일상에 '자연스럽게' 배어들어가 어느 순간 구별되지 않는다.

이런 사태는 「허공의 아이들」에서도 동일하게 펼쳐진다. 소년과 소녀를 제외한 모든 사람들이 소멸되고, 소년과 소녀가 어마어마한 부패가 진행되고 있는 마트를 약탈하거나 빈집에 불을 지르고 다님에도, 이 재난은 희미한 빛을 받으며 둥둥 떠다니는 비눗방울처럼 가볍고 환상적인 색채와 리듬으로 다가온다. 이는 달력과 시계를 버리게 하는 것에서 보이듯이, 예외상태가 되어야 할 파국 속에 결국에는 일상의 "지루한 시간"이 개입하는 데서 비롯한다. 이들은 시간의 소멸이 아니라 어떤 사건도 없는 순수한 공백으로서의 영원을 체험하는 것이다.

이런 속에서 자아의 연속성을 담보하는 것이 무엇인가가 김성중이 거듭 묻는 어떤 것이다. 이는 살아가는 데 필연적으로 동반될 수밖에 없는 고통과 상처로 보인다. 이미 파국을 맞은 세계 속에서도 상처는 자아를 성장시키는 데 있어 중요한 요소로 작용하는 것이다.

> 어디선가 마지막으로 남은 땅이 무너지는 소리가 들려왔다. 그리고 또 다른 소리가 들렸다. 그것은 몇 달 만에 부쩍 자란 소년이 전부터 들어오던 소리였다.
>
> 뼈가 자라는 소리였다.
>
> —「허공의 아이들」, 34쪽

소설은 마지막 장면에서 세계를 끝까지 무너뜨린다. 그런데 여기서 이와 무관하게 울리는 것은 소년의 "뼈가 자라는 소리"다. 소년의 성장은 소중한 소녀의 존재를 상실하고 난 후, 그 상실의 감각이 완전하게 도래하는 순간에 발생한다. 「개그맨」에서도 자신이 마음속에 묻어두고 살아왔던 옛 연인 '개그맨'을 애도하는 눈물을 흘릴 때에야 여자는 비로소 어항에 가둬두었던 자아가 빠져나오며 자유로워지는 것을 느낀다. 최근작인 「국경시장」에서 기억을 물고기 비늘 화폐로 모두 교환해버린 '로나'나 '주코'가 그 이상한 환상의 세계로부터 빠져나오지 못하는 것 역시 같은 맥락에 있다. 김성중은 '가짜'와 다름없는 무통증의 삶에서 탈피해 '진짜'의 고통의 삶으로 가는 길을 열렬히 탐색한다. 이는 때로 아슬아슬한 이분법 위를 걷지만, 고요 속에 거대하게 울려퍼지는 "뼈가 자라는 소리"처럼 경험의 부재를 끊이지 않는 질기고 질긴 생의 단단함으로 채워가는 중이다.

어둡고 모호한 최극단에서

지금 20대는 어디에 자리하고 있으며 어디로 나아가야 하는가. 최진영은 "가난과 여성"이라는 경제적, 젠더적 문제의식이 긴밀하게 얽혀 있다는 지각하에 현실을 가장 충실히 재현하는 젊은 작가 중 하나다. 그런데 최진영이 최근 발표한 장편 『끝나지 않는 노래』와 단편 「어디쯤」을 살펴보면, 20대에 대해 그들이 빠져나올 수 없는 어떤 곤궁에 갇혀 있으며 파괴되고 말 운명을 가지고 있다고 보는 비애 서린 작가의 시선이 발견된다.

거의 100년에 걸쳐 이어지는 여성수난사인 『끝나지 않는 노래』에서 사이사이에 끼어드는 것은 겨울밤 불이 난 고시원에 갇혀 죽어가는 은하의 독백이다. 여기서 20대인 은하의 처지를 상징적으로 설명하는 것은 두 가지로 보인다. 하나는, 고단한 자신을 위로하기 위해 상상해낸 심해에 사는 '블루플라이' 라는 생명체다. '블루플라이' 에 대해 그녀가 설명하면 설명할수록 우리는 정확히 알 수 없는 이 기묘한 생명체 위에 규정 불가능한 카프카의 '오드라덱' 의 그림자가 어른거리는 느낌을 받게 된다. "눈도 귀도 없이 입만 커다"랗고, "삼킨 빛으로 만들어진" "배설된 오물"이며, "생일도 없고 내일도 없고 기억도 없고 희망도 없"는 이 기괴한 생명체에는 쉬지 않고 아르바이트를 하는데도 점점 더 좁고 저렴한 방으로 밀려나며 느꼈던 비참함이 투영되어 있다. 다른 하나는, 우연히 들은 당나귀 이솝우화다. 짐도 무겁고 다리도 아팠던 당나귀는 욕심 많은 주인이 빨리 안 간다고 채찍질하자 정말 지쳐서 죽어버린다. 그러자 주인은 죽은 당나귀 가죽으로 북을 만들어서 하루도 쉬지 않고 두들겨 팬다. 여기에는 어떤 노력을 해도 개인의 힘으로 이 구조적 가난을 벗어날 수 없을 거라는 회의가 자리하고 있다. 그래서 소설이 은하의 죽음으로 끝났을 때, 이는 전혀 어색해보이지 않는다. "결코 끝나지 않을 것 같았던 이 노래", '가난한 여성' 이라는 세상의 절대적 약자의 위치를 벗어날 수 있는 길은 오직 죽음뿐이기 때문이다.

「어디쯤」에는 아버지가 그려준 약도를 따라가는 주인공이 나온다. 그는 자기가 다니는 회사명을 말하면 불치병 걸린 환자처럼 자신을 대하는 사람들을 견뎌야 하고, 다른 사람들한테 아들이 7급 공무원 준비 중이라고 말하는 엄마를 이해해야 하며, 그런 회사에서의 일자리마저도 더 큰 회사의 제품에 의해 빼앗길지 모르는 처지에 놓여 있다. 이러한 상황에서 지금 유일하게 의지하고 있는 아버지의 약도에는 구체적인 거리나 시간 따위는 적혀 있지 않고, 설상가상으로 지하철역부터 시작해, 지갑이, 코트의 안주머니가 차례대로 사라지기 시작한다. 전화를 걸어오는 아버지는 "가면 널 알아봐줄 사람이 있을 거다"와 "서둘러라"는 말만 반복할 뿐이다. 출구 없는 미로와 같은 공간을 구축하고 있다는 점에서 이 소설은 카프카의 부조리한 세계를 떠올리게 하고, 남자의 짜증과 분노는 목적지를 찾을 가능성도 바깥으로 빠져나갈 가능성도 모두 점점 희박해짐과 함께 체념과 두려움으로 바뀌기 시작한다. 소설은 다음과 같은 장면으로 끝나고 있다.

> 그와 나는 지쳐 벌벌 떨었다. 주머니를 뒤져 아버지가 그려준 약도를 꺼내 펼쳤다. 너무 많이 접고 펴길 반복해서 접히는 모서리마다 지저분한 구멍이 뚫려 있었다. 성원빌딩인지 선원빌딩이 적혀 있던 곳에도 블랙홀 같은 구멍이 뚫려 있었다.
>
> —「어디쯤」, 166쪽

애초에 아버지를 믿었던 것이 잘못이었던 걸까. 가야 하는 목적지는 "블랙홀 같은 구멍"으로만 남아 있다. 이는 그가 가야 한다고 믿었던 장소가 실제로는 존재하지 않는 텅 빈 장소라는 것을 은유적으로 보여주는 동시에, 목소리로만 존재하는 명령하는 대타자 아버지의 결여를 드러낸다.[4]

---

4) 지면상의 이유로 자세히 다룰 수는 없지만, 소설 속에 나의 애인인 '안'의 아빠가 지금 알 수 없는 무리들로부터 맞고 있는 사실도 간과해서는 안 된다. 최진영의 소설 속에서 아버지는 비루하거나 폭압적으로 존재하는 아슬아슬한 위치를 점유하고 있다.

이 장편과 단편 모두에서 공통적으로 추출되는 것은 20대가 출구 없는 폐쇄적인 공간에 갇혀 있다는 인식이다. 이들은 어둡고 모호한 최극단에 내몰려 있다. 하지만 좌표를 알 수 없고, 앞으로 나아가야 할 지점도 알 수 없는 이 상황에서 우리는 저 블랙홀과 같은 구멍 속으로 빨려 들어가 표류하는 대신, 그 공허를 암담함을 헤쳐나갈 수 있는 빛나는 틈으로 바꾸어낼 수 있는 다른 가능성을 찾을 수도 있지 않을까. 지도가 사라지는 순간, 모든 거리는 목적지를 향하는 길이 되며 자유롭게 열린다. 우리가 박솔뫼와 김성중의 소설을 통해 확인하는 구원의 힘이 그와 같은 것이다. 경험 없는 세대가 보여주는 혁명은 파괴의 결과로 순수하고 이상적인 유토피아를 가져오는 것이 아니라, 무언가가 되기를 강요하는 현실에 맞서 생각과 행동을 중지해버리는 것, 어떤 파국도 일상이 되어버리는 현실 속에서 자신에게만 고유한 어떤 통증을 받아들이는 것이다. 이럴 때 말레비치의 〈흰 바탕 위의 흰 사각형〉이 보여주는 그림처럼 현실의 내부에 아주 작은 차이가 기입되고, 이것이 놀랍게도 다른 현실을 슬그머니 열어내며 구원처럼 다가온다. 모든 희망이 사라진 어둡고 모호한 이 소실점, 파토스의 영도(零度)에, 메시아는 불가능한 구원으로 이미 희미하게 자리하고 있음을 우리는 발견하게 되는 것이다.

(세계의 문학, 여름호)

2013 오늘의 문제 평론

비등하는 역사, 결빙의 현실

인쇄 2013년 4월 20일 | 발행 2013년 4월 25일

엮은이 · 오창은 · 맹문재
펴낸이 · 한봉숙
펴낸곳 · 푸른사상사
주간 · 맹문재 | 편집 · 지순이 | 교정 · 김소영, 김재호

등록　제2-2876호
주소　서울시 중구 충무로 29(초동) 아시아미디어타워 502호
대표전화　02) 2268-8706~7 | 팩시밀리 02) 2268-8708
이메일　prun21c@hanmail.net
홈페이지　www.prun21c.com

ⓒ 오창은 · 맹문재, 2013

ISBN 978-89-5640-991-7 93810
　값 17,000원